FOLIO SCIENCE-FICTION

Isaac Asimov

Dangereuse Callisto

Traduit de l'américain
par Monique Lebailly

Denoël

Cet ouvrage a été précédemment publié
dans la collection Présence du futur aux Éditions Denoël.

Titre original :

THE EARLY ASIMOV

Figure emblématique et tutélaire de la science-fiction, Isaac Asimov (1920-1992) s'est imposé comme l'un des plus grands écrivains du genre. Scientifique de formation, il s'est rendu mondialement célèbre grâce aux séries *Fondation* et *Les Robots*, qui révolutionnèrent la science-fiction de la première moitié du siècle par leur cohérence et leur crédibilité scientifique.

Écrivain progressiste, fervent défenseur du respect de la différence, Isaac Asimov fut un auteur extrêmement prolifique, abordant tout à tour la vulgarisation scientifique et historique, le polar, ou les livres pour la jeunesse.

À la mémoire de John Wood Campbell Junior
(1910-1971)
pour des raisons que cet ouvrage rendra
pleinement évidentes.

Introduction

Si j'ai écrit plus de cent vingt ouvrages traitant des sujets les plus variés, de l'astronomie à Shakespeare et des mathématiques à la satire, c'est néanmoins en tant qu'auteur d'œuvres de science-fiction que je suis le plus connu.

C'est dans ce domaine que j'ai commencé ma carrière d'écrivain, et pendant les onze premières années je n'ai rien écrit d'autre que des nouvelles de science-fiction, pour des magazines uniquement, et pour des clous. L'idée de publier de véritables ouvrages ne m'effleurait même pas à cette époque-là.

Mais vint le temps où je me mis à écrire des livres et c'est alors que je me mis à réunir les nouvelles que j'avais rédigées précédemment pour des magazines. Entre 1950 et 1969 étaient nées dix nouvelles collections — toutes éditées par Doubleday. Y figuraient quatre-vingt-cinq de mes nouvelles (plus quatre poèmes comiques), écrites à l'origine à l'intention de magazines de science-fiction et publiées par eux. Près d'un quart de ces nouvelles virent le jour au cours de ces onze premières années.

Je les cite pour mémoire :

I, Robot (1950).
Foundation (1951).
Foundation and Empire (1952).
Second Foundation (1953).
The Martian Way and other Stories (1955).
Earth is Room enough (1957).
Nine Tomorrows (1959).
The Rest of the Robots (1964).
Asimov's Mysteries (1968).
Nightfall and other Stories (1969).

On pourra m'objecter que cela était bien suffisant, à quoi je répondrai qu'il convient de tenir compte de l'appétit vorace de mes lecteurs (bénis soient-ils). Je reçois constamment des lettres me demandant la liste de mes anciennes nouvelles, de lecteurs prêts à fouiner parmi les livres d'occasion à la recherche des vieux magazines où elles ont paru. Il se trouve également des gens qui établissent la bibliographie de mes ouvrages de science-fiction (je me demande bien pourquoi) et qui se montrent curieux des moindres détails les concernant. Ils manifestent même de l'indignation lorsqu'ils découvrent que certaines de ces premières nouvelles ne furent jamais éditées et que l'original n'existe plus. Ils déplorent de ne pouvoir mettre la main dessus et semblent penser que je me suis montré bien léger en les détruisant.

C'est pourquoi lorsque Panther Books, en Angleterre, et Doubleday, aux États-Unis, me proposèrent de réunir en volumes celles de mes premières nouvelles ne figurant pas dans les dix ouvrages cités ci-dessus, et d'accompagner chacune d'elle de son historique, je ne pus résister à cette offre. Tous ceux qui me connaissent savent combien je suis sensible à la flatterie et si vous m'imaginez capable de résister plus d'une demi-seconde à une si flatteuse proposition, vous vous trompez grandement.

Grâce à Dieu depuis le 1er janvier 1938 (veille du jour où je fêtai mes dix-huit ans) je tenais mon journal et c'est là que j'ai puisé dates et détails[1].

J'ai commencé à écrire très jeune, vers onze ans, je crois. Pour des raisons qui même pour moi sont obscures. Si je vous dis que j'obéissais à un besoin irraisonné, cela prouvera tout simplement que je n'en connais pas la raison.

Peut-être était-ce que, jeune lecteur avide, j'appartenais à une famille trop pauvre pour acheter des livres, même les meilleurs marché et qui considérait de plus que les livres bon marché n'étaient pas dignes d'être lus. Je me vis donc dans l'obligation de me rendre dans une bibliothèque publique (j'avais six ans lorsque mon père me procura ma première carte et je dus me contenter de deux livres par semaine).

1. Ce journal, qui était d'abord celui que tout adolescent rédige en secret, prit très vite l'allure d'un simple registre littéraire. Il est aux yeux de tous, sauf aux miens, parfaitement ennuyeux — au point même que je peux le laisser traîner sans inconvénient, car personne, à ma connaissance, n'en a lu plus de deux pages. On me demande parfois si je n'ai jamais éprouvé le désir d'y laisser transparaître mes sentiments intimes et mes émotions, à quoi je réponds : « Jamais ! Quel gaspillage, pour un écrivain, de décrire ses sentiments intimes dans un simple journal ! »

Pour moi, c'était nettement insuffisant, et ma soif de lecture me poussa aux extrêmes. Au début de chaque année scolaire, je dévorais tous les manuels qui m'étaient remis, de la première page à la dernière, comme si je me livrais à un véritable et personnel combat. Doué d'une excellente mémoire qui ne me trahissait jamais, en une semaine j'avais emmagasiné tout ce que je devais apprendre au cours de l'année. Alors que faire ensuite ?

C'est pourquoi, lorsque j'eus onze ans, il me vint à l'idée que si j'écrivais moi-même des livres, je pourrais les lire et les relire tout à mon gré. Bien entendu je n'écrivis jamais ce qui s'appelle un véritable livre. J'en commençais un, y travaillais jusqu'à m'en dégoûter, puis en commençais un autre. Tous ces griffonnages sont perdus à jamais et cependant je me rappelle clairement certains détails.

Au cours du printemps 1934, je suivis un cours spécial d'anglais à mon collège (Boys'High School à Brooklyn) qui mettait l'accent sur la rédaction et la composition. Le professeur qui donnait ce cours était également le rédacteur en chef de la revue littéraire semestrielle rédigée par les élèves, et c'est à lui qu'incombait le soin de rassembler les textes devant paraître dans cette revue. Je m'inscrivis à ce cours.

Je fis là une dure expérience. J'avais quatorze ans à l'époque et j'étais encore bien innocent et bien naïf. J'écrivis des textes légers et plaisants, alors que mes condisciples (qui tous avaient dans les seize ans) se lançaient dans le grave et le tragique. Ils ne me dissimulèrent pas le mépris que je leur inspirai et je dissimulai de mon mieux l'amertume que j'en ressentis.

Pendant un court moment je crus les avoir mis dans ma poche lorsqu'un de mes textes fut choisi pour paraître dans notre revue littéraire semestrielle alors que la plupart des leurs étaient refusés. Hélas, le professeur me déclara, avec un incroyable manque de tact, que mon texte avait été retenu pour l'unique raison qu'il leur fallait absolument un texte humoristique, ce qui était le cas du mien.

Mon récit était intitulé « Petits Frères ». Il traitait de la venue au monde de mon propre petit frère, cinq ans plus tôt, et ce fut le premier texte de mon cru jamais publié. Je suppose qu'en cherchant bien on le retrouverait dans les archives de ce collège, mais quant à moi je ne le possède plus.

Il m'arrive parfois de me demander ce que sont devenus tous ces dramaturges en herbe. Je ne me rappelle pas un seul de leurs noms et je n'ai nullement l'intention de chercher à les découvrir… mais il m'arrive encore parfois de me le demander.

Ce ne fut pas avant le 29 mai 1937 (d'après une note que je griffonnai quelque part, car je ne tenais pas encore mon journal et je la donne pour ce qu'elle vaut) qu'il me vint à l'esprit que je pourrais écrire quelque chose dans l'espoir d'être publié et même *rémunéré*. Bien entendu ce serait un récit fantastique, car j'étais depuis 1929 un fanatique de la science-fiction et je la considérais comme la seule forme de littérature digne de mes efforts.

La nouvelle que je commençai à composer dans ce but, la toute première que j'écrivis avec l'espoir de devenir un véritable écrivain, était intitulé « La Spirale cosmique ».

Dans cette nouvelle, je comparais le temps à une hélice, quelque chose comme un ressort de sommier. On pouvait ainsi passer sans la moindre peine d'une spirale à l'autre, avançant dans l'avenir à intervalles réguliers, mais dans l'incapacité de remonter le temps, ne fut-ce que d'un jour. Mon héros traversait ainsi le temps et trouvait la planète Terre déserte. Toute vie animale avait disparu et cependant tout indiquait que la vie avait cessé d'exister depuis peu de temps, et rien n'indiquait ce qui avait provoqué sa disparition. Le récit était rédigé à la première personne, dans un asile d'aliénés, car bien entendu le narrateur y avait été interné après être revenu de son expédition et avoir tenté de faire le récit de son expérience.

En 1937 je n'en écrivis que quelques pages, puis laissai tomber. La simple pensée que j'écrivais en vue d'être publié me paralysait, tandis que lorsque je le faisais pour mon propre plaisir je me sentais libre et léger. L'idée que d'autres que moi liraient peut-être ce récit pesait lourdement sur chaque mot… et voilà pourquoi j'abandonnai.

En mai 1938, le magazine le plus important dans ce domaine, *Astounding Science-Fiction*, changea sa date de parution du troisième mercredi au quatrième vendredi du mois. Ne voyant pas sortir le numéro de juin à la date habituelle, je fus pris d'un véritable désespoir.

Le 17 mai, n'y tenant plus, je me rendis en métro au 79 de la 7e Avenue, siège de la maison d'édition

Street & Smith Publications, Inc[1]. Là, on m'informa du changement de date de la parution, et en effet, le 19 juin le numéro de juin parut.

Avoir frôlé de si près la catastrophe, avoir éprouvé ensuite un tel soulagement ranima en moi le désir d'écrire et d'être publié. Je me remis à la « Spirale cosmique » que je terminai le 19 juin.

Mais maintenant, comment m'y prendre ? J'ignorais absolument les démarches à faire pour placer un manuscrit et personne autour de moi n'en avait la moindre idée. J'en parlai avec mon père qui n'avait pas beaucoup plus que moi le sens des réalités et ne put me donner aucun conseil.

Cependant, il me vint à l'esprit que le mois précédent je m'étais rendu au 79 de la 7e Avenue tout simplement pour demander pour quelle raison *Astounding Science-Fiction* n'avait pas paru. Or en pénétrant dans le Saint des Saints, la foudre ne m'avait pas frappé. Je décidai donc d'y retourner et de remettre mon manuscrit en main propre.

Un geste aussi audacieux me terrifiait. Et je fus plus terrifié encore quand mon père me recommanda, avant de me lancer dans cette aventure, de me raser de près et de revêtir mon meilleur costume. Mais cela me prendrait du temps. La journée était déjà avancée

1. J'ai raconté cette histoire en détail dans un article intitulé « Portrait de l'écrivain adolescent » qui forme le chapitre XVII de mon livre d'essais intitulé *La Science, les Nombres et moi* (Doubleday, 1968), Dans ce récit, me fiant uniquement à ma mémoire, je raconte avoir simplement téléphoné à la maison d'édition Street & Smith. En me reportant à mon journal pour vérifier certaines dates ayant trait à cet ouvrage, je découvris non sans surprise qu'en réalité je m'y étais rendu en métro, véritable aventure pour moi, à cette époque, et qui donne bien la mesure de mon désespoir.

et me il fallait absolument être de retour assez tôt pour faire la livraison des journaux du soir. (Mon père tenait un petit kiosque de journaux et de confiserie et la vie était bien compliquée, à cette époque, pour un futur écrivain aussi sensible et artiste que je pensais l'être. Ainsi, dans notre appartement, toutes les pièces se commandaient. Pour se rendre du living-room à la chambre à coucher de mes parents, de mon frère, ou de ma sœur, il fallait passer par la mienne. Les miens passaient donc constamment par ma chambre et le fait que j'étais dans les affres de la création les laissait parfaitement indifférents.)

J'optai pour un compromis. Je me rasai, mais ne me changeai pas et me voilà parti. Cela se passait le 21 juin 1938.

J'étais persuadé, si j'avais l'audace de demander à voir le rédacteur en chef d'*Astounding Science-Fiction*, qu'on me jetterait en bas des escaliers, qu'on déchirerait mon manuscrit en mille morceaux et qu'il retomberait sur moi en une pluie de confetti. Mais mon père, cet idéaliste, était convaincu qu'un écrivain — c'est-à-dire toute personne nantie d'un manuscrit — serait reçu avec les honneurs dus à un intellectuel. Il était pour sa part tout à fait rassuré, mais qui se rendait là-bas, sinon moi ?

Dissimulant de mon mieux ma peur, je demandai froidement à voir le rédacteur en chef. La jeune fille installée à un comptoir (je revois la scène comme si j'y étais) parla brièvement au téléphone, puis me dit : « M. Campbell va vous recevoir. »

Elle me fit traverser une vaste salle emplie d'énormes rouleaux de papiers, de piles de magazines, et tout imprégnée de la divine odeur de la pâte à papier (une odeur qui aujourd'hui encore me rappelle douloureusement ma jeunesse et me ferait presque monter les larmes aux yeux). Et là, dans un petit bureau donnant sur cette vaste salle, se tenait M. Campbell.

John Wood Campbell Junior qui travaillait depuis un an pour Street & Smith, assumait à lui seul depuis deux mois la direction d'*Astounding Stories* (qu'il s'était empressé de rebaptiser *Astounding Science-Fiction*). Il n'avait alors que vingt-huit ans. Écrivant soit sous son propre nom, soit sous son nom de plume, Don A. Stuart, il était un des auteurs de science-fiction les plus célèbres et les plus estimés, mais son renom d'écrivain devait peu à peu céder le pas à la renommée infiniment plus brillante que devaient lui apporter ses fonctions de rédacteur en chef.

Il devait rester à la tête d'*Astounding Science* ainsi que du magazine qui lui succéda, *Analog Science Fact-Science-Fiction* pendant un tiers de siècle. Pendant toutes ces années nous fûmes lui et moi les meilleurs amis du monde, mais j'eus beau prendre de l'âge, devenir quelqu'un de vénérable et de respecté, en ma qualité de vedette de ce domaine qui nous passionnait tous les deux, je ne cessai jamais d'éprouver pour lui la fervente admiration, la vénération qu'il m'inspira lors de notre première entrevue.

C'était un homme massif et puissant, aux opinions bien arrêtées, qui fumait et parlait sans arrêt, et aimait par-dessus tout à émettre les idées les plus folles qu'il lançait à la tête de son interlocuteur, le défiant de les réfuter. Oui, il était difficile de contrer

Campbell, même quand il vous assenait les paradoxes les plus invraisemblables et les plus farfelus.

Cette première fois, nous parlâmes plus d'une heure. Campbell me montra les épreuves des prochains numéros du magazine et je découvris que parmi les lettres des mordus de la science-fiction figurait une des miennes, et une autre encore dans un numéro à paraître… ce qui prouva au rédacteur en chef à quel point je me passionnais pour ce genre de littérature.

Il me parla de lui, de l'origine de son pseudonyme, m'exposa certaines de ses idées. Il me raconta que son père, à l'âge de dix-sept ans, avait envoyé un manuscrit à *Amazing Stories* qui l'aurait publié si le manuscrit ne s'était perdu et si son père en avait conservé un double. (Je mesurai ma supériorité sur lui, car j'avais apporté mon manuscrit moi-même et en avais conservé un double.) Campbell me promit de lire ma nouvelle le soir même et de m'envoyer dès le lendemain une lettre soit de refus soit d'acceptation. Il me promit également, au cas où il n'accepterait pas mon texte, de m'expliquer pourquoi et de me dire ce qui péchait afin que je puisse y remédier.

Il tint toutes ses promesses. Le surlendemain, le 23 juin exactement, j'eus de ses nouvelles. C'était un refus. (Étant donné que je n'écris pas un roman, mais que je relate des faits exacts, vous ne vous étonnerez pas, cher lecteur, que ma première élucubration ait été refusée.)

Voilà ce que j'écrivis dans mon journal au sujet de ce refus.

« Reçu en retour, ce matin, à neuf heures et demie, "Spirale cosmique" accompagnée d'une lettre de refus des plus courtoises. Il n'a aimé ni le début, trop lent à son gré, ni le suicide de la fin. »

Campbell n'aimait pas non plus le récit écrit à la première personne. Il trouvait les dialogues maladroits et me signalait que mon texte (neuf mille mots) était à la fois trop long pour une nouvelle et trop court pour un roman. Mettre en page un magazine, c'est assembler les pièces d'un puzzle, et la longueur des nouvelles est commandée par la mise en page.

Malgré ce refus, je me sentais complètement remonté. La joie d'avoir passé plus d'une heure avec John Campbell, l'orgueil de m'être entretenu d'égal à égal avec mon idole, m'incitait déjà à écrire une autre nouvelle de science-fiction, meilleure que la première, ce qui me permettrait de tenter à nouveau ma chance auprès de lui. Cette aimable lettre de refus — deux pages pleines — dans laquelle il analysait sérieusement ma nouvelle, sans la moindre trace de condescendance ou de dédain, ne fit que renforcer mon enthousiasme. Avant même que fût achevée la journée du 23 juin j'avais écrit, de premier jet, la moitié d'une autre nouvelle.

Bien des années plus tard je demandai à Campbell — avec qui, entre temps, j'avais noué les liens d'une étroite amitié — pourquoi il s'était donné tant de peine pour me répondre, alors que de toute évidence cette première nouvelle ne valait rien.

— Elle ne valait rien, en effet, me dit-il en toute franchise, car il n'était pas homme à mâcher ses mots. Mais j'ai senti qu'il y avait quelque chose en vous. Adolescent plein d'ardeur, vous saviez écouter et j'étais persuadé que j'aurais beau vous opposer critiques et refus, vous ne vous laisseriez pas décourager. Aussi longtemps que vous étiez prêt à travailler durement pour améliorer la qualité de votre travail, j'étais prêt, de mon côté, à vous soutenir.

Voilà comment était John. Je ne fus pas le seul écrivain, débutant ou chevronné, avec qui il agit de cette manière. Patiemment, grâce à son exceptionnelle vitalité et à son réel talent, il constitua l'équipe des meilleurs auteurs de science-fiction qui ait existé jusque là.

Ce qu'il advint de ma nouvelle intitulée « Spirale cosmique », je l'ignore. Je ne la retouchai pas et ne la soumis à personne d'autre. Je sais d'autre part que je ne l'ai ni déchirée ni jetée. Elle a dû moisir au fond d'un tiroir et j'ai fini par en perdre la trace. Le fait est qu'elle n'existe plus

Cela au grand dam des bibliographes qui voyaient dans la première nouvelle que j'écrivis en vue de publication, si mauvaise fût-elle, un document de toute première importance. Je le regrette, mes chers amis, mais comment aurais-je pu prévoir, en 1938, que mes premiers balbutiements pourraient présenter un jour un intérêt quelconque ? Je suis peut-être un monstre d'orgueil et de vanité, mais tout de même pas à ce point-là.

Cependant, avant la fin du mois, j'avais terminé ma seconde nouvelle, « Stowaway »[1] dans laquelle je mettais tous mes espoirs. Je l'apportai à Campbell, à son bureau, le 18 juillet 1938. Il mit un peu plus de temps à me la renvoyer et ce fut le 22 juillet que je reçus son

1. « Stowaway », en français « Le Voyageur clandestin »

refus. Voici ce que j'écrivis dans mon journal au sujet de la lettre qui l'accompagnait :

« ... Impossible d'imaginer une façon plus gentille d'exprimer un refus. Cela équivalait presque à une acceptation. Il m'écrivait que l'idée était bonne et l'intrigue acceptable. La façon de traiter le sujet, les dialogues n'étaient ni gauches ni ampoulés — ce qui fut pour moi une agréable surprise — et il n'avait rien de grave à me reprocher, si ce n'est un certain amateurisme qui laissait percer la contrainte et l'effort. Les rouages n'étaient pas encore assez huilés. Je triompherais de tout cela, m'écrivait-il encore, dès que j'aurais acquis un peu plus d'expérience. Il m'assurait enfin que selon toute probabilité j'arriverais à faire publier mes nouvelles, mais qu'il me faudrait probablement travailler encore pendant un an et écrire une douzaine de nouvelles avant de prendre le bon départ... »

Rien d'étonnant à ce qu'une telle lettre de refus ait ranimé en moi le désir d'écrire et j'entrepris immédiatement l'élaboration de ma troisième nouvelle.

Mieux encore, je me sentis suffisamment remonté pour soumettre à un autre éditeur « Stowaway », ma seconde nouvelle. À cette époque, on trouvait dans les kiosques à journaux trois magazines de science-fiction. *Astounding* les dominait de haut, ce magazine mensuel bien présenté et de bonne tenue. Les deux autres, *Amazing Stories* et *Thrilling Wonder Stories* étaient de plus médiocre qualité, et l'on pouvait en dire autant des nouvelles qu'ils contenaient, qui laissaient plus de place à l'action qu'à la psychologie. J'envoyai « Stowaway » à *Thrilling Wonder Stories* qui me la renvoya rapidement, le 9 août 1938 accompagnée de la classique lettre de refus.

Mais j'étais plongé dans la rédaction de ma troisième nouvelle destinée à connaître un sort meilleur... et même assez rapidement. Dans l'ouvrage que vous avez sous les yeux j'ai inclus mes nouvelles non pas dans leur ordre de publication, mais d'écriture... ce qui me semble-t-il, est plus intéressant du point de vue littéraire. Mais revenons-en à « Stowaway ».

Au cours de l'été 1939, où je connus mes premiers succès, je repris « Stowaway », le retravaillai et l'envoyai à nouveau à *Thrilling Wonder Stories*. J'espérais, j'imagine, que le modeste renom que je m'étais déjà acquis inciterait l'éditeur à relire cette nouvelle sous un angle nouveau, alors que la première fois j'étais totalement inconnu. Mais je me trompais lourdement. Je me heurtai de nouveau à un refus.

Je tentai ma chance à *Amazing* qui m'opposa également un refus.

Cette nouvelle semblait destinée à être définitivement enterrée, et c'est ce qui se serait produit s'il n'y avait pas eu, vers la fin des années 30, un léger « boom » sur la science-fiction. De nouveaux magazines virent le jour et vers la fin de 1939 il fut question de publier une revue baptisée *Astonishing Stories* qui se vendrait dix cents le numéro. (*Astounding* se vendait alors vingt cents.)

Cette nouvelle revue, ainsi que sa sœur jumelle, *Super Science Stories*, devait être éditée avec de très faibles moyens par un jeune fanatique de la science-fiction, Frederik Pohl, qui venait d'avoir vingt ans (il avait environ un mois de plus que moi) et qui fit ainsi son entrée dans ce qui devait devenir pour lui une brillante carrière d'écrivain de science-fiction.

Pohl, ce garçon mince, à la voix douce, aux cheveux qui déjà s'éclaircissaient, au visage grave, avait une mâchoire supérieure proéminente, qui, lorsqu'il souriait, le faisait ressembler à un lapin. Ses conditions matérielles l'avaient empêché d'entrer à l'université, mais il était infiniment plus brillant — et plus cultivé — que la plupart des étudiants diplômés qu'il m'a été donné de rencontrer.

Pohl était de mes amis — il l'est toujours — et ce fut peut-être lui qui fit plus que tout autre, à l'exception de Campbell bien entendu, pour faciliter mes débuts dans la carrière littéraire. Nous fréquentions ensemble des clubs de fanas de la science-fiction. Il avait lu mes nouvelles et les appréciait... et il lui fallait de toute urgence, et à bas prix, des textes pour ses nouveaux magazines.

Il me demanda à revoir mes manuscrits. Il choisit une de mes nouvelles à paraître dans son premier numéro. Le 17 novembre 1939 — il y avait près d'un an et demi que j'avais écrit « Stowaway » —, Pohl l'inclut dans le second numéro d'*Astonishing*. Mais il avait la manie de changer les titres et c'est ainsi que « Stowaway » devint « Dangereuse Callisto » et c'est sous ce titre qu'elle fut publiée.

C'est donc la deuxième nouvelle que j'ai écrite et la première à avoir été publiée. Je laisse au lecteur le soin de juger par lui-même si les critiques de Campbell, citées plus haut, étaient par trop indulgentes et s'il avait vu juste, se basant sur cette nouvelle, en me prédisant une véritable carrière d'écrivain.

« Dangereuse Callisto » paraît ici (ainsi que toutes les autres nouvelles que contient ce volume) sous la forme même où elle a été publiée dans ledit magazine, à ce détail près qu'elle a été revue et corrigée afin d'éliminer toutes les erreurs typographiques.

Dangereuse Callisto

— Maudite Jupiter ! grommela Ambrose Whitefield et je ne pus qu'approuver d'un hochement de tête.

— Voilà quinze ans que je fais le circuit des satellites joviens et cette exclamation, je l'ai entendue au moins un million de fois. C'est peut-être le juron le plus justifié de tout le système solaire, lui répondis-je.

Nous venions d'être relevés de notre quart sur le vaisseau d'exploration spatiale, le *Cérès*, et nous étions descendus deux niveaux plus bas, en traînant les pieds, pour rejoindre notre cabine.

— Maudite et cent fois maudite soit Jupiter ! répéta Whitefield avec hargne. Cette foutue planète est bien trop grande pour le système solaire. Elle est là, derrière nous, et elle nous attire, nous attire, nous aspire ! Nous sommes obligés de tenir constamment l'atomos en action. Et à chaque fois il nous faut vérifier et rectifier notre route. Jamais un instant de détente, pas moyen de se la couler douce ! Et il faut sans arrêt accomplir le pire des boulots sans la moindre escale.

Du revers de la main il essuya les gouttes de sueur qui perlaient sur son front. Un type jeune, il avait à peine trente ans, mais dont le regard exprimait la nervosité et même la peur.

Il avait beau la maudire, ce n'était pas à la planète Jupiter qu'il en avait. En réalité Jupiter était bien le dernier de nos soucis. C'est Callisto que nous redoutions ! Cette petite lune qui se reflétait en bleu pâle sur nos hublots rendait Whitefield à moitié fou et m'avait déjà causé quatre nuits d'insomnie. Callisto ! Le but de notre expédition !

Le vieux Mac Steeden lui-même, ce vétéran à la moustache grise qui dans sa jeunesse avait navigué dans l'espace avec le grand Peewee Wilson lui-même, accomplissait ses fonctions, le regard absent. Quatre jours s'étaient écoulés — et il nous en restait encore dix à tirer — et déjà la panique s'emparait de nous.

Dans les circonstances normales, nous étions tous des gars courageux. Les huit hommes qui composaient l'équipage du *Cérès* avaient affronté les pourpres Lestroniques, les Disintos, ces dangereux pirates et rebelles, et une demi-douzaine de mondes nouveaux. Mais il faut plus que de la simple bravoure pour affronter l'inconnu, pour se mesurer avec Callisto, cette « mystérieuse planète » du système solaire.

Un seul fait connu sur Callisto, et un fait sinistre et terrifiant. Dans une période de vingt-cinq années, sept vaisseaux spatiaux, à chaque fois mieux équipés, s'y étaient posés... et on n'en avait plus jamais entendu parler. Les journaux du dimanche, dans leurs suppléments, peuplaient ce satellite de tout ce qui existait au monde, depuis les super-dinosaures jusqu'aux invisibles fantômes de la quatrième dimension, mais le mystère restait entier.

Oui, nous étions huit. Et notre vaisseau était plus perfectionné encore que tous ceux qui l'avaient précédé. Nous étions les premiers à disposer d'un navire à la coque de beryl-tungstène, ce métal tout récemment découvert, deux fois plus résistante que les anciennes coques d'acier. Nous disposions également d'un super-armement lourd et nous étions propulsés par les moteurs atomiques les plus modernes.

Mais nous n'étions rien d'autre que la huitième expédition et cette pensée hantait chacun de nous.

Whitefield entra sans dire mot dans notre cabine et se laissa tomber sur sa couchette. Puis il appuya son menton sur ses poings serrés à en faire blanchir ses jointures. J'eus l'impression qu'il pouvait craquer d'une seconde à l'autre et je compris qu'il me fallait y aller mollo avec lui.

— Vois-tu, lui dis-je, ce qu'il nous faudrait c'est boire un verre de quelque chose de raide.

— Un verre ! s'exclama-t-il d'une voix rauque. Tu veux dire une bouteille tout entière.

— Qu'est-ce qui nous empêche ?

— Tu sais parfaitement, fit-il en me lançant un regard noir, qu'il n'y a pas une goutte d'alcool sur ce sacré vaisseau. C'est contraire au règlement de la navigation spatiale.

— De l'eau de *Jabra* d'un vert scintillant, dis-je en articulant distinctement chaque syllabe. Vieillie dans les grottes du désert martien. Cette merveilleuse liqueur d'un vert d'émeraude. Par bouteilles ! Par caisses, même !

— Où ça ?

— Tu verras. Qu'en penses-tu ? S'en enfiler quelques verres — juste quelques verres — nous remonterait le moral.

L'espace d'un instant son regard brilla, puis s'éteignit à nouveau.

— Et si le commandant nous surprend ? Il est à cheval sur la discipline et au cours d'une expédition pareille nous risquons d'y perdre nos galons.

— Ces bouteilles, ces caisses sont dissimulées dans la cache personnelle du commandant, fis-je en clignant de l'œil d'un air complice. Il ne peut pas nous infliger des sanctions sans se sanctionner lui-même… le vieil hypocrite ! C'est bien le meilleur commandant qu'on ait jamais eu, mais son eau verte il y tient.

— C'est bon, allons-y, fit Whitefield après m'avoir longuement considéré.

Nous nous glissâmes jusqu'à la réserve de vivres, déserte, bien entendu, à cette heure-là. Le commandant et Steeden étaient au tableau de bord ; Brock et Charney, aux moteurs ; et Harrigan et Tuley ronflaient tout leur saoul dans leur cabine.

Avançant sans bruit, grâce à une vielle habitude, j'écartai quelques caisses de vivres et ouvris un panneau dissimulé au ras du plancher. J'y glissai la main et en sortis une bouteille poussiéreuse qui, dans la pénombre, prit des reflets d'un vert de mer.

— Assieds-toi, dis-je à mon compagnon, et installe-toi confortablement, et là-dessus je fis surgir deux petits gobelets que je remplis à ras bord.

Whitefield sirota le premier avec des marques évidentes de satisfaction et vida le second d'une seule gorgée.

— Explique-moi pourquoi tu t'es porté volontaire pour une telle expédition, Whitey ? lui demandai-je. Tu es un peu jeunot pour te lancer dans une telle aventure.

— Oh ! tu sais comment ça se passe, fit-il avec un geste fataliste de la main. L'arrive un moment où tout vous embête. J'avais choisi la zoologie — un vaste domaine depuis les voyages interplanétaires — et j'avais sur Ganymède une excellente situation, mais c'était pas drôle et je m'embêtais à crever. Alors sur un coup de tête je me suis engagé dans la marine spatiale, et sur un autre je me suis porté volontaire pour cette expédition. Et poussant un soupir : J'avoue que je le regrette un peu.

— C'est pas comme ça qu'il faut prendre les choses, petit. Crois-en ma vieille expérience. Un type paniqué est un type foutu. D'ici deux mois, on sera de retour sur Ganymède.

— J'ai pas la pétoche, si c'est ça que tu crois ! s'exclama-t-il, rageur. Ce serait plutôt... Il se tut un bon moment, considérant, le sourcil froncé, son troisième gobelet. Ce qui me ronge, c'est d'essayer d'imaginer ce qui nous attend. Mon imagination prend le mors aux dents et ça finit par me taper sur les nerfs.

— Oui, je te comprends, fis-je d'un ton apaisant. Et je te blâme pas. À mon avis on en a tous autant à t'offrir. Mais prends garde. Je me souviens d'une expédition Mars-Titan où nous avions...

Whitefield interrompit une des sempiternelles histoires que j'éprouvais toujours un plaisir renouvelé à raconter en me flanquant dans les côtes un tel coup de coude que j'en eus le souffle coupé.

Il vida d'un trait son troisième gobelet d'eau verte, puis balbutia :

— Dis donc, Jenkins, j'ai quand même pas assez bu pour avoir des visions, pas vrai ?

— Ça dépend quelles visions ?

— Je suis prêt à jurer avoir vu bouger quelque chose sous la pile de caisses vides, dans le coin, là-bas.

— Ça c'est mauvais signe, fis-je en vidant un autre gobelet. Tes nerfs sont en train de te jouer un drôle de tour. Ou ce sont des fantômes, ou c'est cette sacrée Callisto qui se manifeste déjà.

— Je te dis que j'ai vu bouger quelque chose. Y a quelque chose de vivant dans le coin.

Il se rapprocha de moi, à bout de nerfs, et moi-même, dans cette pénombre, je me sentis un instant pris de panique.

— Tu es complètement cinglé, dis-je d'une voix forte dont l'écho me réconforta. Je posai mon gobelet vide, me levai en vacillant légèrement et lui dis : Allez viens, on va voir ce qu'il y a entre ces caisses.

Whitefield me suivit et ensemble nous entreprîmes de déplacer les légères caisses d'aluminium. Nous étions l'un et l'autre un peu éméchés et devions faire pas mal de bruit. Du coin de l'œil, je vis Whitefield s'efforcer de déplacer la caisse la plus proche du mur.

— Tu ne vas pas me dire que celle-ci est vide, grommela-t-il en la soulevant légèrement.

Grommelant entre ses dents, il arracha le couvercle et se pencha sur la caisse. Il resta là une demi-seconde, puis recula lentement. Butant sur je ne sais quoi, il se retrouva assis sur le sol, l'air hagard, le regard toujours fixé sur la caisse.

Je l'observai en haussant les sourcils puis lançai à mon tour un regard à la caisse en question. Pétrifié, j'émis un cri rauque qui se répercuta contre les parois de la vaste salle.

La tête d'un gosse venait de surgir de la caisse — un rouquin au visage maculé qui pouvait avoir dans les treize ou quatorze ans.

— Salut, fit le gosse en s'extirpant de la caisse. Et comme, encore sous le coup, ni Whitefield ni moi ne trouvions la force de lui répondre, il reprit : J'suis rudement content que vous m'ayez trouvé. Je commençais à avoir des crampes, couché là-dedans en chien de fusil.

— Bon Dieu ! fit Whitefield après avoir avalé péniblement sa salive. Un mioche qui joue les voyageurs clandestins ! Et pour se rendre sur Callisto !

— Et impossible de faire demi-tour, lui rappelai-je d'une voix étranglée. Ce serait notre perte. Le voyage en direction du satellite jovien n'est pas une partie de plaisir.

— Dis-moi un peu, fit Whitefield avec hargne en se tournant vers le gosse. Qui es-tu, petit imbécile, et qu'es-tu venu foutre ici ?

— Je m'appelle Stanley Fields, fit le gosse, effrayé, en rentrant la tête dans les épaules. Je suis de New Chicago, de la planète Ganymède. J'ai... j'ai choisi l'espace, comme c'est écrit dans les livres. Il se tut un instant, puis reprit avec entrain : Vous croyez qu'au cours de ce voyage on va se battre contre des pirates, M'sieur ?

Sans aucun doute ce gosse s'était nourri de ces petites brochures à dix sous relatant de fascinantes aventures spatiales, comme j'en lisais moi-même quand j'étais jeune.

— Et tes parents, qu'en penseront-ils ? lui demanda sévèrement Whitefield.

— Mes parents, je les ai plus. J'ai rien qu'un oncle et je crois bien que ça lui fera ni chaud ni froid.

Il avait retrouvé son aplomb et nous regardait en souriant d'une oreille à l'autre.

— Qu'est-ce qu'on fait ? me demanda Whitefield, l'air dépassé par les événements.

Attrapant le môme chacun par un bras, on sortit de la réserve de vivres en le traînant entre nous deux.

— On l'emmène chez le commandant. À lui de se débrouiller.

— Je me demande comment il va prendre ça.

— C'est ses oignons. Nous, on y est pour rien. Et de toute façon faudra bien qu'il s'incline, puisqu'il y a rien à faire.

Le commandant Bartlett, doué de toutes les qualités qu'exigeaient ses fonctions, était du genre impassible et laissait rarement percer ses sentiments. Mais lorsque dans de rares occasions ça lui arrivait, il avait tout d'un volcan en éruption sur Mercure… et ceux qui n'y ont jamais assisté n'ont rien vu.

Il en avait déjà sa dose. Voguer en direction d'un satellite est une rude épreuve. L'idée de cette Callisto qui nous attendait, là-bas, devait le hanter plus lourdement encore qu'aucun membre de l'équipage. Et il y avait maintenant ce passager clandestin... un gosse, par-dessus le marché.

Cela dépassa tout ce que l'on pouvait imaginer. Pendant près d'une demi-heure il débita des chapelets d'effroyables jurons. Il commença par le Soleil, puis dévida toute la liste des planètes, des satellites, des astéroïdes, des comètes pour finir par les météores. Il abordait les étoiles les plus proches lorsqu'il s'affala enfin, à bout de force. Il était dans un tel état qu'il ne pensa même pas à nous demander ce que nous foutions dans la réserve de vivres, ce qui nous arrangea drôlement, Whitefield et moi.

Mais le commandant Bartlett est loin d'être un imbécile. Après s'être soulagé en explosant, il se rappela qu'on est bien obligé de supporter ce à quoi on ne peut remédier.

— Emmenez-le, grommela-t-il enfin, débarbouillez-le, et arrangez-vous à ce qu'il ne se trouve pas sur mon chemin. S'adoucissant un peu, il me prit à l'écart et ajouta : Ne l'effrayez pas inutilement en lui disant vers quoi nous nous dirigeons. Il s'est embarqué dans une drôle d'aventure, le pauvre gosse.

Quand nous nous retirâmes en bon ordre, ce vieux sentimental qui jouait les durs était en train d'expédier un message urgent à la planète Ganymède leur demandant de se mettre en rapport avec l'oncle du gamin.

Comment aurions-nous pu imaginer, à ce moment-là, que ce gosse se révélerait un don du Ciel, la chance de notre vie. Pour commencer, il détourna nos pensées de Callisto en nous donnant d'autres sujets de préoccupation. La tension qui à la fin du quatrième jour avait atteint son comble se dissipa complètement.

La candeur de ce gosse, sa gaieté spontanée avaient quelque chose de rafraîchissant. Il errait à l'aventure, sur le vaisseau, et posait les questions les plus absurdes, persuadé que nous allions d'un instant à l'autre être attaqués par des pirates. Et surtout il nous considérait tous comme des héros de l'espace, ces héros qui truffaient ses petites brochures à dix sous.

Cela nous flattait et nous incitait à nous surpasser. Nous rivalisions de vantardises et d'histoires à dormir debout. Quant au vieux Mac Steeden, qui pour Stanley était un demi-dieu, il battait tous les records en mentant comme un arracheur de dents.

Je me souviens tout particulièrement de ce véritable festival d'inventions et de hâbleries que nous nous offrîmes le septième jour. Nous avions accompli la moitié du trajet et nous allions bientôt entreprendre une lente et prudente décélération. Nous étions tous — à l'exception d'Harrigan et de Tuley qui s'activaient auprès des moteurs — installés dans la salle des contrôles. Whitefield qui gardait un œil sur le mathématico ouvrit le feu et comme toujours nous parla zoologie.

— C'est un genre de limace, nous dit-il, que l'on ne trouve qu'en Europe, le Carolus Europus, plus communément appelé le ver magnétique. D'environ quinze centimètres de long, il est gris ardoise… et c'est bien l'animal le plus répugnant qu'on puisse voir.

« Nous avons passé six mois à étudier ce ver en long, en large, et en travers, et jamais je n'avais vu le vieux Mornikoff aussi excité. Cette bête puante tue à distance par une sorte de champ magnétique qu'elle projette. Ainsi, on met ce ver à un bout d'une pièce et une chenille à l'autre. Au bout de cinq minutes on voit la chenille s'enrouler sur elle-même et crever.

« Ce qu'il y a de plus extraordinaire, c'est que ce champ magnétique ne s'attaque pas au crapaud, par exemple, qui est une proie trop grosse pour lui. Mais si vous encerclez ce crapaud d'une bande de fer, le ver magnétique le tue en moins de deux. C'est ce qui nous a fait deviner qu'il s'agissait d'une sorte de champ magnétique, car le fer quadruple sa puissance. »

Cette histoire nous impressionna désagréablement et Joe Brock exprima notre sentiment à tous en disant de sa voix de basse :

— Si ce que tu dis est vrai, j'suis bougrement content que ces sales bestioles ne mesurent que quinze centimètres de long.

Mac Steeden s'étira puis tira sur sa moustache grise en feignant l'indifférence.

— Tu dis que ce ver sort de l'ordinaire. Mais c'est rien à côté de c'que j'ai vu de mon temps…

Il hocha lentement la tête d'un air entendu et nous comprîmes que nous étions bons pour un de ces terrifiants et interminables récits comme il en avait le secret. L'un de nous grommela entre ses dents, mais le visage de Stanley s'illumina en comprenant que le vieux vétéran allait se lancer dans un de ses passionnants récits.

— Quand c'est arrivé je me trouvais avec Peewee Wilson, fit Steeden qui, ayant remarqué les yeux brillants du gosse, s'adressait à lui. Tu as entendu parler de Peewee Wilson, j'imagine ?

— Et comment ! fit Stanley tout brûlant d'admiration pour ce héros. J'ai lu des livres sur lui. C'est bien le plus grand voyageur de l'espace qui ait jamais existé.

— Je suis prêt à le parier par tout le radium de Titan, petit. Il était pas plus grand que toi et ne pesait guère plus de cinquante kilos, mais au combat, il valait cinq fois son poids et serait arrivé à bout de tous les démons vénusiens. C'est comme ça qu'on était, lui et moi. Et il n'allait nulle part sans moi. Et quand les choses se gâtaient, c'est toujours vers moi qu'il se tournait. Il poussa un profond soupir et ajouta : Si je ne m'étais pas cassé la jambe, je l'aurais accompagné lors de son dernier voyage…

Il se tut brusquement et un lourd silence régna. Whitefield verdit, le commandant agita nerveusement les lèvres et je sentis le cœur me tomber dans les talons.

Aucun de nous ne parla, mais nous n'avions, tous les six, qu'une seule et même pensée. Le dernier voyage de Peewee Wilson avait Callisto pour but. Il faisait partie de la seconde expédition… et il n'en était jamais revenu. Nous effectuions, nous, la huitième.

Stanley, stupéfait, nous regarda les uns après les autres, mais nous détournâmes tous les yeux.

Ce fut le commandant Bartlett qui se ressaisit le premier.

— Dis-moi, Steeden, si je ne me trompe, tu as une des vieilles combinaisons spatiales de Peewee Wilson ?

Il avait parlé d'une voix calme mais je me rendis compte qu'il avait fait un effort sur lui-même pour y parvenir. Steeden s'illumina, et cessa de mâchonner sa moustache, ce qu'il faisait toujours lorsqu'il était nerveux.

— Pour ça oui, commandant. Il me l'a donnée lui-même de sa propre main. Ça se passait en 23 alors qu'on inaugurait les nouvelles combinaisons d'acier. Peewee n'avait plus l'usage de sa vieille combinaison de caoutchouc vitrifié, alors il me l'a donnée, et je ne m'en sépare jamais. C'est mon porte-bonheur.

— Je me disais qu'on pourrait peut-être la mettre aux mesures du gosse. Aucune des nôtres ne lui irait et il lui en faut absolument une.

— Non, mon commandant, fit le vieil homme, le regard durci, en secouant vigoureusement la tête. Personne ne touchera à cette vieille combinaison. Peewee me l'a donnée lui-même, de sa propre main ! Pour moi elle est sacrée, oui, sacrée !

Nous nous rangeâmes tous au côté du commandant, mais Steeden s'obstina. Il ne faisait que répéter : « Cette vieille combinaison restera où elle est » en frappant à chaque fois du poing pour donner plus de poids à ses paroles.

Nous allions renoncer lorsque Stanley, jusque-là silencieux, prit la relève.

— S'il vous plaît, Mr. Steeden, fit-il d'une voix légèrement tremblante, s'il vous plaît, prêtez-la-moi.

J'en prendrai grand soin. Je suis sûr que si Peewee Wilson vivait encore il vous dirait de me la prêter.

Les larmes montèrent à ses yeux bleus, sa lèvre inférieure trembla imperceptiblement. Ce gosse était un acteur-né.

Steeden, qui hésitait, se remit à mâchouiller sa moustache, puis grommela enfin :

— C'est bon ! Puisque vous êtes tous contre moi... Que le gosse la prenne, cette combinaison, mais ne comptez pas sur moi pour la mettre à ses mesures ! Vous passerez des nuits blanches... Moi je m'en lave les mains.

Le commandant Bartlett avait fait d'une pierre deux coups. Il détournait nos pensées de Callisto au moment où le moral de l'équipage était au plus bas et il nous fournissait une occupation pour la suite de cette expédition... car il nous faudrait bien huit jours pour essayer de remettre en état la relique qu'était cette vieille combinaison.

Nous nous y attelâmes avec une ardeur disproportionnée au peu d'importance de la chose. En nous y absorbant nous arrivions à oublier un peu l'orbe toujours grandissant de Callisto. Il nous fallut boucher chacune des fentes et raccommoder chacune des déchirures de cette vénérable combinaison, dont nous doublâmes l'intérieur d'une fine maille d'aluminium. Nous mîmes en état de marche le petit accumulateur de chaleur et y adaptâmes un réservoir en tungstène empli d'oxygène.

Le commandant lui-même ne dédaigna pas d'y prêter la main et Steeden, en dépit de ses serments, s'y mit de son plein gré.

Nous en eûmes fini la veille même du jour où, selon notre horaire, nous devions nous poser sur Callisto. Stanley, gonflé d'orgueil, essaya la combinaison, tandis que Steeden, ne le quittant pas des yeux, souriait tout en mâchonnant sa moustache.

À mesure que les jours s'écoulaient, la sphère bleu pâle qu'était Callisto ne faisait que grandir au point d'envahir la plus grande partie de notre ciel. La dernière journée fut dure à supporter. Nous nous activions d'un air absent et évitions autant que possible de regarder l'inquiétant et mystérieux satellite qui nous obsédait.

Nous amorçâmes la descente… une longue et lente spirale allant se resserrant. Par cette manœuvre, le commandant espérait acquérir quelque connaissance sur la nature de cette planète et de ses habitants, mais le résultat fut décevant. L'importante teneur en oxyde carbonique de la mince et froide couche d'atmosphère était particulièrement propice à la flore, et la végétation était abondante et variée. Cependant les trois pour cent d'oxygène qu'elle contenait semblaient écarter toute possibilité de vie animale à l'exclusion des mollusques les plus primitifs. Et ce qui confirma notre impression c'est qu'on ne distinguait nulle part trace de villes ou de travaux faits de main d'homme.

Après avoir décrit par cinq fois des cercles au-dessus de Callipso, nous repérâmes un grand lac en forme de tête de cheval. C'est tout près de ce lac que nous descendîmes en douceur, car le dernier message envoyé par la seconde expédition — celle de Peewee

Wilson — annonçait un atterrissage proche d'un grand lac.

Nous étions encore à un demi-mille de hauteur lorsque nous aperçûmes la scintillante coque métallique de ce qui avait été le *Phobos*, et lorsque enfin nous nous posâmes sans heurts sur une herbe grossière, nous n'étions qu'à cinq cents mètres de l'épave du malheureux vaisseau spatial.

— C'est curieux, marmonna le commandant alors que nous étions tous rassemblés dans la salle de contrôle, attendant les ordres. Il ne semble pas y avoir eu violence.

En effet. Le *Phobos* reposait sur l'herbe et on n'y distinguait aucune déprédation. Sa coque d'acier, aujourd'hui démodée, scintillait à la lumière dorée de la planète Jupiter au relief accentué, car l'atmosphère pauvre en oxygène n'avait pu rouiller cette coque résistante.

— Ganymède a-t-elle répondu ? demanda le commandant en s'adressant à Charney, toujours aux écoutes à la radio.

— Oui, commandant. Ils nous souhaitent bonne chance, répondit simplement Charney, mais j'en eus un frisson dans le dos.

— Avez-vous tenté de communiquer avec le *Phobos* ? demanda encore le commandant, le visage toujours impassible.

— Pas de réponse, commandant.

— Trois d'entre vous vont aller inspecter le *Phobos*. Peut-être trouverons-nous là des réponses aux questions que nous nous posons.

— À la courte paille ! lança Brock.

Le commandant approuva gravement d'un signe de tête. Il prit huit allumettes, en brisa trois par moitié et tendit le bras vers nous sans dire mot.

Charney s'avança le premier et en tira une. Elle était brisée et il se dirigea tranquillement vers le placard où étaient rangées les combinaisons spatiales. Ce fut ensuite au tour de Tuley de s'exécuter, puis d'Harrigan et de Whitefield. Puis ce fut à moi et je tirai la deuxième allumette brisée. Je souris, rejoignis Charley, et trente secondes plus tard, le vieux Steeden vint se joindre à nous.

— Nous serons tous là pour vous soutenir, les gars, nous dit gravement le commandant en nous serrant la main. Si un danger quelconque vous menace, revenez à toute allure. Pas d'actes d'héroïsme inutile. Nous ne pouvons pas nous permettre de perdre des hommes.

Après avoir vérifié nos circuits électroniques de poche, nous quittâmes le *Cérès*. Nous ignorions ce qui nous attendait et nous ne savions pas si nos premiers pas sur Callisto seraient aussi les derniers, mais aucun de nous n'hésita ne fût-ce qu'un instant. Dans les magazines à dix sous les héros de l'espace ont toujours du courage à revendre, mais dans la réalité on en a tout juste assez pour soi. Et c'est avec fierté que j'évoque la façon assurée dont nous quittâmes tous trois l'abri que nous offrait le *Cérès*.

Je ne regardai derrière moi qu'une seule fois et eus tout juste le temps d'apercevoir le petit visage de Stanley collé contre l'épaisse vitre du hublot. Même de loin, son excitation était visible. Pauvre gosse ! Il était convaincu depuis deux jours que nous allions prendre d'assaut la forteresse des pirates et il attendait avec impatience que s'engage le combat. Bien entendu aucun de nous n'avait eu le cœur de lui enlever ses illusions.

La coque du *Phobos* se dressa bientôt devant nous dans toute sa masse et projeta sur nous son ombre immense. Ce vaisseau géant gisait sur l'herbe grossière d'un vert foncé, silencieux comme la mort elle-même. Un des sept navires qui avaient tenté l'aventure et échoué. Nous étions le huitième.

— Je me demande ce que sont ces traces blanches sur la coque, fit Charney rompant enfin un pesant silence.

Il posa son doigt ganté de métal sur la paroi d'acier qu'il frotta. Le retirant il examina de près la pulpe blanchâtre qui s'y était attachée, puis pris de dégoût essuya son doigt sur l'herbe grossière.

— Qu'est-ce que vous croyez que ça peut être ?

Pour autant que nous puissions le discerner, le vaisseau tout entier — à l'exception de la partie qui reposait directement sur le sol — était recouvert d'une fine couche d'une substance pulpeuse qui ressemblait à de l'écume desséchée ou encore…

— On dirait la bave qu'aurait laissée derrière elle une limace géante sortant du lac et venant ramper sur la coque du vaisseau, dis-je.

Je plaisantais, bien entendu, mais mes deux compagnons jetèrent un regard furtif sur la surface du lac, lisse comme un miroir, où se reflétait la planète Jupiter. Et Charney porta la main à son circuit électronique.

— Hé là, lança Steeden d'une voix qui dans son micro sonna dure et métallique, en voilà des façons de parler ! Il nous faut trouver le moyen de pénétrer dans ce vaisseau. Il doit bien y avoir une fissure dans cette coque. Prends sur ta droite, Charney, et toi Jenkins, sur ta gauche. Et moi je vais essayer de me hisser au sommet de cet engin.

Évaluant du regard la coque ronde et lisse, il recula de quelques pas, puis sauta. Sur Callisto, évidemment il pesait à peine vingt livres, combinaison et équipement compris, et il s'éleva de quelque trente ou quarante pieds. Il se posa légèrement sur la coque et comme il commençait à glisser, il se retint à un boulon et rampa vers le sommet.

Avec un signe de main à Charney, je partis sur la gauche.

— Tout va bien ? fit la voix du commandant qui résonna faiblement à mon oreille.

— Jusqu'à présent, oui, répondis-je, préoccupé.

À cet instant le *Cérès* disparut derrière l'énorme masse du *Phobos*, ce navire mort, et je me sentis complètement seul sur cette mystérieuse Callisto.

Je poursuivis silencieusement ma ronde. L'enveloppe du vaisseau spatial était intacte et seuls s'y ouvraient comme d'aveugles prunelles les hublots, ceux du niveau inférieur s'ouvrant bien au-dessus de ma tête. Je crus à une ou deux reprises apercevoir Steeden faisant de l'acrobatie, comme un singe, au sommet de la coque lisse, mais ce ne fut peut-être qu'une illusion.

J'atteignis enfin la proue éclairée en plein par Jupiter, et là la rangée inférieure de hublots était suffisamment basse pour que j'y puisse plonger mon regard, et comme j'allais de l'un à l'autre, j'eus l'impression d'inspecter un navire peuplé de spectres dans cette lumière fantomatique où tous les objets m'apparaissaient comme des ombres mouvantes.

Ce fut le dernier hublot de la rangée qui me révéla un spectacle d'un puissant intérêt. Dans le rectangle que projetait sur le plancher la lumière de Jupiter, gisaient les restes d'un homme. Ses vêtements devenus trop grands étaient drapés sur lui et sa chemise formait des plis comme moulés par ses côtes. Dans l'espace placé entre le col ouvert de sa chemise et sa casquette de mécanicien sa tête de mort aux orbites vides ricanait. Cette casquette perchée sur ce crâne lisse ajoutait une note d'horreur à ce spectacle.

Un cri parvenant à mes oreilles me fit battre le cœur à se rompre. Steeden, toujours perché sur la coque du vaisseau lançait un chapelet d'épouvantables jurons. Presque aussitôt je vis sa lourde et gauche silhouette gainée d'acier se laisser glisser sur le flanc du vaisseau.

Nous courûmes vers lui par bonds, à grands renforts de gestes, et il nous fit signe de le suivre comme il s'élançait vers le lac. Arrivé sur le bord, il s'arrêta, et se pencha sur une forme à demi enfouie. En deux bonds nous le rejoignîmes et vîmes que la forme en question était celle d'un homme face contre terre, encore revêtu de sa combinaison spatiale. Il était lui aussi recouvert d'une épaisse couche de la substance blanchâtre dont était enduit le *Phobos*.

— Je l'ai aperçu du haut du vaisseau, nous dit Steeden encore haletant, en retournant le squelette.

Ce que nous vîmes nous fit pousser un cri à tous les trois. À travers le petit hublot de son casque nous apparut une face lépreuse. La chair en état de putréfaction se détachait par lambeaux, comme si la pourriture s'y était mise puis s'était interrompue par manque d'air. Çà et là perçait un morceau d'os grisâtre. Je n'avais jamais vu quelque chose d'aussi répugnant et pourtant j'en avais vu de toutes les couleurs.

— Seigneur ! fit Charney dont la voix se brisa sur un sanglot. Ils meurent puis se mettent à pourrir.

Comme je décrivais à Steeden le squelette encore vêtu que j'avais distingué à travers le hublot, il grommela :

— C'est bien là le mystère, et nous ne trouverons l'explication qu'à l'intérieur du *Phobos*. Et comme nous nous taisions, il reprit : Voici ce qu'on va faire. Un de nous trois va retourner auprès du commandant, lui demander de faire démonter le désintégrateur. Sur Callisto il ne sera pas trop lourd à manier, et à faible puissance nous pourrons percer un trou dans la coque sans foutre en l'air tout le vaisseau. Vas-y, Jenkins. Pendant ce temps, Charney et moi on va voir si on peut trouver encore de ces pauvres diables.

Je partis en direction du *Cérès* sans me faire prier et couvris à grands bonds la distance qui m'en séparait. J'en avais couvert les trois quarts lorsqu'un hurlement qui résonna métalliquement à mon oreille me fit m'arrêter pile. Je pivotai sur moi-même et restai pétrifié devant le spectacle qui s'offrait à mes yeux.

La surface du lac s'était couverte d'une écume bouillonnante et de cette écume jaillirent ce qui me parut être des chenilles géantes. Elles arrivèrent bientôt sur la rive, leurs corps grisâtres dégoulinants de bave et d'eau. Elles mesuraient environ quatre pieds de long sur un pied de large et rampaient très lentement par manque d'oxygène. À part une légère protubérance qu'elles avaient à la tête et qui était vaguement teintée, elles étaient absolument informes.

Comme je les observais, elles se firent toujours plus nombreuses et se mirent à grouiller, transformant la rive en une épaisse masse de chair molle et grisâtre.

Déjà Charney et Steeden couraient vers le *Cérès*, mais arrivés à mi-chemin ils butèrent et n'avancèrent plus qu'en zigzag, comme à l'aveuglette. Puis ils cessèrent d'avancer et tombèrent presque simultanément sur les genoux. J'entendis alors résonner faiblement à mon oreille la voix implorante de Charney :

— Va chercher du secours ! Ma tête se fend. Je ne peux plus bouger. Je...

Tous deux gisaient maintenant immobiles sur le sol. Je me dirigeais instinctivement vers eux lorsque je ressentis aux tempes une vive douleur et restai un moment presque inconscient. C'est alors que j'entendis Whitefield hurler dans mes écouteurs : « Reviens au navire, Jenkins ! Reviens ! Tu m'entends ? Reviens ! »

Je pivotai sur moi-même pour obéir à cet ordre, car la douleur se faisait quasi intolérable. Vacillant, chancelant je parvins à m'approcher du sas et je crus bien m'effondrer avant de m'y engouffrer. Après cela je dus rester un moment dans le cirage.

Quand je revins à moi je me trouvai dans la salle de contrôle du *Cérès*. Un de mes compagnons m'avait retiré ma combinaison et tout étourdi je regardai autour de moi. Mon cerveau était encore embrumé et comme le commandant Bartlett se penchait sur moi, je le vis double.

— Sais-tu ce que sont ces horribles bêtes ? fit-il en me désignant du doigt les chenilles géantes. Et comme je secouais la tête sans répondre, il reprit : Ce sont les arrière-arrière-grands-pères du ver magnétique que nous a décrit Whitefield. Tu te souviens de ce ver magnétique. Et comme j'acquiesçais toujours sans dire mot, il ajouta : Ceux qui tuent grâce au champ magnétique qu'ils projettent, champ qui est renforcé par le fer.

— Bon Dieu, mais oui, c'est bien ça ! s'exclama Whitefield. J'en jurerais ! On a une sacrée foutue chance d'avoir une coque en béryl-tungstène et non en acier comme celle du *Phobos* et de tous les autres… sinon nous aurions tous perdu conscience et n'aurions pas tardé à mourir.

— C'est donc ça le danger que présente Callisto, dis-je d'une voix tremblante. Puis je m'écriai : Mais qu'en est-il de Charney et de Steeden ?

— Ils gisent là-bas, me dit le commandant, l'air accablé. Ils sont sans connaissance… morts peut-être. Ces ignobles vers rampent vers eux et nous ne pouvons rien faire. Et comptant sur ses doigts : Nous porter à leur secours dans nos combinaisons spatiales d'acier serait signer notre arrêt de mort. Nous ne pouvons pas aller et revenir sans ces combinaisons. Nous ne disposons pas d'armes au faisceau suffisamment fin pour détruire ces vers sans brûler Charney et Steeden. J'ai bien pensé à faire exécuter une manœuvre au *Cérès* pour nous rapprocher d'eux et les rejoindre d'un bond, mais on ne peut faire manœuvrer un vaisseau spatial sur la surface d'une planète telle que celle-ci sans aller à la catastrophe. Nous…

— En un mot comme en cent, dis-je l'interrompant nous allons rester là, impuissants, à les regarder mourir.

Il acquiesça d'un signe de tête et se détourna, l'air amer.

À cet instant, je sentis qu'on me tirait par ma manche et me retournant je vis, fixés sur moi, les grands yeux bleus de Stanley. Pris aux tripes, je l'avais complètement oublié, et lui lançant un regard furieux je lui demandai :

— Qu'est-ce que tu veux ?

— M. Jenkins, et à son air piteux je compris qu'il aurait préféré de beaucoup les pirates aux vers magnétiques, M. Jenkins, je pourrais peut-être aller chercher M. Charney et M. Steeden. Comme poussant un soupir, je lui tournais déjà le dos, il reprit : Mais oui, M. Jenkins, je le pourrais. J'ai entendu ce qu'à dit M. Whitefield. Ma combinaison spatiale n'est pas en acier. Elle est en caoutchouc vitrifié.

— Le gosse a parfaitement raison, dit Whitefield d'un air pensif lorsque Stanley réitéra son offre devant tous les hommes assemblés. Le champ magnétique non renforcé par de l'acier est sans pouvoir sur nous, c'est l'évidence même. Donc revêtu de sa combinaison de caoutchouc vitrifié, le gosse ne risque rien.

— Elle est en loques, cette combinaison, objecta le commandant. Je ne pensais pas un instant que le gamin s'en servirait… mais on sentait en lui de l'hésitation.

— Nous ne pouvons pas laisser Neal et Mac connaître une mort affreuse sans rien tenter pour leur porter secours, commandant, dit Brock d'une voix forte.

Le commandant prit brusquement une décision et se lança dans l'action tête baissée. Il alla lui-même décrocher la vieille combinaison dans le placard et aida Stanley à la revêtir.

— Occupe-toi d'abord de Steeden, lui dit-il en bouclant la dernière courroie. Il est le plus vieux des deux et il opposera moins de résistance au champ magnétique… Bonne chance, petit, et si tu sens que tu ne peux pas y arriver, reviens immédiatement. Immédiatement, tu m'entends ?

En posant le pied sur le sol de Callisto, Stanley s'étala de tout son long, mais avoir vécu sur Ganymède l'avait imunisé contre un centre de gravité au-dessous de la normale et il récupéra immédiatement. Sans le moindre signe d'hésitation, il se dirigea par bonds vers nos deux camarades prostrés et nous commençâmes à respirer plus librement. De toute évidence le champ magnétique ne l'affectait en rien.

Déjà il portait sur ses épaules un des astronautes revêtus d'une lourde combinaison spatiale et revenait vers notre vaisseau à un rythme à peine plus lent qu'à l'aller. Il se déchargea de son fardeau dans le sas, nous salua de la main à travers le hublot et nous lui rendîmes son salut.

Il venait à peine de repartir que déjà nous avions transporté Steeden à l'intérieur du vaisseau. Le temps de le dépouiller de sa combinaison et il était étendu sur une couchette, le visage blême et creusé.

Le commandant posa l'oreille à l'endroit du cœur et se relevant, s'exclama dans un cri de joie :

— La vieille pompe marche toujours à fond !

En entendant cela, nous nous précipitâmes tous autour du vieux Steeden pour lui tâter le pouls et nous assurer personnellement qu'il était bien vivant. Il grimaça, et quand il commença de chuchoter, d'une voix basse et légèrement embarrassée : « Alors j'ai dit à Peewee... » Nos derniers doutes s'envolèrent.

Cependant un cri angoissé de Whitefield nous fit nous précipiter tous vers les hublots.

— Le gosse se trouve en difficulté ! s'exclama-t-il.

Stanley, ployant sous son second fardeau était déjà à mi-chemin du *Cérès*, mais il vacillait et avançait en zigzag.

— C'est pas possible ! chuchota Whitefield, haletant, c'est pas possible ! Le champ magnétique ne peut pas l'atteindre.

— Bon Dieu ! fit le commandant, s'arrachant presque les cheveux. Cette foutue vieillerie n'a pas de radio. Le gosse ne peut pas communiquer avec nous et nous dire ce qui lui arrive. Et se détournant du hublot : Je vais le chercher. Champ magnétique ou pas, je vais le sauver.

— Pas si vite, commandant, fit Tuley en l'attrapant par le bras. J'ai l'impression qu'il va y arriver.

En effet Stanley s'était remis à courir, mais d'une manière irrégulière qui montrait qu'il ne savait pas où il se dirigeait. À deux ou trois reprises, il glissa, tomba, mais parvint à se relever. Il vint enfin s'écrouler contre la coque du navire et tâtonna fiévreusement à la recherche du sas. Couverts de sueur, nous poussions des cris, implorions le Ciel, mais nous ne pouvions l'aider en rien.

Puis il disparut purement et simplement à notre vue. Il avait enfin trouvé l'entrée du sas et s'y était engouffré.

Nous les amenâmes tous les deux à l'intérieur du vaisseau en un temps record et les dépouillâmes de leurs combinaisons. Charney était vivant, nous le comprimes au premier regard, et sans plus de cérémonie nous l'abandonnâmes pour nous consacrer à Stanley. Son visage bleui, sa langue enflée, le filet de sang qui coulait de son nez jusque sur son menton nous éclairèrent sur ce qui s'était passé.

— Il y avait une déchirure dans sa combinaison, déclara Harrigan.

— Écartez-vous tous de lui, ordonna le commandant. Laissez-le respirer.

Retenant notre souffle, nous attendîmes. Enfin un faible gémissement nous apprit que le gosse reprenait connaissance et avec un parfait ensemble nous nous mîmes tous à rire de soulagement.

— C'est un brave petit gosse ! s'exclama le commandant. Il a franchi les derniers cent mètres en rassemblant ce qu'il lui restait de force. Oui, c'est un brave petit. Pour cet acte de bravoure, il recevra la médaille qu'on accorde aux astronautes qui l'ont méritée, même si pour ce faire je dois lui donner la mienne.

Sur nos téléviseurs, Callisto n'était plus qu'un globe bleuâtre qui allait diminuant… une simple planète qui n'avait plus rien de mystérieux. Stanley

Field, commandant honoraire de notre glorieux vaisseau spatial, le *Cérès*, lui fit un pied de nez et lui tira la langue. Un geste impertinent, mais qui symbolisait bien le triomphe de l'homme sur un système solaire hostile.

En relisant cette nouvelle (c'était la première fois que je la relisais depuis sa publication), je constatai avec amusement que j'avais donné à mon jeune passager clandestin le prénom de Stanley, celui de mon frère cadet qui avait neuf ans lorsque j'écrivis cette nouvelle (ce même frère cadet que je pris pour sujet d'une rédaction lorsque j'étais au collège et qui est actuellement directeur adjoint du *Newsday* de Long Island). Quant à moi je ne vois pas la nécessité de donner au héros un nom authentique, mais j'ai remarqué que c'est ce que font la plupart des écrivains débutants.

Vous remarquerez qu'il n'y a pas de filles dans cette nouvelle. Rien de surprenant à cela. À dix-huit ans, je finissais mes études au collège, j'aidais mon père dans sa boutique de confiserie et matin et soir je livrais les journaux. Je ne vois pas où j'aurais trouvé le temps de fixer des rendez-vous à des filles. D'ailleurs les filles j'en ignorais à peu près tout, à part les détails biologiques que je tirais de mes manuels ou que me refilaient des copains plus délurés que moi.

Je finis tout de même par fréquenter des filles et en faire figurer dans mes nouvelles, mais je restai marqué par mes débuts. Aujourd'hui encore l'élément romanesque ne joue qu'un faible rôle dans mes nouvelles et quant à la sexualité elle en est quasi absente.

Je me demande néanmoins si l'explication que je donne ci-dessus sur l'absence de l'élément sexuel dans mes nouvelles n'est pas un peu simpliste. Après tout ne jamais boire une goutte d'alcool ne m'a pas empêché de faire avaler à mes héros de l'eau de *jabra* martienne. Je me demande d'ailleurs ce que j'entendais par là.

J'avais déjà de bonnes notions d'astronomie, mais je me laissai influencer par les conventions alors de mode dans la science-fiction. Tous les mondes que l'on décrivait en ce temps, tout semblables à notre planète Terre, étaient bien entendu habités, c'est pourquoi je dotai Callisto d'une couche d'atmosphère contenant une petite quantité d'oxygène. Je la dotai également de rivières et de vie végétale et animale. Tout cela était évidemment des plus improbables et en réalité Callisto aurait dû, tout comme la Lune, être un monde mort sans air et sans eau, ce que je savais déjà à cette époque.

Venons-en maintenant à ma troisième nouvelle.

Le 30 juillet 1938, huit jours seulement après que Campbell m'eut opposé son second refus, j'avais terminé ma troisième nouvelle, « Marooned off Vesta ». Je ne pensais pas que ce fût de bonne politique de soumettre un manuscrit à Campbell plus d'une fois par mois et je ne voulais pas abuser de lui. Je mis de côté « Marooned off Vesta » et entrepris d'écrire d'autres nouvelles. À la fin du mois j'en avais terminé deux : « This Irrational Planet » et « Ring around the Sun ».

J'avais tapé mes trois premières nouvelles, « Marooned off Vesta » y compris, sur une vieille Underwood n° 5 qui marchait encore tant bien qui mal et que mon père avait achetée d'occasion, en 1936, pour dix dollars. Mais après que j'eus soumis ma seconde nouvelle à Campbell, mon père comprit que j'étais bien décidé à devenir écrivain. Et sans se laisser décourager par mes échecs qu'il ne jugeait nullement définitifs il décida de m'offrir une machine à écrire flambant neuve.

C'est ainsi que le 10 août 1938 une Smith-Corona portative fit son entrée dans notre maison, et ce fut sur cette nouvelle machine que je tapai mes quatrième et cinquième nouvelles.

Des trois, j'estimais que « This Irrational Planet » était la plus faible c'est pourquoi je ne la soumis pas à Campbell. Je l'envoyai directement, le 26 août, à *Thrilling Wonder Stories* et je ne reçus la lettre de refus que le 24 septembre. Campbell m'avait gâté à ce point de vue et les quatre semaines qui s'écoulèrent entre la remise du manuscrit et le refus me semblèrent interminables. Je me rendis même au siège du magazine pour protester contre une telle manière de faire… ne me rendant absolument pas compte qu'un mois de délai était courant pour tous sauf pour Campbell.

Cependant le refus me fut notifié par une lettre tapée à la machine et non par un simple formulaire imprimé. De plus dans cette lettre je relevai cette phrase fort encourageante : « Ne manquez pas de nous soumettre d'autres manuscrits. » Peut-être après tout avais-je sous-estimé la valeur de cette nouvelle. Tout remonté, je la portai à Campbell qui la refusa dans les six jours. Cinq autres magazines me la refusèrent également. Je ne parvins jamais à la placer et je ne sais absolument pas ce qu'il est advenu du manuscrit. Je ne me souviens même pas du sujet, mais je sais que la planète en question était la Terre elle-même. (Je me souviens également que cette nouvelle était très courte, qu'elle ne comptait que trois mille mots. En fait la plupart de celles que j'écrivis au début de ma carrière, qui ne furent jamais éditées, et dont les manuscrits n'existent plus, étaient fort courtes. La plus longue fut la première d'entre elles « Spirale cosmique ».)

Les deux autres récits, écrits le même mois, devaient connaître un sort plus heureux, bien qu'au début je n'en eus pas l'impression. Le 30 août 1938 j'allai voir Campbell pour la troisième fois, muni de « Marooned off Vesta » et « Ring around the Sun »... et il me les retourna toutes deux le 8 septembre.

Le lendemain même j'expédiai « Marooned off Vesta », que j'estimais être la meilleure des deux, à *Amazing Stories*. Je ne reçus une réponse qu'au bout de six semaines, mais cette fois l'attente avait été payante. En effet, le 21 octobre 1938 je reçus une lettre d'acceptation de Raymond A. Palmer, alors rédacteur en chef d'*Amazing*, qui s'est acquis une réputation en qualité de chef de file des récits ayant pour sujet les soucoupes volantes et autres formes d'occultisme. Mais aujourd'hui encore je n'ai jamais rencontré M. Palmer.

C'était la première fois, quatre mois après ma première rencontre avec John Campbell, qu'un de mes manuscrits était accepté. À ce moment-là j'avais déjà écrit six nouvelles et essuyé neuf refus de divers magazines. Je reçus le 31 octobre un chèque de soixante-quatre dollars (au tarif d'un cent le mot), le premier argent que je gagnais en tant qu'écrivain[1].)

J'encadrai la lettre de Palmer qui resta pendant des années fixée au mur de ma chambre à coucher. Mais au cours de ma vie aventureuse elle aussi a disparu, et j'en suis sincèrement désolé.

Le numéro d'*Amazing* où parut ma nouvelle, fut mis en vente dans les kiosques le 10 janvier 1939, c'est-à-dire huit jours après qu'on m'eut fêté mon dix-neuvième anniversaire. C'était la première fois qu'une de mes œuvres était publiée et je possède un exemplaire en fort bon état de ce numéro. À l'époque je n'en avais point conservé (comme j'ai déjà eu l'occasion de le dire je ne suis pas pénétré de mon importance) mais j'avais cependant détaché ma nouvelle pour la faire relier puis jeté le reste. C'est ce que je faisais et ai continué de faire au long des années (l'espace n'est pas illimité dans même le plus spacieux

1. Dans cet ouvrage j'accorde une attention toute spéciale à l'argent que je touchai pour mes nouvelles. Non parce que j'écrivais uniquement pour gagner de l'argent ou que j'y attachais, ou y attache encore une grande importance (mes éditeurs en témoigneront, j'en suis persuadé), mais parce que ce fut l'argent que je touchai qui décida de ma carrière. J'en gagnai assez pour poursuivre mes études mais pas suffisamment pour me persuader de les interrompre, ainsi qu'on le verra par la suite.

des appartements quand on est aussi prolifique que je l'ai été), mais vint un jour où je regrettai de n'avoir pas conservé intact ce numéro-là. Ce fanatique de science-fiction qu'est Forrest J. Ackerman m'entendit en exprimer le regret et eut la gentillesse de m'en envoyer un en excellent état.

Soit dit en passant, ce numéro contient au verso une petite notice autobiographique rédigée par votre serviteur alors adolescent. La relisant, tant d'années plus tard, je fus à la fois confus et charmé.

Je n'ai pas inclus dans cet ouvrage « Marooned off Vesta » qui a paru dans *Asimov's Mysteries*. (Ce qui ne veut pas dire que cette nouvelle recèle un mystère. La raison de sa parution dans cette collection y est expliqué. Si vous voulez satisfaire votre curiosité, il ne vous reste qu'à acheter ledit ouvrage.)

Quant à « Ring around the Sun » c'est-à-dire « Dans l'orbite du Soleil », elle fut refusée par *Thrilling Wonder Stories*, mais acceptée le 5 février 1939 par *Future Fiction*, un des nouveaux magazines de science-fiction qui fleurissaient à cette époque-là.

Elle parut dans le second numéro de ce magazine qui ne fut mis en vente que près d'un an après qu'elle eut été acceptée. Le règlement — qui généralement s'effectuait à la publication et non comme le faisait élégamment Campbell dès l'acceptation — se fit attendre plus longtemps encore. De plus, ce magazine ne payait qu'un demi-cent le mot si bien que le chèque se monta en tout et pour tout à vingt-cinq dollars, et « Dangereuse Callisto » (ma plus longue nouvelle — 6 500 mots) me rapporta trente-deux dollars cinquante.

Je ne perdis pas courage pour autant. J'avais appris entre temps que dans les tout débuts de la science-fiction les magazines payaient couramment le mot un quart de cent, non à la publication, comme on le racontait volontiers, mais après procès. Et puis je vivais à l'époque des vaches maigres. Vingt-cinq dollars représentaient pour moi à peu près cinq mois d'argent de poche, et je n'exagère rien.

Le rédacteur en chef de *Future Fiction* était à cette époque Charles D. Hornig. Je me rendais de temps à autre dans ses bureaux demander si une de mes nouvelles allait paraître, ou un chèque m'être versé, mais je ne me souviens pas l'avoir jamais rencontré. En fait aujourd'hui encore je ne le connais pas.

Dans l'orbite du Soleil

Jimmy Turner entra dans la salle de réception en fredonnant gaiement, mais un peu faux.

— Il est là, ce vieux croque-mort ? demanda-t-il en adressant un clin d'œil à la jolie secrétaire qui en rougit de plaisir.

— Il est là. Il vous attend, et elle lui désigna de la main la porte où se lisait en grosses lettres noires : « Frank McCutcheon, président-directeur général, Courriers spatiaux réunis ».

— Salut, patron, fit le jeune homme en pénétrant dans le bureau. Vous m'avez fait demander ?

— Ah ! vous voilà, fit McCutcheon, levant les yeux sans cesser de mâchonner un vieux cigare puant. Asseyez-vous.

Sous ses sourcils gris broussailleux McCutcheon scruta Jimmy Turner. Le croque-mort, comme l'appelait toute l'équipe des Courriers spatiaux devait ce surnom au fait que de mémoire d'homme on ne l'avait vu rire. Le bruit courait qu'enfant il avait souri en voyant son père tomber du haut d'un pommier, mais l'expression qu'il arborait en cet instant rendait la chose hautement improbable.

— Voilà ce qu'il en est, Turner, aboya-t-il. Notre compagnie inaugure un nouveau circuit. Vous avez été choisi pour en frayer la voie. Et sans tenir compte de la grimace expressive de Jimmy il ajouta : désormais la distribution du courrier vénusien sera assurée tout au long de l'année.

— Quoi ? J'ai toujours entendu dire que du point de vue budget il serait ruineux de délivrer le courrier sur Vénus quand cette planète ne se trouve pas de ce côté du Soleil.

— Ce serait vrai, reconnut McCutcheon, si nous suivions la voie habituelle. Mais nous pourrions prendre un raccourci à condition de nous approcher suffisamment du Soleil. Et c'est là que vous intervenez ! On a mis à notre disposition un navire des plus modernes, équipé de façon à pouvoir s'approcher sans danger jusqu'à vingt millions de milles du Soleil, et capable de rester indéfiniment dans cette zone.

— Minute, cro… M. McCutcheon, fit Jimmy vivement. Je ne vous suis pas. De quel genre de vaisseau s'agit-il ?

— Comment voulez-vous que je le sache ? Je ne suis pas échappé d'un laboratoire, moi. Mais d'après ce qu'on m'a dit, il projette une sorte de champ magnétique qui écarte de lui les radiations solaires. Vous pigez ? Il les dévie. Donc les hautes températures ne sont pas à craindre. On peut rester indéfiniment dans cette zone et n'avoir pas plus chaud qu'à New York.

— Tiens, tiens, fit Jimmy, sceptique. A-t-on expérimenté la chose, ou est-ce à moi que ce petit détail incombe ?

— Bien entendu, ce système a été expérimenté, mais pas véritablement dans l'orbite solaire.

— Dans ce cas, rien à faire, je ne marche pas. J'en ai fait beaucoup pour la compagnie, mais y a des limites à tout. Et je ne suis pas dingue, du moins, pas encore.

— Faut-il vous rappeler, fit McCutcheon en prenant son air le plus revêche, le serment que vous avez prêté en entrant dans notre compagnie, Turner ? Nos vols spatiaux ne doivent…

— Être interrompus que par la mort, fit Jimmy achevant la citation. Je le connais aussi bien que vous, mais il est facile de le citer, assis dans un confortable fauteuil. Si vous êtes un tel idéaliste pourquoi ne pas y aller vous-même ? Encore une fois, pour ce qui est de moi, rien à faire. Vous pouvez me foutre à la porte si vous voulez. Je serai engagé par d'autres compagnies comme ça ! et il fit claquer ses doigts.

— Allons, allons, Turner, ne vous emballez pas, fit McCutcheon d'un ton enjôleur. Je ne vous ai pas encore tout dit. Roy Snead sera votre coéquipier.

— Hein ? Snead ? Cette espèce de poule mouillée n'aurait jamais le cran d'accepter une mission pareille ! Comme bobard, tâchez de trouver mieux.

— Eh bien ! c'est ce qui vous trompe. Il a déjà donné son accord. Je pensais que vous feriez équipe avec lui, mais je vois qu'il avait raison en disant que vous vous défileriez. Moi je me refusais à le croire.

Là-dessus McCutcheon fit de la main signe au jeune homme qu'il pouvait se retirer et se replongea dans ses dossiers. Jimmy pivota sur ses talons, hésita, puis revint sur ses pas.

— Un instant, M. McCutcheon. Si je comprends bien Roy aurait accepté ? Et comme McCutcheon, toujours plongé dans ses dossiers, se contentait d'acquiescer d'un signe de tête, Jimmy explosa : Ce jean-foutre, ce pleutre, cette lavette ! Il s'imagine que je vais me dégonfler ! Je vais lui montrer de quel bois je me chauffe. Je l'accepte, moi, cette mission, et je suis prêt à parier dix dollars contre du picaillon vénusien qu'à la dernière minute il se fera porter pâle !

— Parfait ! fit McCutcheon se levant et lui serrant la main. Je pensais bien que vous vous rendriez à mes raisons. Le major Wade vous donnera tous les détails de l'expédition. Vous devez, je crois, partir dans six semaines environ et comme je pars moi-même demain pour Vénus, nous nous y retrouverons probablement.

Jimmy se retira, toujours frémissant de colère. Et McCutcheon, se penchant sur l'interphone, dit à sa secrétaire : « Mademoiselle Wilson, projetez-moi Roy Snead sur le téléviseur. »

Au bout de quelques minutes le voyant rouge s'alluma, l'écran s'illumina, et Snead, un garçon soigné, aux cheveux noirs bien lissés, s'y encadra.

— Allô ! Snead, grommela McCutcheon. Vous avez perdu votre pari. Turner marche. Que vous soyez persuadé qu'il refuserait l'a mis hors de lui. Il ne vous reste plus qu'à vous exécuter et à me faire parvenir les vingt dollars.

— Pas si vite, M. McCutcheon, fit Snead rouge de colère. Qu'est-ce qui vous a pris de dire à cet imbécile que je me défilais. Ça ne m'étonne pas de vous, espèce d'agent double ! Moi je serai à mon poste lors de l'embarquement, mais je vous parie vingt dollars supplémentaires qu'il changera d'avis au dernier moment. Tandis que moi...

Roy Snead vitupérait toujours, mais McCutcheon coupa le contact.

Le président-directeur général se renversa dans son fauteuil, jeta son mégot et alluma un nouveau cigare. Son expression était toujours aussi maussade, mais on put déceler dans sa voix une nuance de satisfaction lorsqu'il dit tout haut : « Je pensais bien que je les aurais tous les deux ! »

Ce fut une paire d'astronautes vannés et suants qui lancèrent le magnifique vaisseau *Hélios* dans l'orbite de Mercure. En dépit de la camaraderie toute de surface que des semaines de vol solitaire dans l'espace avaient fait naître entre eux, Jimmy Turner et Roy Snead n'échangeaient que de rares paroles. Ajoutez à cette sourde hostilité la chaleur de l'énorme soleil et l'incertitude qui planait quant à l'issue de cette expédition et vous aurez une idée du moral plutôt bas des deux pilotes.

Jimmy, qui surveillait d'un air écœuré les nombreux cadrans qui lui faisaient face, repoussa une mèche humide de cheveux qui lui tombait dans les yeux et demanda d'un ton bougon :

— Où en est le thermomètre, Roy ?

— À cinquante-deux degrés, et il a pas fini de grimper.

— Le système de refroidissement est réglé sur maximum, la coque de notre navire réfléchit 95 % des radiations solaires et le thermomètre est au-dessus de cinquante degrés. Le gravomètre indique que nous sommes à trente-cinq millions de milles du

Soleil. Encore quinze millions de milles à franchir avant que le champ déflecteur devienne efficace. La température montera probablement jusqu'à soixante-cinq degrés. Charmante perspective ! Vérifie les dessiccateurs. Si l'air n'est pas absolument sec nous n'en avons plus pour longtemps.

— Et ça dans l'orbite de Mercure, fit Snead d'une voix étranglée. Jamais personne ne s'est approché aussi près du Soleil et nous allons nous en approcher plus encore.

— Tu oublies une chose, c'est qu'y en a pas mal qui s'en sont approchés de plus près, seulement ils ont perdu le contrôle de leur vaisseau et ont été aspirés par le Soleil. Entre autres Friedländer, Debuc, Anton... Il laissa tomber la voix et se plongea dans un silence morose.

— Jusqu'à quel point pouvons-nous faire confiance au champ de déflection, Jimmy ? Tes lugubres vaticinations n'ont rien de très rassurant.

— Il a été expérimenté dans les conditions les plus dures que puissent créer les techniciens d'un laboratoire. J'y ai assisté. J'ai été soumis à des radiations correspondant approximativement à celles du Soleil quand on en est à vingt millions de milles. Le champ a fonctionné comme un ange. La lumière a été déviée de telle façon que le vaisseau n'était plus visible. Les hommes qui se trouvaient à l'intérieur du vaisseau nous ont déclaré que pour eux l'extérieur était devenu invisible et qu'ils ne ressentaient pas la moindre chaleur. Mais une chose m'étonne. En principe ce champ ne fonctionne qu'à partir d'une certaine force de radiations.

— J'aimerais bien qu'on en finisse d'une manière

ou d'une autre, grommela Roy. Si le vieux croque-mort s'imagine que j'accomplirai régulièrement ce circuit... il perdra son meilleur pilote.

— Tu veux dire ses deux meilleurs pilotes.

Puis tous deux s'enfoncèrent dans un profond silence tandis que l'*Hélios* continuait de foncer dans l'espace.

La température continuait de monter : cinquante-quatre, cinquante-sept, soixante. Trois jours plus tard, le mercure approchant de soixante-quatre, Roy déclara qu'ils n'étaient pas loin du point critique, ce point où les radiations solaires atteindraient suffisamment d'intensité pour déclencher le champ de déflection.

Les deux pilotes attendirent, fiévreux, le cœur battant.

— Tu crois que ça se déclenche d'un coup ?

— Ça j'en sais rien. On verra bien.

Des hublots, seules les étoiles étaient visibles. Le Soleil, paraissant trois fois plus grand que vu de la Terre, projetait ses rayons aveuglants sur du métal opaque, car dans ce vaisseau spécialement équipé à cet effet, les hublots se fermaient automatiquement sous de puissantes radiations.

Puis les étoiles commencèrent de disparaître. Lentement, d'abord, en premier les moins brillantes, puis ensuite les plus scintillantes : Polaris, Regulus, Arcturus, Sirius. Et l'espace tout entier devint uniformément noir.

— Il fonctionne ! s'exclama Jimmy, haletant.

Il avait à peine prononcé ces mots que les hublots se rouvrirent. Le Soleil avait disparu.

— J'éprouve déjà un sentiment de fraîcheur ! s'écria Jimmy Turner, jubilant. Ce champ, mon vieux, il fonctionne comme un charme. S'ils pouvaient adapter ce champ de déflection à toutes les radiations, quelle que soit leur puissance, nous atteindrions une totale invisibilité. Tu vois l'arme de guerre que ça ferait ? et allumant une cigarette, il se laissa voluptueusement aller dans son fauteuil.

— Mais en attendant, nous voguons à l'aveuglette.

— Pas de quoi t'en faire pour ça, espèce de lavette ! J'ai tout prévu. Nous sommes actuellement dans l'orbite du Soleil. D'ici quinze jours on sera du côté opposé. Je lancerai les fusées, nous sortirons de cette orbite et foncerons droit sur Vénus. Il disait tout cela l'air très satisfait de lui-même. Fie-toi au cerveau de Jimmy Turner, reprit-il. Je nous amènerai au but en deux mois, et non en six comme il était prévu. N'oublie pas que tu voles avec le meilleur astronaute de la compagnie.

— À t'entendre on croirait que c'est toi qui fais tout le boulot, fit Roy avec un rire sarcastique. En réalité tout ce que tu fais c'est diriger notre vaisseau selon les plans que j'ai conçus. Tu n'es que le mécanicien. Le cerveau, c'est moi.

— Ah ! tu crois ça ? N'importe quel foutu pilote à peine sorti de l'école est capable d'établir un plan de vol. Mais comme navigateur, faut un type à la hauteur.

— Ça, c'est toi qui le dis. Mais lequel des deux est le mieux payé ? Le navigateur, ou celui qui établit le plan de vol ?

Jimmy encaissa sans broncher cette remarque dure à avaler tandis que Roy sortait, l'air triomphant, de la cabine de pilotage. Imperméable à tout, l'*Hélios* continuait de foncer.

Pendant deux jours, tout se passa très bien, puis le troisième, Jimmy, après avoir consulté le thermomètre, se gratta le crâne et parut soucieux. Roy, qui entrait sur ces entrefaites, haussa les sourcils et demanda :

— Y a un pépin ? Il se pencha à son tour sur le thermomètre et regarda la mince colonne rouge. Trente-huit degrés ? Y a pas de quoi t'en faire. À te voir, j'ai cru que ça tournait pas rond du côté du champ de déflection et que la température montait de nouveau, et là-dessus il bâilla ostensiblement.

— Ta gueule, âne bâté, fit Jimmy en esquissant le geste de lui flanquer un coup de pied. Je me sentirais mille fois mieux si la température montait. Ce champ de déflection marche trop bien à mon goût.

— Que veux-tu dire par là ?

— Je vais te l'expliquer, et si tu m'écoutes attentivement, tu comprendras peut-être. Ce vaisseau est construit sur le principe d'une bouteille thermos. La température n'y monte que très difficilement et baisse tout aussi difficilement. Il fit une pause pour laisser à ses paroles le temps de bien pénétrer dans le cerveau de son compagnon, puis il reprit : Par une température normale ce vaisseau n'est pas censé perdre plus de deux degrés par jour, à moins qu'il ne reçoive de l'extérieur d'autres sources de chaleur. Il est possible qu'à la température d'où nous partions, la perte de chaleur puisse atteindre cinq degrés. Tu me suis ? Et comme Roy l'écoutait, bouche bée, Jimmy reprit : Or la température, dans ce sacré foutu vaisseau s'est abaissée en moins de trois jours de dix-neuf degrés.

— Mais c'est impossible !

— C'est peut-être impossible, mais c'est comme ça, fit Jimmy lui montrant le thermomètre. Et je vais te dire ce qui ne tourne pas rond. C'est ce nom de Dieu de champ de déflection. Il fait dévier les radiations électromagnétiques, ce qui hâte la perte de chaleur à l'intérieur du vaisseau.

Roy se plongea dans de profondes réflexions, fit rapidement quelques calculs mentaux, puis dit enfin :

— Si ce que tu dis est exact, nous atteindrons dans cinq jours la température de la glace fondante et nous vivrons pendant une semaine à ce qui équivaut à un temps hivernal.

— C'est exact. En nous basant sur la perte de chaleur correspondant à la baisse de température nous arriverons à vingt ou trente degrés au-dessous de zéro.

— Et tout cela, fit Roy, l'air peu rassuré, à vingt millions de milles du Soleil !

— C'est bien ce qu'il y a de pis, lui fit remarquer Jimmy. Ce vaisseau, comme tous ceux qui sont destinés à voguer dans l'orbite de Mars, n'a aucun système de chauffage. Vu la chaleur intense du Soleil et la quasi-impossibilité de faire baisser la température même à l'aide de radiations, les vaisseaux en direction de Mars et de Vénus ne sont pourvus que de systèmes de climatisation. Nous avons, nous, par exemple, une excellente installation de réfrigération.

— Dans ce cas nous sommes dans de beaux draps, et nos combinaisons spatiales ne nous aideront en rien.

En dépit d'une chaleur encore très forte, les deux pilotes eurent des frissons anticipés.

— Je me refuse à supporter ça ! s'exclama Roy. Je propose qu'on fasse demi-tour et qu'on reparte tout droit vers la Terre. On ne peut pas exiger de nous que nous supportions des conditions pareilles.

— Vas-y ! C'est toi le pilote. Te sens-tu capable d'établir un plan de vol à cette distance du Soleil et nous garantir que nous ne serons pas aspirés par lui ?

— Bon Dieu ! J'avais pas pensé à ça !

Les deux astronautes ne savaient plus à quel saint se vouer. Depuis qu'ils étaient sortis de l'orbite de Mercure, les communications par radio étaient interrompues. Eux-mêmes ne pouvaient rien tenter. Il ne leur restait donc qu'à attendre et à voir venir. Ce qu'ils firent

Ils passèrent les quelques jours qui suivirent à consulter le thermomètre, s'interrompant de temps à autre pour inventer de nouvelles insultes à jeter à la tête de M. Frank McCutcheon. Ils mangeaient, dormaient par nécessité et non par plaisir.

Et pendant ce temps, ignorant des affres que connaissaient ses passagers, le vaisseau fonçait toujours.

Comme l'avait prédit Roy, la température baissa au-dessous de la ligne rouge du zéro à la fin du septième jour de déflection. Bien que l'ayant prévu, les deux cosmonautes n'en furent pas plus heureux pour ça.

Jimmy avait soutiré du réservoir quelque cinq cents litres d'eau, dont il remplit tous les récipients qu'il put trouver à bord.

— Cela empêchera peut-être les tuyaux d'éclater quand l'eau gèlera, expliqua-t-il. Et si cela arrive, ce qui est plus que probable, nous aurons au moins une réserve d'eau à notre disposition. N'oublie pas que nous avons encore une semaine à vivre dans ces conditions.

Le lendemain, c'est-à-dire le huitième jour, l'eau gela. Dans les seaux qu'ils avaient rempli, l'eau s'était transformée en bloc de glace aux reflets bleuâtres. Les deux hommes les contemplèrent découragés et Jimmy essaya de les briser.

— L'eau est prise jusqu'au fond, dit-il d'un ton morne et il s'enveloppa dans une couverture supplémentaire.

Ils avaient peine à penser à autre chose qu'au froid qui ne faisait qu'augmenter. Ils avaient rassemblé toutes les couvertures qu'ils avaient pu dénicher non sans avoir enfilé au préalable trois ou quatre chemises et caleçons.

Ils restaient couchés le plus souvent possible et quand ils étaient obligés de sortir de leur couchette ils se blotissaient devant le petit réchaud à pétrole qui diffusait une maigre chaleur. Mais même ce pauvre réconfort leur fut bientôt refusé, car ainsi que le fit remarquer Jimmy : « Notre réserve de pétrole est limitée et nous avons besoin de ce réchaud pour dégeler l'eau et les aliments ».

La mauvaise humeur régnait et les heurts étaient fréquents, mais leur malheureux sort commun les empêchait de se sauter à la gorge. Ce fut le dixième jour que les deux compagnons liés par la même haine, devinrent brusquement amis.

La température oscillait entre quinze et vingt degrés au-dessous de zéro, hésitant à descendre plus bas encore. Jimmy, recroquevillé dans son coin, évoquait avec nostalgie une journée étouffante, au mois d'août, à New York et se demandait comment il avait pu s'en plaindre. Quant à Roy, il comptait sur ses doigts tout engourdis de froid qu'il leur faudrait encore endurer cette température rigoureuse pendant exactement 6 354 minutes.

Il considéra ce nombre d'un air consterné et l'énonça à Jimmy qui se contenta de faire la grimace et de grommeler.

— Dans l'état où je suis, je ne le supporterais pas 54 minutes de plus. Alors tu penses, 6 354 ! Puis s'énervant : si au moins tu pouvais inventer quelque chose qui nous sorte de là !

— Si nous n'étions pas si près du Soleil, fit Roy, on pourrait actionner les fusées arrière et filer à toute allure.

— Ouais, et on se retrouverait sur le Soleil, et alors là, pour avoir chaud on aurait chaud ! En fait d'aide, t'es une planche pourrie.

— Ben, tu t'intitules toi-même Turner le Cerveau. Alors fais-les marcher, tes méninges. À t'entendre, on croirait que tout est ma faute.

— C'est bien le cas, espèce d'âne bâté. D'instinct j'aurais refusé d'accomplir une pareille mission. D'ailleurs quand McCutcheon me l'a proposée, je lui ai opposé un refus catégorique. Je suis pas fou, fit Jimmy avec amertume. Mais voilà ce qui s'est passé. Comme un imbécile tu t'es empressé de l'accepter, cette mission, ce qu'aucun homme sensé n'aurait fait. Alors moi j'ai bien été obligé de marcher. Et sais-tu ce que j'aurais dû faire? poursuivit Jimmy avec hargne. J'aurais dû te laisser partir seul. Tu te serais changé en glaçon tandis qu'installé devant un bon feu de bois j'aurais fait des gorges chaudes en pensant à toi. Voilà ce que j'aurais fait si j'avais pu prévoir que les choses tourneraient ainsi.

— Ah oui? fit Roy, l'air à la fois surpris et peiné. Alors selon toi c'est comme ça que ça se serait passé? Ben, on peut dire que tu as le don de déformer les faits. En réalité c'est toi qui as été assez idiot pour accepter d'accomplir cette mission et moi j'ai dû m'incliner, vu les circonstances.

— Je vois que souffrir du froid agit sur tes fonctions mentales, fit Jimmy avec un mépris incommensurable. Il t'en faut d'ailleurs peu pour perdre le nord, malin comme tu es.

— Écoute, fit Roy vivement. Le 10 octobre, McCutcheon m'a appelé sur le téléviseur. Il m'a appris que tu avais accepté de partir et m'a traité de dégonflé parce que je lui avais opposé un refus. Tu ne vas tout de même pas nier que ça s'est passé comme ça?

— Et comment que je le nie! Le 10 octobre le vieux croque-mort m'a déclaré que tu avais accepté cette mission et que tu avais parié que...

Jimmy se tut brusquement, comme pris de doute, et demanda:

— Dis donc... tu es sûr que McCutcheon t'a déclaré que j'acceptais de partir?

Roy sentit une main glacée lui étreindre le cœur devant ce qu'impliquait ce que venait de déclarer Jimmy et il en oublia même d'avoir froid.

— Absolument sûr ! Je suis prêt à le jurer. Et voilà pourquoi j'ai consenti à partir.

— À moi, il m'a dit que tu avais accepté et c'est pourquoi j'ai consenti à partir, dit Jimmy, mesurant brusquement l'étendue de sa bêtise.

Les deux compagnons tombèrent dans un silence profond et accablé que Roy rompit en disant d'une voix tremblante de rage contenue :

— Jimmy, nous sommes tous les deux victimes d'un coup monté dégueulasse concocté par un faux jeton. Il nous a trompés, bernés... et comme les mots lui manquaient, il se contenta d'égrener un chapelet de jurons et de sons inarticulés.

— Tu as parfaitement raison, Roy, fit Jimmy, qui s'il se contrôlait davantage n'en était pas moins indigné. McCutcheon nous a joué un tour à sa façon. Quel sale type ! Mais on le retrouvera au tournant. Quand nous en aurons terminé avec tes 6 300 et quelques minutes on aura un compte à régler avec lui.

— Qu'est-ce qu'on lui fera ? fit Roy, les yeux brillants d'une joie anticipée.

— Sur le moment je ne vois rien de mieux que de lui sauter dessus et de le réduire en charpie.

— C'est encore trop doux ! Que penserais-tu de le faire cuire dans un chaudron de pétrole ?

— Ça se tient, mais ça prendrait peut-être trop longtemps.

— Et si on lui infligeait une correction de première en le tabassant à l'aide de coups de poing américains ?

— On a encore le temps d'y réfléchir, fit Roy en se frottant les mains pour les réchauffer. Ce salopard, ce dégueulasse, cette crapule !... Il continua par des invectives purement et simplement impubliables.

Pendant quatre jours la température continua de baisser. Ce fut au cours du quatorzième et dernier jour que le mercure gela, la colonne rouge s'arrêtant à soixante degrés au-dessous de zéro.

Au cours de cette dernière et terrible journée, ils laissèrent allumé leur réchaud à pétrole, usant ainsi leurs ultimes réserves. Secoués de frissons, à moitié gelés, ils se recroquevillèrent sur eux-mêmes, essayant de se réchauffer à ce maigre foyer de chaleur.

Quelques jours auparavant, Jimmy avait découvert dans un coin un bonnet à oreillettes et il se le passèrent d'heure en heure. Ployant sous le poids d'une montagne de couvertures, se frottant alternativement les mains et les pieds pour les empêcher de geler, à mesure que les minutes s'écoulaient, les invectives qu'ils adressaient à McCutcheon se faisaient plus acerbes et plus acrimonieuses.

— Ce salaud qui avait toujours à la bouche ce stupide slogan de la Compagnie : « Nos vols à travers l'esp... » Il n'alla pas plus loin, s'étranglant de fureur.

— Et usant ses fonds de culotte dans un fauteuil au lieu de payer de sa personne et de se conduire pour une fois comme un homme, ce pourri !... s'exclama Roy faisant chorus.

— Dans deux heures nous aurons dépassé la zone de déflection, et trois semaines après nous serons sur Vénus, fit Jimmy en éternuant.

— Ce ne sera jamais assez vite pour moi, fit Roy qui reniflait depuis deux jours. Plus jamais je n'effectuerai un vol spatial à l'exception de celui qui me ramènera sur Terre. Dorénavant je gagnerai ma vie en cultivant des bananes en Amérique centrale. Il doit au moins faire chaud, là-bas.

— Possible qu'on puisse plus quitter Vénus après qu'on aura fait subir ce qu'on a dit à McCucheon.

— Tu as peut-être raison. Mais moi ça m'irait. Il fait encore plus chaud sur Vénus qu'en Amérique centrale, et c'est tout ce que je demande.

— Nous n'avons d'ailleurs pas de souci à nous faire, reprit Jimmy en éternuant de plus belle. Le châtiment limite pour un meurtre au premier degré, c'est l'emprisonnement à vie. Passer le reste de ma vie dans une cellule bien sèche et bien chaude, quel beau rêve !

Sur le chronomètre l'aiguille des secondes poursuivait, immuable, sa course et les minutes s'écoulaient. La main de Roy était posée avec amour sur le levier qui actionnerait les fusées arrière et arracherait l'*Hélios* à l'attraction du Soleil et à la redoutable zone de déflection.

— Vas-y ! cria enfin Jimmy. Déclenche tout !

Dans un bruit assourdissant les fusées furent mises à feu. L'*Hélios* trembla de la proue à la poupe. L'accélération renversa sur leurs sièges les deux pilotes qui s'en réjouirent. Dans quelques minutes, le Soleil brillerait à nouveau, la température remonterait et ils sentiraient enfin les bienfaits d'une douce chaleur.

Cela se passa avant même qu'ils en aient pris conscience. Un éclair, un grincement, un claquement et les hublots se refermèrent à babord.

— Regarde ! s'écria Roy. Les étoiles ! On en est sortis ! Et lançant un regard ravi au thermomètre :

Maintenant, mon vieux, il ne te reste plus qu'à remonter, mais il ne s'en enveloppa pas moins dans ses couvertures, car dans le vaisseau il faisait encore très froid.

Deux hommes se trouvaient dans le bureau de Frank McCutcheon, à la succursale vénusienne de la Compagnie des courriers spatiaux réunis : McCutcheon lui-même et le vieux Zebulon Smith aux cheveux blancs, l'inventeur du champ de déflection.

— M. Mc Cutcheon, disait Smith à cet instant même, il est pour moi de toute importance de savoir comment a fonctionné mon champ de déflection. Vos pilotes vous ont certainement transmis tous leurs renseignements à ce sujet.

— Eh bien, mon cher M. Smith, c'est exactement ce qu'ils n'ont pas fait. Depuis l'instant où ils se sont suffisamment éloignés du Soleil pour que les communications redeviennent possibles, je n'ai fait que les bombarder de questions sur l'efficacité de ce fameux champ. Ils ont purement et simplement refusé d'y répondre. Ils disent qu'il a marché, qu'ils sont toujours en vie et qu'ils donneront tous les détails en mettant pied sur Vénus. Et voilà tout !

— N'est-ce pas contraire aux usages ? fit Zebulon Smith, déçu. On pourrait même parler d'insubordination. Je les croyais tenus de faire un rapport très complet et de communiquer tous les détails possibles.

— C'est exact. Mais ces deux hommes sont mes meilleurs pilotes et ils ont leur caractère. Nous sommes obligés de leur laisser la bride sur le cou. De plus, j'ai usé de ruse pour les encourager à accepter cette mission, dangereuse, comme vous le savez, c'est pourquoi je suis bien décidé à faire preuve d'indulgence.

— Dans ce cas, il ne me reste plus qu'à attendre.

— Je n'ai pas l'impression que vous attendrez très longtemps, lui assura McCutcheon. Ils doivent arriver aujourd'hui même et vous pouvez être sûr que dès que je les aurai vus, je vous ferai parvenir un rapport détaillé. N'oubliez pas qu'ils ont vécu pendant deux semaines à une distance de vingt millions de milles du Soleil, ce qui prouve l'excellence de votre invention. Rien que cela devrait vous satisfaire.

Smith venait à peine de sortir du bureau de McCutcheon que sa secrétaire y entra, l'air interloqué.

— Il paraîtrait que les deux pilotes de l'*Hélios* se conduisent de façon étrange, M. McCutcheon, lui dit-elle. Je viens de recevoir une note du major Wade, de Pallas City où ils se sont posés. Ils ont refusé d'assister à la réception organisée en leur honneur et ont immédiatement loué un avion-fusée pour arriver ici le plus vite possible, et sans en donner la raison. Lorsque le major Wade a tenté de les faire revenir sur leur décision, ils sont entrés dans une violente colère, sur quoi elle posa la note sur le bureau.

— Hum ! fit McCutcheon après y avoir jeté un coup d'œil. Ils m'ont l'air bien nerveux. Envoyez-les-moi dès leur arrivée. Je me charge de les calmer.

Trois heures plus tard le problème que posait la curieuse attitude des deux pilotes se rappela bruyamment à lui, un brouhaha s'étant élevé dans la salle de réception. Il distingua les éclats de voix des deux pilotes qui ne se connaissaient plus, et la voix aiguë de sa secrétaire qui essayait en vain de les calmer. Et brusquement la porte s'ouvrit d'un coup, violemment poussée par Jim Turner et Roy Snead.

Ce dernier ferma froidement la porte et s'y adossa.

— Ne laisse entrer personne jusqu'à ce que j'en aie fini, lui recommanda Jimmy.

— Sois tranquille. Personne ne la franchira, cette porte, lui assura Roy, l'œil féroce. Mais souviens-toi que tu m'as promis d'en laisser un peu pour moi.

McCutcheon avait gardé le silence pendant cet échange de propos, mais voyant Turner sortir tranquillement de sa poche une paire de coups de poing américain qu'il se passa aux doigts d'un air bien décidé, il estima qu'il était temps de mettre fin à cette comédie.

— Salut, les gars, fit-il avec une jovialité qui ne lui était pas habituelle. Content de vous revoir. Asseyez-vous.

— Avez-vous quelque chose à dire, une dernière requête à formuler, avant que je passe aux actes ? fit Jimmy négligeant son invitation à prendre un siège.

— Bon, puisque vous le prenez sur ce ton, fit McCutcheon, puis-je vous demander, si ce n'est pas trop exiger, à quoi rime tout ça ? Le champ de déflection n'a peut-être pas fonctionné comme on l'espérait, et peut-être avez-vous enduré des températures extrêmement élevées ?

Il ne reçut, pour toute réponse, qu'un reniflement de mépris de Roy et un regard foudroyant de Jimmy.

— D'abord, fit ce dernier, expliquez-nous pourquoi vous avez jugé bon d'user d'une ruse aussi indigne, aussi révoltante.

— Ah ! fit McCutcheon en haussant les sourcils, vous faites sans doute allusion aux petits mensonges bien innocents dont j'ai usé pour vous persuader d'embarquer tous les deux ? Mais ça se pratique couramment, et même sur une grande échelle. J'emploie bien d'autres moyens pas plus catholiques et autour de moi on trouve ça tout naturel. Et en somme de quoi vous plaignez-vous ?

— Vas-y, Jimmy, décris-lui notre charmante croisière, fit Roy d'un ton sarcastique.

— C'est ce que j'allais faire, dit Jimmy se tournant vers McCutcheon et jouant les martyrs. On a d'abord commencé à rôtir à une température dépassant soixante degrés. Mais on s'y attendait et ce n'est pas de ça que nous nous plaignons. Nous nous trouvions à ce moment-là à mi-chemin entre Mercure et le Soleil.

« Mais nous sommes entrés ensuite dans cette fameuse zone où les radiations, déviées, ont totalement disparu. Nous avons commencé à perdre de la chaleur, mais pas comme on nous l'enseigne à l'école de pilotage, à raison d'un degré par jour. Il se tut, le temps de reprendre haleine et de se remémorer les mots qu'il avait prévu de lancer à la tête de McCutcheon, puis reprit :

« En trois jours, nous étions tombés à trente, et une semaine plus tard, à zéro. Et pendant toute une semaine, pendant sept interminables journées, nous avons enduré une température bien au-dessous de zéro. Il faisait un tel froid que le dernier jour la colonne de mercure du thermomètre a gelé.

Jimmy criait si fort qu'il s'enroua et Roy, toujours adossé à la porte, s'attendrit rétrospectivement sur leur malheureux sort et poussa un gémissement. Quant à McCutcheon, il restait impassible.

— Nous ne disposions d'aucun système de chauffage, enchaîna Jimmy ; d'aucune source de chaleur et même pas de vêtements chauds. Nous étions transformés en blocs de glace et étions obligés de dégeler les aliments et l'eau. Nous étions à ce point raidis que nous pouvions à peine nous déplacer. Nous avons vécu un véritable enfer non de flammes, mais de glace. Là-dessus il se tut, à bout d'arguments.

— Nous nous trouvions à vingt millions de milles du Soleil, fit Roy Snead prenant la relève, et c'est à ce moment que j'ai eu les oreilles gelées. Je dis bien, gelées. Et brandissant son poing sous le nez de McCutcheon : Et tout ça par votre faute ! Vous nous avez eus dans les grandes largeurs. Et nous nous sommes promis, tandis que nous grelottions de froid, que si jamais nous revenions, nous vous ferions payer cher votre conduite indigne. Cette promesse, nous allons la tenir, et se tournant vers Jimmy : Vas-y, mon vieux ! On a déjà perdu assez de temps.

— Pas si vite, les gars, fit McCutcheon. Vous ai-je bien compris ? Vous prétendez que le champ de déflection a si bien fonctionné qu'il a dévié toutes les radiations et fait baisser la température à l'intérieur du navire ? C'est bien ça ? Et comme Jimmy acquiesçait en grommelant : Et c'est pourquoi vous avez littéralement gelé pendant une semaine ?

À nouveau il marmonna un « oui », à peine audible.

C'est alors qu'il se passa quelque chose de stupéfiant, d'incroyable. McCutcheon, le « vieux croque-mort », cet homme qui semblait dénué du muscle risorius, sourit.

Il sourit même d'une oreille à l'autre. Et chose plus stupéfiante encore, à ce large sourire succéda un gloussement un peu rouillé qui se termina par un rire aussi puissant que bruyant. Et par ce rire McCutcheon racheta toute une vie de maussaderie.

Les murs le répercutaient, les vitres tremblaient et le rire homérique de McCutcheon ne s'arrêtait pas. Roy et Jimmy le regardaient, bouche bée, complètement dépassés. Un comptable, dans un accès de témérité, passa la tête par la porte entrebâillée, et resta cloué sur place. D'autres employés se groupèrent devant la porte et se mirent à chuchoter entre eux. M. McCutcheon riait !

Peu à peu le vieux président-directeur général reprit son sérieux. À moitié étouffé de rire, il tourna un visage congestionné vers les deux pilotes chez qui l'indignation avait fait place à la surprise.

— Mes enfants, leur déclara-t-il, j'en ai jamais entendu une meilleure ! Et pour votre peine vous recevrez un double salaire. Il arborait toujours un large sourire accompagné d'un incoercible hoquet.

Cette généreuse proposition laissa de glace les deux astronautes.

— Qu'est-ce qu'il y a de si drôle dans tout ça ? demanda Jimmy. Pour ma part, j'estime qu'il n'y a pas de quoi rire.

— Dites-moi, les gars, fit McCutcheon d'une voix presque tendre, n'ai-je pas remis à chacun de vous, avant votre embarquement, quelques feuilles ronéographiées contenant un certain nombre d'instructions ? Qu'en avez-vous fait ?

Une certaine gêne plana.

— J'en sais trop rien, fit Roy, j'ai dû égarer les miennes.

— Quant à moi, je ne les ai même pas consultées, avoua Jimmy. Elles me sont sorties de la tête.

— Et voilà ! s'exclama triomphalement McCutcheon. Vous avez été victimes de votre propre stupidité.

— Expliquez-vous, fit Jimmy. Le major Wade nous avait enseigné tout ce qu'il y avait à savoir sur ce vaisseau, et ce n'est tout de même pas vous qui allez nous apprendre comment le piloter !

— La question n'est pas là. Wade a évidemment négligé de vous signaler un détail que vous auriez trouvé dans mes instructions de dernière minute. La puissance du champ de déflection était *réglable*. Or lorsque vous avez décollé, elle était réglée au maximum. Il se remit à rire, mais plus modérément, cette fois, et ajouta : Si vous vous étiez donné la peine de prendre connaissance desdites instructions, vous auriez su qu'en abaissant un petit levier, et il accompagna ces mots d'un geste de la main, la puissance du champ aurait été affaiblie, ce qui aurait permis de laisser filter les radiations qui vous étaient nécessaires.

Et le rire le gagnant de nouveau :

— Dire que vous avez été transformés en glaçons pendant une longue semaine parce que vous n'avez pas eu l'intelligence d'abaisser ce levier. Et vous vous amenez ici, vous, des as des vols spatiaux, bien décidés à faire retomber la faute sur moi. Avouez qu'il y a de quoi rire !

Et de nouveau il pouffa, tandis que les deux jeunes pilotes échangeaient des regards en coin.

Quand McCutcheon eut retrouvé son calme, il constata que Jimmy et Roy s'étaient éclipsés sans demander leur reste.

Dans une rue transversale qui longeait les bâtiments, un petit garçon d'une dizaine d'années regarda, bouche bée, les deux jeunes astronautes s'infliger réciproquement à coups de pied une sévère correction.

Lorsque j'écrivis « Dans l'orbite du Soleil » je me pris d'amitié pour mes deux héros, Turner et Snead. Et je décidai alors, je m'en souviens, d'écrire d'autres nouvelles dont ils seraient les personnages principaux. Que cela me vint à l'esprit était tout naturel, car vers la fin des années 30 on vit paraître de nombreux récits à suite montrant toujours les mêmes personnages. Campbell lui-même avait écrit de charmantes nouvelles ayant pour protagonistes deux garçons, Penton et Blake, et je rêvais d'écrire moi aussi des nouvelles à la Penton-Blake.

C'était d'ailleurs fort intéressant d'écrire des histoires à suite. D'abord, reprenant toujours les mêmes personnages, le travail était déjà à moitié fait. De plus, ces histoires à suite étaient très à la mode et il était difficile à un éditeur, si une première nouvelle avait plu, de refuser la suite.

Mais je ne fis rien de tel avec Turner et Snead. En fait je n'essayai même pas. Le temps vint, deux ans plus tard, où je créai deux autres personnages qui offraient avec eux de nombreuses parentés, Powell et Donovan, qui furent les héros de quatre nouvelles, constituant ainsi un ensemble qui remporta un vif succès.

Vers la fin du mois d'août 1938 j'avais écrit en tout cinq nouvelles dont trois avaient été publiées. Je ne m'en tirais en somme pas trop mal.

Puis vint pour moi une période de stérilité. Je terminai ma troisième année de collège et tentai sans succès d'entrer à la faculté de médecine. En Europe, la situation était inquiétante. On assista à la honteuse capitulation de Munich, et pour un jeune Juif, il y avait quelque chose de sinistre à voir Hitler voler de victoire en victoire.

Je ne mis pas un mois pour écrire les trois nouvelles suivantes, comme je l'avais fait pour les précédentes, mais trois mois. Et aucune n'était vraiment digne d'être publiée, même à un moment où le marché était très ouvert. Il s'agissait de « The Weapon », de « Paths of Destiny » et de « Knossos in its Glory ». Campbell les refusa toutes les trois dans les délais les plus brefs, et je les envoyai sans plus de succès à d'autres éditeurs. Cependant, trois ans plus tard, *Astonishing* parut s'intéresser à « The Weapon », mais finalement la chose tomba à l'eau. Quant aux deux autres nouvelles elles ne connurent même pas cette ombre de chance.

Ces trois nouvelles ont disparu à jamais. Je ne me souviens même pas du sujet de deux d'entre elles, mais je me rappelle, par contre, que « Knossos in its Glory » était une ambitieuse tentative de transposer dans la science-fiction le mythe de Thésée. Le minotaure était représenté par un extra-Terrestre qui atterrissait en Crète antique avec les meilleures intentions du monde. Et pour faire parler mes Crétois comme j'imaginais que devaient le faire les personnages d'Homère, j'usais d'un style terriblement ampoulé. Campbell, toujours bienveillant à mon égard, me dit, en me la refusant « que je faisais d'indiscutables progrès, spécialement lorsque je ne recherchais pas les effets ».

À l'époque où j'écrivis « Knossos in its Glory » je venais de recevoir un chèque pour « Marooned off Vesta » et je me considérai dorénavant comme un écrivain professionnel. Cela me remonta le moral et vers la fin de novembre j'écrivis « Ammonium » où se retrouvait, comme « Dans l'orbite du Soleil », une note humoristique.

Je savais d'avance qu'elle ne plairait pas à Campbell et c'est pourquoi je ne la lui soumis pas. Je l'envoyai donc à *Thrilling Wonder Stories*. Ils la refusèrent eux aussi, et je n'eus plus le cœur de la soumettre ailleurs. Mais lorsque *Future Fiction* accepta de publier « Dans l'orbite du Soleil », je décidai de tenter ma chance une fois de plus.

Le 23 août 1939, j'envoyai « Ammonium » à *Future Fiction* qui la publia sous le titre : « The Magnificent Possession » c'est-à-dire « L'Inestimable trésor ».

L'Inestimable trésor

Walter Sills se dit, comme il se l'était souvent dit auparavant, que la vie était vraiment dure et morne. Il embrassa du regard son minable laboratoire de chimie et sourit avec amertume. Travailler dans cette officine poussiéreuse, vivoter en effectuant de temps à autre des analyses de minerai, ce qui lui permettait tout juste de se procurer l'équipement nécessaire, alors que d'autres, qui étaient loin de le valoir, travaillaient pour d'importants complexes industriels et menaient la belle vie.

S'approchant de la fenêtre, il contempla l'Hudson qui s'enflammait au soleil couchant et se demanda si ses dernières expériences lui apporteraient enfin le succès et la renommée ou si, une fois de plus, il se faisait des illusions.

La porte grinça sur ses gonds et le visage jovial d'Eugène Taylor apparut dans l'entrebâillement. Sills lui fit signe d'entrer et le corps de Taylor suivit sa tête.

— Salut, vieille branche ! s'exclama-t-il d'une voix de stentor. Ça va ?

— J'aimerais avoir ton optimisme, Gene, fit Sills en secouant la tête devant une telle exubérance. Sache pour ta gouverne que les choses vont mal. J'ai besoin de fric et plus j'en ai besoin, moins j'en ai.

— Je n'en ai pas non plus, fit Taylor. Mais pourquoi s'en faire ? Tu as cinquante ans et te tourmenter ne t'a rien rapporté d'autre qu'une magnifique calvitie. J'en ai trente et je tiens à conserver ma magnifique chevelure brune.

— De l'argent, je vais en gagner, Gene, fais-moi confiance, fit Sills avec conviction.

— Ta nouvelle idée prend forme ?

— Je le crois. Je ne t'en ai pas encore beaucoup parlé. Approche-toi, je vais te montrer où j'en suis.

Taylor suivit Sills jusqu'à une petite table où était posé un râtelier d'éprouvettes dont l'une contenait environ deux centimètres d'une substance métallique brillante.

— Un mélange de sodium et de mercure, expliqua-t-il, ou plutôt un amalgame de sodium, comme on l'appelle.

Il prit sur un rayonnage un petit flacon portant l'inscription : « Solution de chlorure d'ammonium » et en versa quelques gouttes dans l'éprouvette. Aussitôt l'amalgame de sodium se transforma en une substance poreuse et spongieuse.

— Voici, reprit Sills, un amalgame d'ammonium. L'ammonium radical (NH_4) joue ici le rôle de métal et s'associe au mercure. Il attendit que s'effectue cet alliage, puis vida délicatement le liquide qui surnageait. L'amalgame d'ammonium n'est pas très stable, expliqua-t-il à Taylor, c'est pourquoi il me faut opérer rapidement.

Il saisit une fiole emplie d'un liquide couleur paille, à l'odeur agréable, et en remplit l'éprouvette. Il la secoua vigoureusement, la matière poreuse de l'amalgame d'ammonium disparut ne laissant plus, au fond du tube d'essai, qu'une grosse goutte d'un liquide métallique.

— Comment as-tu obtenu un pareil résultat ? fit Taylor, bouche bée.

— Ce liquide est un dérivé de l'hydrazine que j'ai découvert et que j'ai baptisé ammonaline. Je n'ai pas encore établi sa formule, mais peu importe. Le fait est que ce dérivé a la propriété de dissoudre l'ammonium se trouvant dans l'amalgame. Les quelques gouttes qui restent au fond de l'éprouvette sont du mercure à l'état pur, alors que l'ammonium est à l'état de solution.

Taylor ne parut nullement ébloui et Sills reprit avec un enthousiasme grandissant :

— Tu ne comprends donc pas tout ce que cela implique ? Je suis presque arrivé à isoler l'ammonium à l'état pur, ce qui n'a encore jamais été fait ! Lorsque j'y serai enfin parvenu, c'est le succès assuré, la gloire, le prix Nobel et Dieu sait quoi encore.

— Ouh !... fit Taylor empli d'admiration. Je n'accordais pas une telle importance à cette substance jaunâtre, fit-il en tendant la main vers l'éprouvette, mais Sills l'arrêta du geste.

— L'expérience n'est pas terminée, Gene. Il me reste encore à l'amener à l'état métallique, et je me heurte à des difficultés. À chaque fois que je tente de faire s'évaporer l'ammonaline, l'ammonium se sépare en ammoniaque et hydrogène... Mais j'y arriverai... J'y arriverai.

Quinze jours plus tard le problème fut enfin résolu. Taylor, sur un coup de fil pressant et enthousiaste de son ami le chimiste, arriva au laboratoire tout frémissant d'impatience.

— Tu y es arrivé ?

— Oui, j'y suis arrivé... et le résultat est encore plus extraordinaire que je ne le pensais ! fit Sills, les yeux brillants. Cela rapportera des millions. Jusque-là j'avais abordé le problème sous un mauvais angle. Faire chauffer le solvant dénaturait l'ammonium ainsi dissous, alors j'ai décidé d'employer la congélation. Il réagit comme l'eau salée qui, lorsqu'on la congèle lentement, se transforme en glace tandis que le sel qu'elle contient se cristallise. Par chance, l'ammonaline gèle par dix-huit degrés au-dessous de zéro, ce qui ne nécessite pas d'installation spéciale.

D'un geste emphatique, il indiqua du doigt une petite cornue enfermée dans un coffret de verre. Cette cornue renfermait des cristaux en forme d'aiguille, couleur paille, surmontés d'une fine couche d'une substance terne et jaunâtre.

— Pourquoi ce coffret ? demanda Taylor.

— Je l'ai rempli d'argon afin de conserver l'ammonium — la substance jaune que tu vois au-dessus des cristaux — à l'état pur. Il est tellement actif qu'il ne réagit qu'aux gaz du type hélium.

Taylor, épaté, flanqua une bourrade à son ami qui paraissait fort content de lui-même et qui reprit :

— Mais attends, Gene, tu n'as pas encore tout vu.

Là-dessus Sills entraîna Taylor à l'autre bout du laboratoire et lui montra d'un doigt tremblant un autre coffret de verre où avait été créé le vide absolu et qui contenait, celui-ci, un morceau de métal d'un jaune éblouissant qui brillait, étincelait.

— Ça, mon vieux, dit-il à son ami, c'est de l'oxyde d'ammonium ($NH_{4,2}O$) que j'ai obtenu en faisant passer de l'air l'absolument sec sur du métal d'ammonium. C'est une matière parfaitement inerte (ainsi ce coffret de verre scellé contient du chlore et cependant il ne s'est produit aucune réaction). On peut donc fabriquer ce métal à un prix inférieur à celui de l'aluminium et cependant il ressemble plus à l'or que l'or lui-même. Tu commences à entrevoir toutes les possibilités qu'il offre ?

— Si je les entrevois ! fit Taylor, enthousiasmé. Mais cela va révolutionner le pays. On fera des bijoux d'ammonium, des couverts d'ammonium, et un million d'autres objets. Sans compter les innombrables utilisations qu'en fera l'industrie. Te voilà riche, Walt... très riche, même.

— Nous voilà riches, corrigea gentiment Sills. Et se dirigeant vers le téléphone : Je vais alerter la presse, et je ne tarderai pas à devenir célèbre.

— Je crois que tu ferais mieux de garder encore ton invention secrète, Walt, fit Taylor en fronçant le sourcil.

— Sois tranquille, je ne dirai pas un mot de mon processus. Je ne ferai que leur indiquer les grandes lignes de mon invention. D'ailleurs nous sommes parés. J'ai déjà déposé le brevet à Washington.

Mais Sills se trompait lourdement ! L'article qui parut dans le journal fit passer aux deux amis deux journées infernales.

J. Throgmorton Bankhead était ce qu'on appelle communément un magnat de l'industrie. À la tête de l'Acme Chromium and Silver Plating Corporation, il méritait ce titre, mais pour sa malheureuse épouse qu'il mettait à rude épreuve il n'était qu'un mari morose et irritable, spécialement lorsqu'il prenait son petit déjeuner, ce qu'il était justement en train de faire.

Froissant rageusement son journal, il cracha, entre des miettes de toast beurré :

— Ce misérable est en train de ruiner le pays ! et il montra du doigt l'énorme manchette. J'ai déjà dit, et je ne répéterai jamais assez que cet homme est un fou dangereux qui ne sera content que lorsque…

— Joseph, calme-toi, je t'en supplie, implora sa femme. Te voilà tout congestionné. Pense à ta tension. Et souviens-toi que ton médecin t'a recommandé de ne plus lire aucune nouvelle en provenance de Washington… Je voulais justement te dire, au sujet de la cuisinière…

— Ce médecin est un imbécile et toi aussi, hurla J. Throgmorton Bankhead. Je lirai les journaux autant qu'il me plaira et je me congestionnerai si ça me fait plaisir.

Il porta sa tasse de café à ses lèvres, en avala une gorgée, mais à cet instant son regard tomba sur un en-tête d'article en beaucoup plus petits caractères, relégué en bas de page : « Un savant invente un substitut de l'or. » Oubliant de reposer sa tasse de café, il parcourut rapidement l'article. « Ce nouveau métal, affirme ce savant est de beaucoup supérieur au chrome, au nickel et même à l'argent, et permettra de fabriquer de magnifiques bijoux à un prix des plus abordables. L'employé qui gagne vingt dollars par semaine, disait encore le professeur Sills, mangera dans des assiettes d'ammonium d'un aspect plus luxueux encore que la vaisselle d'or d'un nabab indien. Il n'y a pas de... »

Mais J. Throgmorton Blankhead ne lut pas plus avant. Il voyait déjà l'Acme Chromium and Silver Plating Corporation faire faillite. Sa tasse de café lui échappa des mains. Le liquide bouillant éclaboussa son pantalon.

— Qu'y a-t-il, Joseph ? Que t'arrive-t-il ? fit sa femme, alarmée, en se levant vivement.

— Rien ! hurla Blankhead. Rien, je te dis ! Et pour l'amour du ciel, fous-moi la paix !

Furieux, il sortit en trombe de la pièce tandis que sa femme cherchait fiévreusement dans le journal ce qui avait bien pu mettre son mari dans un état pareil.

En général, la *Bob's Tavern*, dans la 15e Rue, était du matin au soir toujours comble, mais la matinée dont nous parlons, elle était à peu près vide, à l'exception de quatre ou cinq types, pauvrement vêtus, qui se pressaient autour de Peter Q. Hornswoggle, cet éminent ex-membre du Congrès à l'air imposant et solennel.

Comme à l'habitude, Peter Q. Hornswoggle pérorait, et comme à l'habitude il parlait de sa vie de membre du Congrès.

— Je me souviens entre autres, disait-il, d'un point qui avait été une fois de plus soumis à la Chambre des représentants et auquel je répondis en ces termes : « L'éminent membre du Nevada, dans son exposé, a omis un détail extrêmement important de la question. Il semble ne pas se rendre compte qu'il est de l'intérêt de la nation tout entière d'améliorer le sort des calibreurs de pommes ; car, Messieurs, du bien-être de ces calibreurs dépend l'avenir de l'industrie fruitière tout entière. Or l'industrie fruitière est la base même de l'économie de cette grande et glorieuse nation que sont les États-Unis d'Amérique. »

Hornswoggle s'arrêta, le temps de reprendre son souffle et d'avaler une demi-pinte de bière, puis il dit en arborant un sourire triomphant :

— La vérité m'oblige à dire, Messieurs, que ma déclaration fut accueillie par les applaudissements frénétiques et prolongés de la Chambre des représentants tout entière.

— Ça doit être formidable de créer une telle sensation, sénateur, fit un des assistants en hochant la tête d'un air pénétré.

— Ouais, reconnut le barman, c'est une belle honte que vous ayez été battu aux dernières élections.

L'ex-membre du Congrès ne broncha pas et dit d'un ton plein de dignité :

— Il m'a été rapporté que jamais on n'avait fait autant appel aux pots-de-vin qu'au cours de cette campagne...

Il se tut brusquement comme son regard tombait sur l'en-tête d'un article du journal que tenait à la main un des assistants. Il s'en empara, parcourut rapidement l'article en question, et reprit, les yeux brillants :

— Mes amis, je me vois dans l'obligation de vous quitter. Une tâche pressante m'appelle à City Hall. Puis se penchant vers le barman, il lui chuchota : Tu pourrais pas m'avancer vingt-cinq cents ? J'ai oublié mon portefeuille dans le bureau du maire. Je te les rembourserai sans faute demain.

Empochant les vingt-cinq cents que le barman lui tendait à contrecœur, Peter Q. Hornswoggle fila.

Dans une petite pièce peu éclairée, située dans le bas de la 1re Avenue, Michael Maguire, mieux connu par la police sous le surnom bien trouvé de Mike la Limace, était en train de nettoyer et de graisser son revolver tout en sifflotant entre ses dents. La porte s'entrouvrit et Mike, levant les yeux, demanda :

— C'est toi, Slappy ?

— Ouais, fit un petit bonhomme au visage parcheminé en se glissant dans la pièce. T'ai apporté l'journal du soir. Les flics, y pensent que c'est Bragoni qui a fait le coup.

— Ah ouais ? Ben tant mieux. Et se penchant l'air indifférent, sur son revolver : Rien d'autre ?

— Ben non. Y a bien une gonzesse, une cinglée qui s'est raccourcie elle-même, mais à part ça, y a rien d'autre.

Il lança le journal à Mike et s'en alla. Mike, s'adossant confortablement, parcourut le journal d'un air blasé, mais brusquement une manchette lui tira l'œil et il lut avec intérêt le court entrefilet. Il mit le journal de côté, alluma une cigarette, se prit à réfléchir, puis ouvrant la porte, cria :

— Hé, Slappy, amène-toi. Y'a du boulot pour nous.

Walter Sills était heureux, merveilleusement heureux. Il arpentait son laboratoire d'un air souverain, faisant la roue, comme un paon, se réchauffant aux rayons de sa toute nouvelle gloire. Eugène Taylor le regardait, et se sentait presque aussi heureux que lui.

— Quel effet ça te fait d'être célèbre ? demanda-t-il enfin.

— Je me sens à la tête d'un million de dollars. C'est d'ailleurs le prix que je vais demander pour céder le brevet de mon ammonium métallique. J'entre désormais dans la période des vaches grasses.

— Confie-moi tout le côté matériel et pratique de l'affaire, Walt. Je vais me mettre dès aujourd'hui en rapport avec Staples de l'Eagle Steel. Tu obtiendras sûrement de lui des conditions avantageuses.

À cet instant on sonna à la porte. Sills bondit et courut l'ouvrir.

— Je suis bien chez Walter Sills ? demanda le visiteur, un type à la forte carrure, en regardant autour de lui d'un air méfiant.

— Walter Sills pour vous servir. Vous désiriez me voir ?

— Oui. Je m'appelle J. Throgmorton Bankhead et je suis le président-directeur général de l'Acme Chromium and Silver Plating Corporation. J'aimerais que vous m'accordiez un entretien.

— Entrez ! Entrez, je vous prie ! Je vous présente Eugène Taylor, mon associé. Vous pouvez parler librement devant lui.

— Parfait, fit Bankhead en se laissant tomber lourdement sur un siège. Vous devinez, je pense, la raison de ma venue.

— Si je comprends bien, vous avez lu l'article sur le nouveau métal tiré de l'ammonium, paru dans les journaux.

— Exactement. Je suis venu aussitôt m'assurer qu'il y a quelque chose de vrai dans cet article, et si c'est le cas, vous acheter le brevet.

— Constatez par vous-même, Monsieur, fit Sills entraînant le magnat de l'industrie devant la cage de verre vidée d'air par l'argon et contenant quelques grammes d'ammonium pur. Ceci, c'est le métal. Là, sur la droite, j'ai obtenu un oxyde plus métallique que le métal lui-même, ce qui est assez extraordinaire. Et c'est cet oxyde que le journaliste, dans son article appelle un « substitut de l'or ».

Bankhead ne laissa pas percer sur son visage l'angoisse qu'il ressentait et c'est avec le plus grand calme qu'il demanda :

— Pourriez-vous sortir ce métal de son bac pour que je le regarde de plus près ?

— Impossible, M. Bankhead, fit Sills en secouant la tête. Ce sont les premiers échantillons d'ammonium et d'oxyde d'ammonium qui aient jamais existé. Ce sont de véritables pièces de musée. Mais je peux aisément en fabriquer d'autres pour vous si vous le désirez.

— Il le faudra bien si vous voulez que je mette de l'argent dans cette affaire. Si les essais sont concluants, je suis prêt à vous acheter le brevet de votre invention pour disons… un millier de dollars.

— Un millier de dollars ! s'exclamèrent en chœur Sills et Taylor.

— Cela me paraît un prix raisonnable, Messieurs.

— Un million de dollars me paraîtrait plus indiqué, s'écria Taylor, l'air outragé. Une invention pareille, c'est une véritable mine d'or.

— Un million ! Mais vous rêvez, Messieurs. Cela fait des années que ma société travaille sur l'ammonium et nos chimistes sont sur le point d'aboutir. Malheureusement pour nous, vous nous avez battus d'une semaine ou deux. Voilà pourquoi je suis disposé à vous acheter votre brevet, ce qui évitera à ma société bien des ennuis. Vous vous rendez compte, je pense, que si vous repoussez mon offre, nous continuerons d'aller de l'avant et que nous fabriquerons ce métal selon notre propre processus.

— Dans ce cas, nous vous intenterons un procès, déclara Taylor.

— Avez-vous les fonds nécessaires pour engager un long et coûteux procès ? demanda perfidement Bankhead. Moi je les ai, et vous le savez. Mais pour ne pas montrer intraitable je suis prêt à monter mon offre de mille à deux mille dollars.

— Nous vous avons dit notre prix, riposta Taylor, impassible, et nous n'en démordrons pas.

— Très bien, Messieurs, fit Bankhead en se dirigeant vers la porte. Mais réfléchissez encore. Je suis persuadé que nous finirons par nous entendre.

Il ouvrit la porte et surprit Peter Q. Hornswoggle qui, courbé en deux, avait écouté leur entretien, l'oreille collée au trou de la serrure. Bankhead renifla de mépris. L'ex-membre du Congrès, penaud, se releva d'un bond, et ne sachant que dire, s'inclina à plusieurs reprises.

Le magnat passa devant lui d'un air dédaigneux et Hornswoggle, entrant dans la pièce, referma la porte derrière lui et fit face aux deux amis à l'air éberlué.

— Cet homme, Messieurs, leur dit-il, est un bandit

de haut vol. C'est le type même de ces capitalistes qui écument notre pays et le mènent à la ruine. Vous avez eu parfaitement raison de refuser son offre, et prenant une pose avantageuse, il leur adressa un sourire protecteur.

— Qui diable êtes-vous ? grommela Taylor se ressaisissant.

— Moi ? fit Hornswoggle, l'air abasourdi. Mais... euh... je suis Peter Quintus Hornswoggle. Vous avez certainement entendu parler de moi. L'an passé encore je siégeais à la Chambre des représentants.

— Jamais entendu parler de vous. Que nous voulez-vous ?

— Mais, Dieu me pardonne, j'ai appris par les journaux votre sensationnelle découverte et je viens vous faire mes offres de service.

— Quels services ?

— Vous êtes tous deux désarmés devant les réalités de la vie. Votre invention fait de vous la proie de gens peu scrupuleux... tels que Bankhead, par exemple. Alors que moi qui ai l'expérience du monde et des affaires, je pourrais vous être d'une aide inestimable. Je prendrais vos affaires en main, m'occuperais de tous les détails et veillerais à ce que...

— Et tout cela gratuitement, bien entendu ? fit Taylor, sarcastique.

— Bien entendu, fit Hornswoggle, toussotant pour dissimuler sa gêne, il me semblerait justifié de recevoir pour ma peine un petit pourcentage sur vos bénéfices.

Sills, qui jusque-là était resté silencieux, se leva d'un bond et hurla :

— Sortez d'ici ! Vous m'entendez ? Foutez-moi le camp avant que j'appelle la police !

— Ne vous énervez pas comme ça, professeur Sills, fit Hornswoggle en se dirigeant vers la porte que Taylor ouvrait toute grande pour lui. Il la franchit tout en protestant et jura entre ses dents lorsqu'elle se referma violemment sur son nez.

— Qu'allons-nous faire, Gene ? demanda Sills d'un air las en se laissant tomber sur le siège le plus proche. Bankhead nous offre deux mille dollars. Il y a une semaine encore cette offre aurait dépassé tous mes espoirs, mais maintenant...

— N'y pense plus. Ce type bluffait. Écoute-moi. Je file tout droit chez Staples. Nous lui céderons notre brevet pour la plus grosse somme possible — et elle sera grosse, je te le garantis — et si Bankhead met sa menace à exécution ce sera à Staples de se débrouiller. Et tapotant l'épaule de son ami : Je crois pouvoir t'affirmer que nos ennuis sont derrière nous.

Malheureusement, Taylor se trompait. Leurs ennuis ne faisaient que commencer.

De l'autre côté de la rue, un type à l'allure louche, le visage à moitié dissimulé par son col relevé, surveillait la maison de son petit œil vif. S'il s'était donné la peine de le regarder de près, un agent de police aurait immédiatement reconnu Slappy Egan, mais comme ce n'était pas le cas, Slappy put continuer sa planque en toute sécurité.

— Ça alors, marmonna-t-il entre ses dents, c'est du gâteau. Tout est au rez-de-chaussée, on peut ouvrir les fenêtres, à l'arrière, avec un cure-dent, pas de système d'alarme, rien de rien ! et là-dessus il gloussa de plaisir et s'en alla.

Mais Slappy n'était pas le seul à avoir eu cette idée. Comme il s'éloignait, Peter Q. Hornswoggle se mit de son côté à remuer de curieuses idées dans son crâne massif... des pensées qui suscitaient des actes peu orthodoxes.

Quant à J. Throgmorton Bankhead, il ne restait pas passif, lui non plus. Appartenant à la race virile des arrivistes, ne se montrant pas trop scupuleux quant à la manière « d'arriver », bien décidé à ne pas payer un million de dollars le secret de fabrication de l'ammonium, il estima nécessaire de faire appel à une de ses « connaissances ».

Or cette « connaissance », si elle se montrait fort utile en certaines circonstances, n'était pas des plus recommandables et Bankhead se montra circonspect et prudent en allant prendre contact avec la personne en question. L'entretien qu'ils eurent se termina pour tous deux de la manière la plus agréable.

Walter Sills sortit brusquement d'un sommeil agité. Il tendit l'oreille avec anxiété, puis se penchant donna un coup de coude à Taylor qui ne réagit que par de vagues grognements.

— Gene, Gene, réveille-toi ! Allez, lève-toi !

— Hein ? qu'est-ce qui se passe ? Qu'est-ce que tu me veux ?...

— Tais-toi. Écoute ! Tu entends ?...

— Je n'entends rien du tout. Fiche-moi la paix.

Sills, posant son doigt sur ses lèvres, fit signe à son associé de se tenir tranquille. Tous deux tendirent l'oreille.

Du laboratoire situé à l'étage au-dessous leur parvinrent en effet des bruits étouffés.

— Des cambrioleurs ! chuchota Taylor, cette fois complètement réveillé.

Ils sortirent de leur lit, enfilèrent une robe de chambre, des pantoufles et se dirigèrent vers la porte sur la pointe des pieds. Taylor qui s'était muni d'un revolver ouvrit la marche et ils commencèrent de descendre l'escalier.

Ils étaient à mi-chemin lorsque leur parvint du rez-de-chaussée une exclamation de surprise suivie d'un bruit de lutte qui s'acheva par un retentissant bris de verre.

— Mon ammonium ! hurla Sills d'une voix aiguë en se précipitant en bas de l'escalier, échappant à Taylor qui essayait de le retenir.

Le chimiste fit irruption dans le laboratoire, suivi de près par son associé, et appuya sur un commutateur. Surpris par cette brusque illumination, les deux types qui se battaient, éblouis, clignèrent des yeux et se lâchèrent.

— Un beau spectacle que vous nous offrez là, fit Taylor tout en les tenant sous le canon de son revolver.

Un des deux combattants se releva parmi les débris des cornues et des éprouvettes, et tenant son poignet entaillé parvint, malgré les circonstances, à s'incliner avec dignité. Ce n'était autre que Peter Q. Hornswoggle.

— Évidemment, fit-il, peu rassuré et sans quitter l'arme des yeux, les apparences ne jouent pas en ma faveur, mais je peux aisément vous expliquer ce qu'il en est. Voyez-vous, malgré la manière brutale dont vous avez repoussé ma proposition pourtant fort raisonnable, je continue à vous porter à tous deux un sincère intérêt.

« Ayant moi-même de l'expérience et sachant de quoi sont capables les hommes, j'ai décidé de monter bonne garde cette nuit aux abords de votre maison, car je m'étais rendu compte que vous n'aviez pris aucune précaution contre un éventuel cambriolage. Alors jugez de ma surprise lorsque j'ai vu ce minable — et il montra du doigt le type au nez aplati et aux oreilles en feuille de chou étendu de tout son long sur le sol et qui paraissait encore tout étourdi — s'introduire dans votre laboratoire par une fenêtre arrière.

« Sans faire ni une ni deux, et au risque de ma vie, j'ai suivi ce criminel, tentant désespérément de sauver votre inestimable invention. Il me semble que vous devriez m'en être reconnaissant, que vous comprendrez maintenant que l'on peut avoir confiance en moi et que par conséquent vous accueillerez plus favorablement ma proposition.

— Les mensonges ne vous font pas peur, P.Q., à ce que je vois, fit Taylor qui l'avait écouté, un sourire ironique aux lèvres.

L'ex-membre du Congrès aurait péroré de plus belle, et avec plus de conviction encore, si l'autre cambrioleur ne s'était exclamé d'une voix forte :

— Des foutaises, tout ça, patron ! Ce gros lard cherche à me mettre dans l'bain. Moi, j'ai fait que suivre les ordres. Un type m'a engagé pour forcer, dévaliser vot' coffre. Moi j'faisais honnêtement mon métier de forceur de coffre-fort, et j'faisais d'mal à personne.

« Juste comme je me mettais au travail — histoire de m'dégourdir un peu — vl'a c'type qui s'amène, un ciseau à froid et une lampe à souder à la main et qui s'dirige vers l'coffre. Moi, forcément, j'aime pas la concurrence, alors j'y ai volé dans les plumes et...

— Reste à savoir, fit Hornswoggle, se redressant de toute sa hauteur, si vous accordez plus de valeur à la parole d'un gangster qu'à celle d'un homme qui fut autrefois un des membres les plus éminents du Congrès...

— Bouclez-la tous les deux, hurla Taylor en agitant son revolver d'un air menaçant. Je vais appeler la police et c'est à elle que vous raconterez vos salades. Dis-moi, Walt, ils n'ont pas détruit l'essentiel ?

— Non, je ne crois pas, fit Sills qui venait d'inspecter soigneusement le laboratoire. Ils n'ont brisé que des récipients vides. Tout le reste est intact.

— Parfait ! s'exclama Taylor qui eut brusquement le souffle coupé.

Arrivant du corridor un type parfaitement détendu, son feutre tiré sur les yeux, venait de faire son apparition. Le revolver qu'il tenait à la main, en habitué des armes à feu, renversa totalement la situation.

— Assez ri, grommela-t-il en s'adressant à Taylor. Laisse tomber ton feu.

Taylor laissa à contrecœur glisser de ses doigts son revolver qui tomba sur le sol avec un bruit sourd.

Le nouveau venu contempla les quatre hommes d'un air sardonique puis dit :

— Alors comme ça y en avait deux qui voulaient me battre au poteau ! C'est un endroit vraiment couru, ce laboratoire.

Sills et Taylor le regardaient d'un air hébété ; Hornswoggle claquait des dents et le petit cambrioleur recula, l'air moins que rassuré en marmonnant entre ses dents :

— Bon Dieu, c'est Mike la Limace !

— Eh ouais, comme tu dis, Mike la Limace. Ceux qui me connaissent savent que j'hésite pas à appuyer sur la détente. Amène-toi, le Chauve, et refile-moi tous les papiers. Tu vois ce que je veux dire. Ta méthode pour fabriquer de l'or. Et en vitesse. Je compte jusqu'à cinq…

Sills se dirigea lentement vers le vieux coffre d'angle. Mike la Limace s'écarta pour le laisser passer, et ce faisant, heurta un rayonnage de la manche de son pardessus. Un petit flacon de sulfate de soude vacilla, puis tomba.

Pris d'une brusque inspiration, Sills hurla :

— Sauve qui peut ! C'est de la nitroglycérine !

Le flacon vint se briser sur le sol projetant des éclats de verre. Mike, poussant un cri de détresse, fit un bond en arrière, et Taylor en profita pour bondir sur lui. Sills plongea et s'emparant du revolver que Taylor avait lâché, en menaça les deux autres, geste bien inutile, car profitant de la confusion, ils s'étaient enfuis et enfoncés dans la nuit d'où ils avaient surgi.

Taylor et Mike la Limace roulèrent sur le sol du laboratoire, désespérément agrippés l'un à l'autre, tandis que Sills les suivait à petits bonds, attendant le moment où ils cesseraient de tourner sur eux-mêmes et où il pourrait assener un coup de crosse sur le crâne du gangster.

Mais ce moment ne vint pas. Brusquement Mike cueillit d'un coup de poing Taylor sous le menton et se dégagea. Sills poussa un cri de détresse et tira sur la silhouette qui s'enfuyait. La balle alla se perdre dans le mur et Mike disparut lui aussi dans la nuit. Sills ne tenta même pas de le poursuivre.

Taylor revint à lui comme Sills lui lançait à la figure un verre d'eau glacée. Il secoua la tête pour rassembler ses esprits, puis dit, contemplant les dégâts :

— Ouf ! Quelle nuit !

— Qu'est-ce qu'on va faire maintenant, Gene ? gémit Sills. Nous risquons notre vie même. L'éventualité d'un cambriolage ne m'était pas venue à l'idée, sinon je n'aurais jamais parlé de mon invention aux journalistes.

— Le mal est fait, fit Taylor. Inutile d'y revenir. Ce que nous allons faire, je vais te le dire, moi. Retourner nous coucher. Ils ne reviendront pas cette nuit. Demain tu iras à la banque et tu mettras dans un coffre tous les papiers où tu as inscrit formules et processus, ce que tu aurais dû faire, d'ailleurs, depuis longtemps. Staples viendra ici demain à trois heures de l'après-midi. Nous conclurons l'affaire avec lui et après cela nous mènerons la belle vie.

— L'ammonium ne semble guère nous avoir porté bonheur jusqu'à présent, fit le chimiste en secouant tristement la tête. J'en viens presque à regretter de m'y être attaqué. J'étais plus heureux quand je me contentais d'analyser des échantillons de minerai.

Walter Sills, comme il traversait la ville pour se rendre à sa banque, ne changea pas sa manière de voir. Même le bruit familier de sa vieille voiture bringueballante ne lui remonta pas le moral. Lui qui menait jusque-là une vie monotone et paisible était brusquement entré dans une période de pure folie qui ne le satisfaisait en rien.

La richesse, tout comme la pauvreté, présente des problèmes, se dit-il avec gravité tout en s'arrêtant devant l'immeuble à la façade de marbre qui abritait sa banque. Il en descendit prudemment, les jambes encore engourdies, et se dirigea vers la porte tournante.

Il ne la franchit pas. Deux malabars l'encadrèrent et Sills sentit s'enfoncer dans ses côtes un objet dur. Il ouvrait déjà la bouche pour crier, mais une voix glaciale lui chuchota à l'oreille :

— Boucle-la, le Chauve, sinon tu recevras ce que tu mérites pour le coup fourré que tu m'as joué hier soir.

Sills frissonna et n'essaya même pas de résister. Il avait reconnu la voix de Mike la Limace.

— Où sont les papiers ? lui demanda Mike. Réponds-moi et en vitesse.

— Dans la poche intérieure de ma veste, dit Sills d'une voix étranglée.

Le compagnon de Mike retira d'une main experte trois ou quatre feuilles de papier ministre de la poche indiquée.

— C'est bien ça, Mike ?

— Ouais, c'est bien ça, fit la Limace en acquiesçant de la tête. On a quand même mis la main dessus. Voilà pour ta peine, le Chauve !

Les deux gangsters lui firent un croc-en-jambe, sautèrent dans leur voiture et démarrèrent en vitesse tandis que le chimiste s'étalait de tout son long sur le trottoir. Des mains secourables l'aidèrent à se relever.

— Ce n'est rien, parvint-il à articuler d'une voix haletante. J'ai glissé et je ne me suis pas fait mal.

Les passants s'éloignèrent, il entra dans la banque et se laissa tomber sur la banquette la plus proche, luttant pour ne pas perdre connaissance. Décidément, la belle vie, ce n'était pas encore pour aujourd'hui.

Il aurait dû prévoir un coup pareil. Taylor l'avait d'ailleurs envisagé. De plus, il lui avait bien semblé qu'une voiture l'avait pris en filature. Et voilà que, sous l'effet de la surprise et de la peur, il avait failli tout gâcher.

Il haussa ses maigres épaules, enleva son chapeau et en retira, glissé sous la bordure de cuir de la calotte, une liasse de feuillets pliés et repliés. Il ne lui fallut que quelques minutes pour les mettre à l'abri dans un coffre et c'est avec un sentiment d'intense soulagement qu'il vit l'épaisse porte d'acier se refermer.

— Je me demande ce qui se passera, se dit-il sur le chemin du retour, lorsqu'ils suivront les instructions notées sur les feuillets qu'ils m'ont dérobés. Et secouant la tête avec un petit sourire: Qu'est-ce qu'ils se payeront comme explosion !

Lorsque Sills arriva devant chez lui, il trouva trois agents de police en train d'arpenter le trottoir.

— La maison est gardée, lui expliqua brièvement Taylor. Nous n'avons plus à redouter de passer une nuit agitée.

Le chimiste raconta à son associé ce qui s'était passé devant la banque, et Taylor dit d'un air satisfait :

— On les a bien joués ! Staples va s'amener dans deux heures. Jusque-là la police monte la garde et une fois l'affaire conclue, à Staples de se débrouiller.

— Il faut que je t'avoue quelque chose, Gene, dit brusquement le chimiste. Je me fais du souci au sujet de l'ammonium. Je n'ai pas expérimenté ses propriétés pour ce qui est de plaquer du métal, et c'est d'une importance capitale. Que se passera-t-il si Staples s'amène et s'il découvre que tout ça finit en eau de boudin ?

— Hm, fit Taylor en se frottant le menton d'un air pensif. Tu n'as peut-être pas tort. C'est bien simple, avant que Staples s'amène on va plaquer un objet, une cuiller, par exemple, et comme ça, on sera plus tranquilles.

— C'est tout de même agaçant, fit Sills, contrarié. Sans ces voyous nous n'aurions pas à procéder à cette expérience de façon aussi hâtive et aussi peu scientifique.

— Je propose qu'on commence par déjeuner, fit Taylor.

Dès leur repas achevé, ils se mirent au travail. Ils disposèrent en toute hâte leurs appareils, puis versèrent dans un bac carré de trente centimètres sur trente, une solution saturée d'ammonaline. Une vieille cuiller toute cabossée joua le rôle de cathode tandis qu'une masse d'ammonium amalgamé (séparée de la solution par une paroi de verre perforée) faisait office d'anode. Trois batteries assuraient le courant.

— On applique le même procédé pour argenter ou dorer du cuivre, expliqua Sills, tout excité. L'ion d'ammonium, traversé par le courant électrique, est attiré par la cathode qui est représentée par la vieille cuiller. En règle générale elle se briserait, étant instable, mais ce n'est pas le cas quand elle est dissoute dans de l'ammonaline. Cette ammonaline est elle-même légèrement ionisée et transmet de l'oxygène à l'anode. Ça, c'est la théorie. Voyons maintenant ce que ça donne dans la pratique.

Il abaissa une manette et tous deux retinrent leur souffle. Pendant un moment il ne se passa rien et déjà Taylor désespérait lorsque Sills, le tirant par la manche, chuchota :

— Regarde ! Observe bien l'anode !

Des bulles se formaient lentement sur le spongieux amalgame d'ammonium. Puis les deux associés portèrent toute leur attention sur la cuiller.

Peu à peu elle changeait d'aspect. Son éclat métallique se ternit et l'argent perdit de sa blancheur. Puis une couche incontestablement jaunâtre commença de se former. Pendant près d'un quart d'heure Sills laissa passer le courant puis le coupa, en poussant un soupir de satisfaction.

— Le plaquage s'effectue à la perfection !

— Tant mieux, fit Taylor. Sors-la de ce bac qu'on la regarde de plus près.

— Qu'est-ce que tu dis ? s'exclama Sills, sidéré. La sortir du bac ! Mais c'est de l'ammonium à l'état pur. Si nous l'exposions à l'air, l'humidité qu'il contient la transformerait en un rien de temps en NH_4OH. C'est exclu !

Il tira jusqu'à la table une lourde bouteille métallique à l'aspect massif.

— Elle renferme de l'air comprimé, expliqua-t-il. Je vais y faire passer, pour le dessécher, du chlorure de calcium, puis faire pénétrer l'oxygène parfaitement sec ainsi obtenu (dilué au préalable dans quatre fois son volume de nitrogène) directement dans le solvant.

Il introduisit l'embout de la bouteille juste au-dessous de la cuiller et laissa filtrer un mince filet d'air. L'effet tint de la magie. En l'espace d'un éclair le plaquage jaune, jusque-là terne, se mit à briller, à étinceler d'un éclat quasi surnaturel.

Les deux hommes, haletants, observaient cette transformation, le cœur battant. Sills coupa l'arrivée d'air et pendant un moment ils contemplèrent en silence la merveilleuse cuiller aux reflets d'or.

— Sors-la, cette fois ! fit Taylor d'une voix rauque. Que je la touche, que je la palpe ! Dieu qu'elle est belle !

Avec un soin quasi religieux, Sills se munit de pinces, saisit la cuiller et la retira de la solution. Ce qui s'ensuivit fut proprement indescriptible. Par la suite, lorsque les journalistes, surexcités, les harcelèrent de questions, ni Taylor ni Sills ne purent leur décrire avec exactitude ce qui se passa en quelques minutes.

Ce qui se passa, c'est qu'au moment précis où la cuiller plaquée à l'ammonium fut exposée à l'air libre une odeur épouvantable s'en dégagea, une odeur impossible à décrire, une véritable puanteur qui transforma le laboratoire en une officine putride.

Poussant un cri étranglé, Sills lâcha la cuiller. Puis les deux hommes se mirent à tousser, à hoqueter, à porter la main à leur gorge, à leur bouche, gémissant, pleurant, éternuant !

Taylor buta sur la cuiller et regarda autour de lui d'un air affolé. L'odeur se faisait toujours plus puissante et dans les efforts qu'ils faisaient pour y échapper, ils n'avaient réussi jusque-là qu'à tout briser autour d'eux et à renverser le bac d'ammonaline. Il ne leur restait qu'une chose à faire et Sills la fit. La cuiller s'envola par la fenêtre et atterrit en plein milieu de la 12e Avenue. Elle heurta le trottoir au pied même d'un des policiers qui montaient la garde devant le laboratoire, mais Taylor avait bien d'autres chats à fouetter.

— Arrache tes vêtements ! Il faudra les brûler, lui dit Sills entre deux hoquets. Et vaporise le laboratoire avec un produit à l'odeur forte. Fais brûler du soufre. Déniche du brome liquide.

Tous deux étaient en train de se dépouiller de leurs vêtements lorsqu'ils s'aperçurent que quelqu'un venait de s'introduire dans le laboratoire dont la porte n'était pas verrouillée. Le visiteur avait sonné, mais ils n'avaient pas perçu le bruit de la sonnette. Le nouveau venu n'était autre que Staples, ce géant à la crinière léonine, surnommé le roi de l'acier.

Un seul pas dans la pièce suffit à lui enlever toute dignité. Il poussa un rauque et long sanglot, et la 12e Avenue eut le curieux spectacle d'un homme d'un certain âge, fort bien vêtu, courant aussi vite que ses jambes le lui permettaient tout en enlevant autant de vêtements que la décence le lui permettait.

Pendant ce temps la cuiller continuait de dégager une mortelle puanteur. Les trois agents de police avaient fui depuis longtemps, toute honte bue, tandis que montaient vers les deux innocentes et malheureuses causes de tout le mal, les clameurs d'une foule indignée.

Hommes et femmes se précipitaient hors des maisons voisines, les chevaux prenaient le mors aux dents. Les voitures de pompiers dévalaient la rue, bientôt abandonnée par leurs occupants. Les voitures de police arrivèrent… et firent immédiatement demi-tour.

Sills et Taylor, abandonnant la lutte, coururent à l'aveuglette, vêtus de leur seul pantalon, en direction de l'Hudson. Ils ne s'arrêtèrent que lorsqu'ils eurent de l'eau jusqu'au cou et qu'ils purent aspirer avec avidité un air pur et frais.

— Comment a-t-elle pu dégager une telle puanteur ? demanda Taylor en levant sur Sills un regard égaré. Tu m'as assuré qu'elle était stable. Or les solides stables ne dégagent pas d'odeur, contrairement aux vapeurs.

— Tu as déjà reniflé du musc ? grommela Sills. Il dégage une très forte odeur pendant une période illimitée sans perdre un gramme de son poids. Nous nous sommes heurtés à un phénomène de ce genre.

Les deux amis ruminèrent cette conclusion en silence, grimaçant à chaque fois que le vent leur apportait une bouffée de vapeur d'ammonium, puis Taylor dit à voix basse :

— Quand ils découvriront que tout le mal vient de la cuiller et qu'ils apprendront le traitement que nous lui avions fait subir... j'ai bien peur qu'ils ne nous intentent un procès, ou même qu'ils ne nous jettent en prison.

— Je donnerais cher pour n'avoir jamais traité de l'ammonium, fit Sills, l'air penaud. Cette saloperie ne nous a apporté que des ennuis, et accablé par les événements, il se mit à sangloter bruyamment.

— Ça ne finira peut-être pas aussi mal que tu le crois, fit Taylor en lui tapotant l'épaule. Ton invention te rendra célèbre, tu pourras toi-même fixer ton prix et travailler dans un laboratoire industriel. Qui sait, ils te donneront peut-être le prix Nobel.

— Ce n'est pas impossible, fit Sills, rasséréné. Je trouverai peut-être le moyen de supprimer cette puanteur. Du moins je l'espère.

— Je l'espère aussi, fit Taylor avec élan. Viens, rentrons. Ils ont bien dû finir par l'enlever, cette foutue cuiller !

Quiconque lira « L'Inestimable trésor » se rendra compte qu'au moment où je l'ai écrit je préparais au collège un diplôme de chimie. Quant au côté humoristique, il est nettement moins réussi que « Dans l'orbite du Soleil ». A-t-on déjà vu un membre du Congrès s'appeler « Hornswoggle » et des gangsters s'exprimer de manière aussi ridicule !

L'« Inestimable trésor » est la seule des neuf premières nouvelles que j'écrivis que je ne soumis pas à Campbell, et je m'en félicite.

Au début de décembre, je composai une nouvelle que j'intitulai « Ad Astra » et le 21 décembre 1938 — jour du quarante-deuxième anniversaire de mon père, mais auquel je n'accordai pas alors un sens spécial, annonciateur de bonne ou de mauvaise nouvelle —, je me rendis chez Campbell pour la lui soumettre. C'était la septième fois que je me rendais à son bureau, car j'y allais fidèlement chaque mois, et c'était la neuvième nouvelle que je lui soumettais.

« Ad Astra » ! Je ne saurais dire pour quelle raison, mais après tant de temps je me souviens dans les moindres détails des circonstances qui me l'inspirèrent. Cet automne-là, je demandai et obtins de la National Youth Administration (N.Y.A.) un emploi me permettant de poursuivre des études universitaires. Si mes souvenirs sont exacts, je touchais quinze dollars par mois pour dactylographier, quelques heures par jour, des manuscrits. J'effectuai ce travail pour un sociologue qui écrivait un ouvrage sur la résistance qu'offre la société aux progrès technologiques. Sujet vaste allant de l'opposition des prêtres, au temps du Haut Empire en Mésopotamie, à la diffusion de la lecture et de l'écriture parmi la population, jusqu'à la résistance de ceux qui, à notre époque, se dressèrent obstinément contre l'invention de l'aéroplane sous le prétexte qu'il était impossible de faire voler des appareils plus lourds que l'air.

Il me vint tout naturellement à l'idée d'écrire une nouvelle où l'opposition de la société aux vols spatiaux jouerait un certain rôle. Et voilà pourquoi je choisis pour titre « Ad Astra », tiré de cette maxime latine *Per aspera ad astra* (À travers les difficultés, jusqu'aux étoiles).

Pour la première fois Campbell ne se contenta pas de m'envoyer un simple refus. Le 29 décembre, je reçus de lui une lettre me demandant de venir le voir à son bureau pour discuter en détail de ma nouvelle.

Le 5 janvier 1939, j'allai voir Campbell pour la huitième fois — pour la première fois à sa demande expresse. Et il apparut que ce qui lui plaisait dans cette nouvelle était l'opposition de la société aux vols spatiaux, bien plus que les vols spatiaux eux-mêmes qui, dans la science-fiction, étaient devenus monnaie courante.

Peu sûr de moi, car jusque-là je n'avais jamais eu à réviser une de mes nouvelles pour répondre aux désirs très précis d'un éditeur, je me mis au travail. J'apportai le 24 janvier ma nouvelle révisée, et le 31 janvier j'appris comment agissait Campbell quand il acceptait de publier un texte. Si ses refus étaient généralement accompagnés de longues et intéressantes lettres, son acceptation prenait la forme d'un chèque que n'accompagnait aucun mot. Sans doute estimait-il que le chèque parlait de lui-même. Dans le cas qui nous intéresse, ce chèque se montait à soixante-neuf dollars, ma nouvelle comportant 69 000 mots, et Campbell payant à cette époque-là un cent le mot.

Ce fut le premier succès que je remportai auprès de Campbell après sept mois de vaines tentatives et huit refus consécutifs. La nouvelle parut six mois plus tard et je découvris alors que Campbell en avait changé le titre (à juste raison) et l'avait intitulée : « On n'arrête pas le progrès ».

On n'arrête pas le progrès

Lorsque j'entrai dans son bureau, ce jour-là, John Harman, assis à sa table de travail, semblait remuer de sombres pensées. Depuis quelque temps on le voyait souvent — bien trop souvent — la tête dans les mains, un pli amer aux lèvres, laisser errer son regard sur l'Hudson. Cela faisait peine de voir ce petit homme vif se ronger le cœur, jour après jour, alors qu'il aurait mérité les louanges et l'admiration du monde entier.

— Vous avez lu l'éditorial du *Clarion* d'aujourd'hui, patron ? dis-je en me laissant tomber dans un fauteuil.

— Non, fit-il d'un air las en tournant vers moi ses yeux injectés de sang. Qu'est-ce qu'ils racontent encore ? Appellent-ils une fois de plus sur moi la malédiction de Dieu ? ajouta-t-il non sans ironie.

— Ils vont même plus loin que cela, patron. Tenez, écoutez :

« C'est demain que John Harman tentera de profaner les cieux. Demain, en dépit de l'opinion et des convictions du monde entier, cet homme lancera un défi à Dieu.

« Il n'est pas permis à l'homme de se laisser guider par ses désirs et ses ambitions. Certaines entreprises lui sont interdites à jamais et vouloir parvenir jusqu'aux étoiles en est une. Tout comme Ève, John Harman souhaite goûter au fruit défendu, et tout comme Ève il risque de subir un châtiment mérité.

« Mais j'irai plus loin. Si nous l'autorisons à exciter la colère de Dieu, ce n'est pas seulement sur lui qu'elle retombera, mais sur l'humanité tout entière. Si nous l'autorisons à accomplir ses desseins démoniaques, nous nous faisons les complices de son crime, et c'est pourquoi la malédiction divine n'épargnera aucun de nous.

« Il est donc de toute urgence que nous prenions les dispositions nécessaires pour empêcher Harman de s'envoler demain dans ce qu'il appelle son vaisseau-fusée. En refusant de prendre de telles dispositions le gouvernement nous obligera peut-être à recourir à la force. S'il ne se décide pas à se saisir du vaisseau-fusée ou à jeter Harman en prison, nos concitoyens exaspérés risquent fort de prendre eux-mêmes les choses en main. »

Fou de rage, Harman se leva d'un bond, m'arracha le journal des mains, le lança à l'autre bout de la pièce et s'exclama :

— C'est un appel non déguisé au lynchage ! Tiens ! Regarde ça !

Je pris les cinq ou six lettres qu'il me tendait et un regard me suffit pour comprendre ce qu'elles contenaient.

— Encore des menaces de mort ? dis-je.

— Exactement. J'ai demandé qu'on augmente les forces de police qui montent la garde devant mon immeuble et que des motards m'escortent lorsque je me rendrai demain sur la piste d'envol.

Il se mit à arpenter nerveusement son bureau, puis reprit :

— Je ne sais plus que faire, Clifford. Voilà presque dix ans que je travaille sur le *Prométhée*. J'ai peiné comme un esclave, dépensé une fortune, renoncé à tout ce qui fait l'agrément de la vie… et pour arriver à quoi ? À ce qu'une bande de fanatiques excite la populace contre moi jusqu'à mettre ma vie en danger.

— Tout ça, patron, parce que vous êtes en avance sur votre temps, dis-je en haussant les épaules d'un air résigné, ce qui le mit hors de lui.

— Que veux-tu dire par « en avance sur votre temps ? » Nous sommes en 1973. Cela fait maintenant un demi-siècle que nous sommes prêts à tenter un voyage dans l'espace. Il y a cinquante ans, les gens rêvaient du jour où l'homme, se libérant de l'attraction terrestre, foncerait dans les espaces intersidéraux. Depuis cinquante ans la science poursuit ce but et maintenant… maintenant que j'ai enfin la possibilité de le réaliser, tu viens me dire que je devance mon temps.

— Si vous voulez bien faire appel à votre mémoire, vous vous rappellerez que les années 20 et les années 30 furent celles de l'anarchie et de la décadence, lui dis-je, cherchant à l'apaiser. Impossible de les prendre comme critère.

— Je sais, je sais. Et tu vas me parler de la Première Guerre mondiale, celle de 1914, et de la Seconde, celle de 1940. Tout ça, pour moi c'est de la vieille histoire, bien que mon grand-père ait combattu au cours de la première, et mon père, de la seconde. Il n'en est pas moins vrai qu'à cette époque la science était en plein essor. Les hommes ne connaissaient pas la peur. Ils avaient imagination et audace. Il n'existait pas de conservatisme en tout ce qui touchait à la technique et à la science. On ne craignait pas d'avancer les théories les plus hardies ni de faire une déposition sur la découverte la plus révolutionnaire. Il faut que l'humanité soit tombée bien bas pour craindre que l'audacieuse et noble entreprise qu'est un vol spatial attire sur elle la colère divine.

Il laissa tomber la tête et se détourna pour dissimuler à ma vue ses lèvres tremblantes et ses yeux pleins de larmes. Puis il se redressa brusquement, et s'écria, le regard étincelant :

— Je leur montrerai, oui je leur montrerai de quoi je suis capable, et je réussirai, dussé-je avoir contre moi l'Enfer, le Ciel et la Terre ! J'ai mis trop de moi-même dans cette entreprise pour me résoudre à y renoncer.

— Vous énervez pas, patron, lui dis-je. Vous aurez besoin de toutes vos forces, demain, quand vous monterez à bord de votre vaisseau. Vos chances de sortir vivant de cette aventure ne sont pas énormes et elles seront plus faibles encore si vous laissez vos nerfs prendre le dessus.

— Tu as parfaitement raison. N'y pensons plus et parlons d'autre chose. Où donc est Shelton ?

— À l'Institut, en train de préparer les plaques photographiques spéciales que vous nous ferez parvenir.

— Il me semble qu'il est parti depuis longtemps, non ?

— Pas tellement. Mais voyez-vous, patron, ce garçon, je le trouve louche. Il ne me plaît pas.

— Qu'est-ce que tu me chantes là ? Cela fait deux ans qu'il travaille avec moi et je n'ai jamais eu à me plaindre de lui.

— Bon, fis-je en écartant les mains d'un air résigné. Vous refusez de m'écouter, je ne peux pas vous y forcer. Mais quand même, je l'ai surpris, hier, en train de lire une des brochures incendiaires que publie Otis Eldredge. Vous voyez le genre : « Prenez garde, vous tous qui me lisez, car le jour du jugement dernier approche. Vous subirez bientôt le châtiment de vos péchés. Repentez-vous pendant qu'il est temps encore et sauvez votre âme », enfin le genre de bla-bla-bla si apprécié de nos jours.

— Ah oui ! les membres de ce fameux Réveil religieux, fit Harman en reniflant de mépris. Décidément le monde ne se débarrassera jamais de ces faux prophètes... du moins aussi longtemps qu'il y aura des imbéciles sur terre. Mais te méfier de Shelton parce que tu l'as surpris en train de lire une de ces brochures me paraît exagéré. Il m'arrive à moi aussi d'en parcourir.

— Il prétend l'avoir ramassée sur le trottoir et l'avoir lue par simple curiosité, mais je l'ai vu la sortir de son porte-documents. De plus, il va à l'église tous les dimanches.

— Parce que pour toi, c'est un crime ? Tout le monde y va, actuellement.

— Oui, mais à celle de la Société évangélique du XXe siècle, secte créée par Eldredge.

Harman, qui visiblement ignorait le fait, parut ébranlé et ce fut d'un ton tout différent qu'il me dit :

— Oui, en effet c'est étrange. Il nous faudra avoir l'œil sur lui.

Mais nous avions d'autres chats à fouetter et nous n'avons repensé à Shelton que lorsqu'il était trop tard.

Nous n'avions en somme plus grand-chose à faire en cette veille du premier envol et je me rendis dans la pièce contiguë à son bureau pour relire le dernier rapport qu'avait adressé Harman à la direction de l'Institut. Il était de mon ressort de corriger les erreurs ou les fautes d'impression qui s'y étaient glissées, mais je crains bien de n'y avoir pas apporté toute l'attention voulue. Je n'arrivais pas à me concentrer et à chaque instant je plongeais dans de sombres réflexions.

Je n'arrivais pas à comprendre pourquoi on faisait une telle histoire au sujet d'un vol spatial. Lorsque Harman avait annoncé, quelque six mois plus tôt, que le *Prométhée* serait bientôt au point, les milieux scientifiques s'en étaient réjouis. Évidemment, ils faisaient preuve de prudence dans leurs déclarations et pesaient chacune de leur parole, mais on les sentait néanmoins pleins d'enthousiasme.

Cependant, la population ne voyait pas la chose du même œil. Cela peut vous paraître étrange, à vous gens du XXIe siècle, mais il fallait peut-être s'y attendre en cette année 1973. On ne voyait pas le progrès d'un très bon œil, à cette époque-là. Il y avait, depuis quelques années, un réveil religieux et les églises s'étant unanimement dressées contre le vaisseau-fusée… l'attitude de la masse s'expliquait mieux.

Au début, seul le clergé manifestait de l'opposition et nous pensions que cela en resterait là. Mais ce ne fut pas le cas. La presse s'en mêla et répandit, si j'ose dire, la bonne parole. En moins de temps qu'il n'en faut pour le dire, le pauvre Harman devint aux yeux du monde un véritable réprouvé et c'est alors que commencèrent ses ennuis.

Il recevait quotidiennement des menaces de mort, des mises en garde contre la colère divine et ne pouvait plus circuler en ville en toute sécurité. Il avait été frappé d'interdit et pour ainsi dire excommunié par des douzaines de sectes religieuses auxquelles par ailleurs il n'appartenait pas, vu que, chose rare à cette époque, il était libre penseur, autre péché à son actif. Mais pis encore, Otis Eldredge, le chef de la Société évangélique, avait entrepris de soulever contre lui la populace.

Eldredge était un curieux personnage, une sorte de génie à sa façon, comme on en voit surgir de temps à autre. Ayant de véritables dons d'orateur et un vocabulaire incendiaire, il hypnotisait littéralement son auditoire. S'il réussissait à les réunir, vingt mille personnes n'étaient plus que cire molle entre ses mains. Pendant quatre mois, il tonna contre Harman ; pendant quatre mois il déversa sur lui des torrents d'imprécations, et pendant quatre mois la colère du peuple monta.

Mais rien ne pouvait démonter Harman. Dans son petit corps de 1,50 m à peine il y avait l'énergie d'un lutteur. Plus les loups hurlaient, et plus il tenait bon.

Avec une obstination angélique — diabolique, disaient ses ennemis — il ne lâcha pas un pouce de terrain. Mais moi qui le connaissais bien je distinguais, sous cette ferme apparence, une profonde tristesse et une amère déception.

J'en étais à ce point de mes réflexions lorsqu'on sonna à la porte, ce qui me surprit, car les visiteurs étaient rares à ce moment-là.

Je regardai par la fenêtre et vis un homme à la stature imposante qui s'entretenait avec le sergent de police Cassidy. Je reconnus Howard Winstead, directeur de l'Institut. Harman se précipita pour l'accueillir et après un court échange de propos, tous deux se rendirent dans le bureau. Je les suivis, curieux de connaître le motif de la venue de Winstead qui était plus un politicien qu'un scientifique.

Au début Winstead ne me parut pas très à son aise ni aussi suave qu'à son habitude. L'air gêné, il évitait le regard d'Harman, parlait de tout et de rien, du temps qu'il faisait. Puis il en arriva à son sujet avec une brutalité qui n'avait plus rien de diplomatique.

— John, dit-il, que penseriez-vous de remettre à plus tard votre tentative ?

— Vous voulez dire, en réalité, de l'abandonner définitivement. Eh bien moi, je m'y refuse... définitivement.

— Doucement, John, fit Winstead en levant la main. Ne vous énervez pas. Laissez-moi vous exposer mon point de vue. Je sais parfaitement que l'Institut a consenti à vous laisser les mains libres, et je sais également que vous avez assumé vous-même la moitié des frais, mais... il vous faut remettre votre entreprise, car vous allez au-devant d'un échec.

— Vraiment ? Au-devant d'un échec ? fit Harman, sarcastique.

— Écoutez-moi, John. Vous vous y connaissez en science, mais non en psychologie des foules, au contraire de moi. Que vous vous en rendiez compte ou non, nous ne vivons plus au temps des années folles. Il s'est opéré, depuis 1940, de profonds changements.

Et là-dessus, il se lança dans un discours qu'il avait de toute évidence soigneusement préparé.

— Ainsi que vous le savez, après la Première Guerre mondiale, l'humanité dans son ensemble s'est éloignée de la religion et libérée des conventions. Les gens, las déçus se montraient cyniques et sophistiqués. Ce sont ces gens-là qu'Eldredge appelle « les pervers, les pécheurs ». En dépit de cela ou peut-être à cause de cela, la science prit un grand essor. Certains prétendent que c'est justement en cette période de relâchement moral qu'elle s'épanouit le mieux. Du point de vue de la science ce fut un âge d'or.

« Cependant vous n'ignorez pas quelle était la situation politique et économique au cours de cette période. Ce fut le temps du désordre sur le plan politique, et de l'anarchie sur le plan international. Le monde courait à sa perte et cette période aboutit effectivement à la Seconde Guerre mondiale. Et alors que la Première Guerre mondiale amena un relâchement moral, la Seconde donna naissance à un réveil religieux.

« Les gens en avaient assez de ces années folles. Ils craignaient par-dessus tout de les voir se répéter, et de revivre une telle période. Ils adoptèrent par conséquent l'attitude exactement opposée. Ils obéissaient ainsi à des motifs compréhensibles et louables. Liberté de mœurs, sophistication, refus des conventions furent balayés. Nous vivons actuellement une seconde ère victorienne, chose aisément explicable, car l'histoire suit le mouvement du pendule qui en ce moment l'incline au mysticisme et à l'acceptation des conventions.

« De cette période d'il y a cinquante ans, seul a subsisté le respect de l'humanité pour la science. Nous vivons sous le régime de la prohibition ; les femmes se sont vue interdire de fumer et d'user de produits de beauté. On ne voit plus de décolletés trop profonds et de jupes trop courtes et le divorce est réprouvé. Mais la science ne subit pas cet ostracisme, du moins pas encore.

« Il appartient donc aux savants de se montrer circonspects et de ne rien faire qui puisse exciter la colère des foules. Rien ne serait plus aisé que de leur faire croire — et Otis Eldredge a été bien près d'y arriver dans certains de ses discours — que la science est responsable des horreurs de la Seconde Guerre mondiale. La science est la négation de la culture, disent les gens, et la technologie, celle de la sociologie, et c'est ce déséquilibre qui a bien failli être à l'origine d'une catastrophe finale. Et je me dis parfois que, jusqu'à un certain point, ils ont probablement raison.

« S'ils en arrivaient là, savez-vous ce qui se passerait ? Toute recherche scientifique serait interdite, ou tout au moins strictement réglementée, ce qui porterait à la science un coup fatal. Ce serait une calamité que l'humanité mettrait un millénaire à surmonter.

« Or votre tentative de vol spatial pourrait parfaitement susciter une telle réaction. Vous allez déclencher dans les masses une colère qu'il sera bien difficile d'apaiser. Je vous mets solennellement en garde, John, car vous serez tenu pour responsable des conséquences encore imprévisibles de votre entreprise.

Un long silence plana, que Harman, se forçant à sourire, rompit, en disant :

— Voyons, Howard, dans l'état d'esprit où je vous vois, vous finirez par avoir peur de votre ombre. Insinueriez-vous que votre conviction est que le monde va plonger dans un nouvel « âge des ténèbres » ? Vous conviendrez avec moi qu'il y aura toujours des hommes intelligents pour prendre la défense de la science ?

— S'il en existe encore, c'est en petit nombre, à ce que j'ai pu constater, dit Winstead en sortant de sa poche une pipe qu'il bourra lentement et méticuleusement. Puis il reprit : Eldredge a fondé, il y a environ deux mois, une Ligue des Justes, la L.J. comme il l'appelle, qui a rencontré un succès foudroyant. *Uniquement aux États-Unis, elle compte déjà vingt millions de membres*. Eldredge prétend que les prochaines élections le porteront à la tête du Congrès, et il semble qu'il y avait dans cette déclaration plus de vérité que de bluff. Déjà dans les couloirs du Congrès on discute fiévreusement d'un projet de loi qui mettrait à l'index toute expérimentation de fusées spatiales. De telles lois ont déjà été édictées en Pologne, au Portugal et en Roumanie. Hé oui, nous approchons dangereusement d'un temps où les savants seront persécutés.

Tout en parlant, Winstead tirait de sa pipe de rapides et nerveuses bouffées.

— Mais si je réussis, Howard ? Si ma tentative est couronnée de succès ? Cela changera tout !

— Bah ! Vous avez si peu de chances de réussir ! Vous avez reconnu vous-même n'en avoir qu'une sur dix d'en sortir vivant.

— Qu'est-ce que cela prouve ? Celui qui prendra la relève profitera de mes erreurs et ses chances seront plus grandes. C'est ainsi que cela se passe parmi les scientifiques.

— Oui, mais la populace ignore tout des méthodes scientifiques, et ne cherche nullement à s'en instruire. Alors, que décidez-vous ? Acceptez-vous de remettre à un moment plus propice votre tentative ?

Harman se leva si brusquement que son fauteuil se renversa et il s'exclama :

— Vous rendez-vous compte de ce que vous exigez de moi ? Vous me demandez de renoncer à l'œuvre de toute une vie, au rêve que je caresse depuis si longtemps ! Vous imaginez que je vais rester là à attendre que votre cher public se montre plus compréhensif ? Vous croyez donc qu'il pourrait changer de mon vivant ?

« Vous voulez une réponse ? La voici : J'ai le droit inaliénable de poursuivre mes expériences. La science elle-même a le droit inaliénable de progresser et de se développer sans la moindre immixtion. Le monde, en voulant s'immiscer dans mes entreprises, est dans son tort, et moi je suis dans mon droit. Je vais peut-être au devant d'un échec. Mais je ne renoncerai à mes droits pour rien au monde.

— Vous vous trompez, John, fit Winstead en secouant tristement la tête, en parlant de vos « droits inaliénables ». Ce que vous appelez « un droit », n'est rien autre qu'un *privilège que l'on veut bien vous accorder*. Ce que la société approuve est justifié ; ce qu'elle repousse est injustifiable.

— Votre ami Eldredge accepterait-il une telle définition de ce qui est juste et de ce qui ne l'est pas ? demanda Harman non sans amertume.

— Non, il ne l'accepterait pas, mais cela n'a rien à voir avec la question. Prenons l'exemple de ces tribus africaines qui pratiquaient autrefois le cannibalisme. Ils étaient cannibales, avaient derrière eux une longue tradition de cannibalisme qui faisait partie de leurs mœurs. Pour eux, le cannibalisme était une chose toute naturelle, et en somme, pourquoi pas ? Vous voyez par cela à quel point toute notion est relative et combien vous êtes dans l'erreur en déclarant que vous avez le droit « inaliénable » de procéder à vos expériences.

— Décidément, Howard, vous auriez fait un excellent avocat, fit Harman en qui la colère montait. Vous venez de m'opposer les arguments les plus éculés qu'on puisse trouver. Pour l'amour du ciel, irez-vous jusqu'à prétendre que c'est un crime de ne pas hurler avec les loups ? Vous feriez-vous le défenseur de tout ce qui est orthodoxe, banal, et commun ? Votre façon de voir étoufferait plus sûrement encore la recherche scientifique que les pires interdits gouvernementaux.

Harman qui s'était levé brandit un doigt accusateur sur Winstead et reprit :

— Vous êtes en train de trahir la science et tous ces glorieux pionniers que furent Galilée, Darwin, Einstein et bien d'autres. Mon vaisseau-fusée foncera vers l'espace demain à l'heure indiquée, et ni vous ni les hauts fonctionnaires des États-Unis n'y pourrez rien. C'est mon dernier mot et je refuse de vous écouter plus longtemps. Je ne vous retiens pas.

Le directeur de l'Institut tourna vers moi un visage rouge de colère et d'indignation.

— Vous êtes témoin, jeune homme me dit-il, que j'ai tout fait pour mettre en garde ce fou, cet obstiné, ce fanatique ! et tout bouillant d'indignation il sortit en trombe de la pièce.

— Eh ! bien, que penses-tu de tout cela ? fit Harman dès qu'il fut sorti. Je suppose que tu abondes dans son sens ?

Il n'y avait qu'une réponse à faire et je la lui fis.

— Mon rôle consiste à obéir à vos ordres, patron. Je reste donc à vos côtés.

A ce moment Shelton arriva et Harman nous expédia tous les deux revoir pour la énième fois les calculs de l'orbite du vol spatial qu'il comptait effectuer, tandis que lui-même allait se coucher.

Il faisait le lendemain, ce 15 juillet, un temps splendide, et Harman, Shelton et moi étions d'humeur presque enjouée lorsque après avoir traversé l'Hudson nous arrivâmes sur l'aire du *Prométhée* qui étincelait de toute sa splendeur et autour duquel des forces de police montaient la garde.

Une foule énorme, maintenue à bonne distance par des cordes, s'était peu à peu rassemblée. Une foule qui dans son ensemble paraissait hostile et le manifestait bruyamment. L'espace d'un instant, alors que les motards nous ouvraient la voie, les cris et les imprécations qui montaient de la foule furent près de me convaincre que nous aurions dû nous rendre aux raisons de Winstead.

Harman, quant à lui, n'y accordait aucune attention et s'entendant traiter de « Fils du Malin » se contenta de renifler de mépris. Avec le plus grand calme, il nous pria de nous livrer à une dernière inspection. J'examinai sur toutes ses coutures la coque du vaisseau, d'un pied d'épaisseur, m'assurai que les fermetures automatiques et les purificateurs d'air fonctionnaient normalement. Shelton, de son côté, fit de même pour l'écran anti-radiation et les réservoirs d'essence. Harman enfila alors sa lourde combinaison spatiale, se déclara satisfait et prêt à partir.

À ce moment, un frisson parcourut la foule. Sur une plate-forme de planches hâtivement dressée venait de paraître un homme reconnaissable entre tous. Grand, décharné, l'air d'un ascète, avec ses yeux brûlants enfoncés dans leur orbite et sa tête couronnée d'une épaisse crinière blanche, cet homme n'était autre qu'Otis Eldredge. La foule le reconnut immédiatement et nombreux furent ceux qui l'acclamèrent. L'enthousiasme gagna alors les assistants et bientôt la foule tout entière l'applaudit. Il leva la main pour réclamer le silence, se tourna vers Harman qui le regardait avec surprise et mépris, et pointa sur lui son long doigt osseux :

— John Harman, fils du démon, suppôt de Satan, tu es ici pour accomplir une entreprise démoniaque. Tu cherches, ô blasphème, à sonder cet espace interdit à l'homme. Tu as goûté au fruit défendu et tu t'apprêtes maintenant à commettre le pire des péchés.

Des hourras s'élevèrent de la foule, et Eldredge reprit :

— Le doigt de Dieu est sur toi, John Harman. Il ne permettra pas que Ses mystères soient pénétrés. Je te le dis, John Harman, tu mourras aujourd'hui même.

Sa voix s'était enflée et il prononça les derniers mots avec un accent réellement prophétique.

Harman, l'air suprêmement dédaigneux, se détourna et s'adressant à un officier de police, dit d'une voix haute et claire :

— Pourriez-vous, je vous prie, lieutenant, faire reculer l'assistance. Le vaisseau, en s'arrachant de la terre, risque de causer quelques dégâts en raison de l'explosion des fusées, et à mon avis la foule est beaucoup trop près de l'aire d'envol.

— Si vous redoutez d'être molesté par cette foule, dites-le, M. Harman, fit le lieutenant de police d'un ton sec et même hargneux. Ne craignez rien. Nous maintiendrons la foule à bonne distance. Mais parler de danger à propos de ce machin…

Montrant le *Prométhée*, il ricana, et la foule à son tour manifesta son mépris par des cris et des huées.

Harman n'insista pas et monta en silence dans le vaisseau. À ce moment-là, chose étrange, un grand silence tomba et l'on perçut dans l'assistance de la tension. Au contraire de ce que je redoutais, personne ne tenta de se ruer sur le vaisseau. Bien au contraire, Otis Eldredge lui-même donna l'ordre aux assistants de reculer.

— Laissez ce pécheur à ses péchés, hurla-t-il. « C'est à moi qu'appartient la vengeance », dit l'Éternel.

Comme le moment du départ approchait, Shelton, me flanquant un coup de coude dans les côtes, me chuchota d'une voix tendue :

— Filons ! Les retombées des fusées peuvent être terribles, et il détala à toute allure en me pressant de le suivre.

Nous avions à peine atteint les derniers rangs de la foule que nous parvint un bruit terrifiant. Une vague d'air brûlant passa au-dessus de ma tête. Je perçus le sinistre sifflement d'un objet me frôlant l'oreille et je fus renversé violemment sur le sol. Je restai là étourdi, les oreilles me sonnant, la tête me tournant.

Lorsque je parvins à me relever en chancelant comme un ivrogne, un spectacle désolant s'offrit à ma vue. De toute évidence, la totalité de la réserve d'essence du *Prométhée* avait explosé et là où un moment plus tôt étincelait le magnifique vaisseau je ne vis plus qu'un énorme cratère, tandis que le sol était jonché de débris. Les cris des blessés étaient à vous fendre le cœur, quant aux corps déchiquetés… mais je n'essaierai même pas de vous décrire ce spectacle atroce.

Un faible gémissement, à mes pieds, attira mon attention. Je me penchai puis retins une exclamation d'horreur. Shelton gisait là, la tête dans une mare de sang.

— C'est mon œuvre, me dit-il d'une voix triomphante mais si faible que je l'entendis à peine. Oui, c'est mon œuvre. J'ai éventré la cloison étanche du réservoir d'oxygène liquide, et quand l'étincelle a passé à travers la solution acétylique le maudit vaisseau tout entier a explosé. Il râla, tenta de se redresser, puis retomba et dit encore: Un éclat a dû m'atteindre. Mais que m'importe. Je meurs en sachant que…

Sa voix n'était plus qu'un rauque chuchotement et sur son visage se lisait l'extase du martyr. Il mourut et je ne pus trouver dans mon cœur la force de le condamner.

C'est alors que je pensai à Harman. Des ambulances arrivant de Manhattan et de Jersey City affluaient sur les lieux du désastre. L'une d'entre elles se dirigea à toute allure vers un amas de bois et de ferraille, à quelque cinq cents mètres de là. Je vis alors qu'une partie du compartiment avant du *Prométhée* était pris dans le faîte d'un groupe d'arbres. Je m'élançai en boitillant, aussi vite que je le pus, mais bien avant que je puisse les rejoindre les brancardiers avaient dégagé Harman et l'avaient déposé dans l'ambulance qui repartit aussitôt.

Je ne m'attardai pas davantage. Pour le moment la foule hébétée n'avait de pensée que pour les morts et les blessés, mais elle ne tarderait pas à se ressaisir et à chercher à les venger et dès lors je ne donnerais pas cher de ma vie, et c'est pourquoi, sans fausse honte, je m'éclipsai discrètement.

Je vécus ensuite une dure semaine, réfugié chez un ami, car me montrer ou rentrer chez moi eût été signer mon arrêt de mort. Quant à Harman, soigné dans un hôpital de Jersey City, il ne souffrait que de blessures superficielles et de contusions, et ce grâce au recul provoqué par l'explosion et au groupe d'arbres qui avaient amorti la chute du *Prométhée.* Mais c'est sur lui que retomba tout le poids de la colère du monde entier.

Aussi bien à New York qu'à l'étranger, les gens se déchaînèrent. Les dernières éditions des journaux sortirent avec d'énormes manchettes : « Vingt-huit morts, soixante-treize blessés, tel est le prix d'un péché inexpiable ». Les éditorialistes trouvaient que seule la mort était un châtiment assez doux pour lui. Ils réclamaient à grands cris son arrestation, puis sa comparution devant un tribunal pour meurtre au premier degré.

Dans les cinq districts de New York s'élevait le cri terrible de « Lynchez-le ! » et des milliers de gens, traversant le fleuve, se dirigeaient vers Jersey City. À leur tête, Otis Eldredge, les deux jambes dans des éclisses, haranguait d'une voiture ouverte cette véritable armée en marche.

Carson, le maire de Jersey City, fit appel à toutes ses forces de police et téléphona fiévreusement à Trenton qu'on mette à sa disposition la milice d'État. New York barra tous les ponts et tous les passages souterrains, mais déjà des milliers de New-Yorkais avaient quitté la ville pour gagner l'hôpital de Jersey City.

En ce 16 juillet, on assista, sur les côtes de l'État de Jersey à des batailles véritablement homériques. Les forces de police, débordées par la foule, matraquaient à tour de bras, mais durent néanmoins reculer. La police montée chargea la foule, mais fut elle aussi engloutie et les hommes précipités à bas de leurs chevaux. Cette foule déchaînée cessa d'avancer lorsqu'on fit usage de gaz lacrymogènes, mais même alors elle ne recula pas.

La loi martiale fut proclamée le lendemain et la milice d'État fit son entrée dans Jersey City. On évita ainsi le lynchage. Après avoir eu un entretien avec lui, Eldredge, convoqué par le maire, donna l'ordre à ses partisans de se disperser.

Dans une conférence de presse, Carson, le maire, déclara : « John Harman subira le châtiment que mérite son crime, mais il sera jugé selon la loi. La justice doit suivre son cours et l'État du New Jersey prendra toute les mesures nécessaires à cet effet. »

Vers la fin de la semaine, les choses s'étaient plus ou moins tassées et Harman ne fut plus le point de mire du public. Deux semaines encore s'écoulèrent et les journaux ne parlèrent pour ainsi dire plus de lui, sauf pour le citer au sujet de la nouvelle loi Zittman anti-fusée qui venait de passer au Parlement après un vote quasi unanime.

Cependant Harman était toujours à l'hôpital. Aucune inculpation n'avait été prononcée contre lui, mais nous commencions à penser que sous prétexte « d'assurer sa protection » il pourrait bien y être gardé à vie. C'est pourquoi je décidai d'agir.

Temple Hospital est situé dans un quartier tranquille et éloigné de Jersey City, et au cours d'une nuit sans lune je n'éprouvai aucune difficulté à pénétrer dans les jardins sans être vu. Avec une facilité qui me surprit moi-même, je me glissai à travers une fenêtre entrebâillée du rez-de-chaussée, assommai un interne afin qu'il ne donne pas l'alerte, puis me dirigeai vers la chambre 15 E qui d'après les registres était celle d'Harman.

— Qui est là ? cria Harman, saisi, et sa voix fut comme une musique à mes oreilles.

— Chut ! Doucement ! C'est moi, Cliff McKenny.

— Toi ! Qu'est-ce que tu fais ici ?

— Essayer de vous en sortir, justement. Sinon vous êtes bon pour y rester jusqu'à la fin de votre vie. Venez ! Filons !

Tout en parlant je l'aidai à s'habiller en vitesse. En moins de temps qu'il n'en faut pour le dire, nous allâmes sur la pointe des pieds jusqu'au bout du corridor et nous nous trouvâmes dans ma voiture avant même qu'Harman ait eu le temps de retrouver ses esprits et de me poser des questions.

— Que s'est-il passé, ce fameux jour ? me demanda-t-il. Entre le moment où j'ai mis la fusée à feu et où je me suis réveillé dans cet hôpital, je ne me souviens plus de rien.

— Ils ne vous ont donc rien raconté ?

— Pas un mot, les salauds ! Et ce n'est pas faute de les avoir questionnés. À en avoir une extinction de voix.

Je lui racontai tout ce qui s'était passé pendant et après l'explosion. Lorsque je lui parlai des morts et des blessés, je lus dans son regard une profonde tristesse, puis il fut pris de rage en apprenant l'acte de sabotage effectué par Shelton. Mais lorsque je lui décrivis la foule marchant sur l'hôpital en criant « À mort ! » il se contenta de sourire avec mépris.

— Bien entendu, la presse vous a accusé de « meurtres », mais ce chef d'accusation n'a pu être retenu contre vous. Ils se sont alors rabattu sur

« l'homicide par imprudence », mais trop de témoins vous avaient entendu presser le lieutenant de police de faire reculer la foule, et avaient entendu aussi le refus catégorique qu'il vous avait opposé. L'accusation ne tenait donc plus debout. Quant au lieutenant, impossible de faire de lui le bouc émissaire, car il a trouvé la mort au cours de l'explosion.

« Cependant, avec cet Eldredge qui clame partout qu'il aura votre peau, vous n'êtes pas en sécurité. Mieux vaut pour vous quitter la ville pendant qu'il en est temps encore.

— Parce que Eldredge a survécu à l'explosion ? fit Harman approuvant de la tête ma proposition.

— Malheureusement oui. Il s'en est sorti avec les deux jambes brisées, mais il en faut plus pour lui fermer la gueule.

Une semaine plus tard nous arrivions dans notre lieu de refuge... la ferme que possède un des mes oncles dans le Minnesota. Là dans un hameau perdu, nous attendîmes que l'émotion soulevée par la disparition d'Harman s'apaise peu à peu et que cessent de vagues recherches. Je dis vagues, car visiblement les autorités furent plus soulagées que contrariées par ladite disparition.

Quiétude et tranquillité accomplirent un miracle. En six mois Harman, qui avait retrouvé toute sa vigueur, envisageait sérieusement d'effectuer une seconde tentative de vol spatial. Quand il s'était mis quelque chose dans la tête aucune calamité ne pouvait l'arrêter.

— Mon erreur a été, me dit-il par une journée d'hiver, de rendre publique ma tentative. J'aurais dû, comme me l'a dit Winstead, tenir compte des réactions possibles de la foule. Mais cette fois, ajouta-t-il en se frottant machinalement les mains, le regard perdu dans le vide, j'effectuerai ma tentative en secret… oui, dans le plus grand secret.

— Vous ne pouvez faire autrement, lui dis-je avec un rire amer. Savez-vous que désormais toute expérience sur des fusées, et même toute recherche dans ce domaine, est un crime passible de mort.

— Dois-je comprendre que tu as peur de te compromettre ?

— Bien sûr que non, patron. Je vous mets simplement devant les faits, et il y en a un autre. Il nous est absolument impossible de construire à nous deux un vaisseau spatial.

— J'y ai réfléchi, Cliff, et j'ai trouvé un moyen. De plus je suis en mesure d'en assumer les frais. Mais il faudra que tu circules un peu.

« Tu te rendras d'abord à Chicago, puis tu iras de ma part à l'étude Roberts et Scranton pour y retirer tout ce qui reste de l'héritage de mon père, plus de la moitié, ajouta-t-il avec un geste fataliste, étant partie dans la construction du premier vaisseau. Ensuite tu essaieras de rassembler le plus de membres possibles de la vieille équipe : Harry Jenkins, Joe O'Brien, Neil Stanton… tous ceux que tu pourras retrouver. Puis tu reviendras ici le plus vite possible, car j'ai hâte de m'y mettre.

Deux jours plus tard, je partais pour Chicago. Je n'eus aucune peine à obtenir l'assentiment de mon oncle quand je le mis au courant de ce que nous projetions.

— Autant être pendu pour un bœuf que pour un œuf, grommela-t-il, alors va de l'avant. Je suis déjà dans de mauvais draps. Un peu plus ou un peu moins...

Je dus passablement circuler et user pas mal de salive pour arriver à réunir quatre de nos anciens collaborateurs, les trois mentionnés par Harman, plus un quatrième, un certain Saül Simonoff. Avec cette maigre équipe et le demi million qui restait de ce que lui avait légué son père, nous nous mîmes au travail.

La construction du *Nouveau Prométhée* formerait une histoire à elle toute seule... une longue histoire de cinq années de luttes et d'incertitude. Peu à peu, cependant, nous achetâmes les longerons à Chicago ; les plaques d'un alliage d'acier et de béryllium à New York ; une cellule de vanadium à San Francisco, et divers autres éléments aux quatre coins du pays. Et c'est ainsi que nous construisîmes le frère jumeau du *Prométhée* qui avait connu un si triste sort.

Nous rencontrâmes des difficultés quasi insurmontables. Pour ne pas attirer l'attention, nous étions obligés d'échelonner nos achats sur d'assez longues périodes et de passer commande dans les endroits les plus divers. Nous dûmes faire appel à la collaboration de quelques amis qui sur le moment ignorèrent le but des achats dont nous les chargions.

Il nous fallut raffiner nous-mêmes dix tonnes de pétrole et ce fut sans aucun doute notre travail le plus dur et le plus long. Et finalement — comme les fonds d'Harman diminuaient de façon inquiétante — nous

nous heurtâmes au problème le plus difficile, parvenir à notre but en réduisant les frais. Nous avions compris dès le début que le *Nouveau Prométhée* ne pourrait être ni aussi vaste ni aussi perfectionné que le premier, et nous nous rendîmes bientôt compte qu'il nous faudrait en simplifier l'équipement jusqu'à un point extrême et même dangereux. L'écran antiradiation était tout juste satisfaisant et nous dûmes renoncer à installer le système de radio qui aurait permis à Harman de communiquer avec la Terre.

Et tandis qu'au cours des années nous travaillions durement en cette région boisée du nord du Minnesota, dans le monde la situation évoluait et les prophéties de Winstead furent bien près de se réaliser.

Cette période de cinq années — s'étendant de 1973 à 1978 — est bien connue des écoliers d'aujourd'hui, car elle vit le triomphe de l'ère néo-victorienne. Quand nous évoquons les événements qui s'y déroulèrent, nous avons peine à y croire.

Cela commença par la mise hors-la-loi de toute étude sur les vols spatiaux, mais ce n'était rien encore comparé aux mesures qui furent prises par la suite contre la science. Les élections de 1974 eurent pour résultat qu'Eldredge régna en maître tout-puissant sur le Congrès, aussi bien sur la Chambre des représentants que sur le Sénat.

Dès lors, il ne perdit pas de temps. Au cours de la première session du quatre-vingt-treizième Congrès, fut votée la fameuse loi Stoneley-Carter. Elle instituait le Federal Scientific Research Investigatory Bureau — le F.S.R.I.B. — qui reçut tout pouvoir pour accorder ou refuser la poursuite de recherches scientifiques. On exigea de tous les laboratoires — aussi bien industriels qu'universitaires — de soumettre en détail leurs projets de recherches à ce bureau qui, s'il les désapprouvait, les écartait sans pitié.

La Cour suprême eut à trancher, en appel le 9 novembre 1974, de l'affaire Westly-Simmons, dans laquelle Joseph Westly, de Stanford, arguait du droit de continuer ses recherches sur la puissance atomique en prenant pour argument que la loi Stonely-Carter était inconstitutionnelle.

Vous imaginez avec quelle passion nous suivîmes tous les six, de notre Middle West enneigé, cette affaire d'une importance cruciale ! Nous nous faisions envoyer tous les journaux de Minneapolis et de Saint Paul — que nous recevions avec deux jours de retard — et dévorions tous les articles la concernant. Et pendant les deux mois que dura le procès nous cessâmes tout travail sur le *Nouveau Prométhée*.

Le bruit courut, au début, que la Cour suprême allait effectivement déclarer que cette loi était contraire à la Constitution, et des manifestations monstres eurent lieu dans toutes les grandes villes contre une telle éventualité. La ligue des Justes usa de sa toute-puissante influence et la Cour suprême elle-même dut s'incliner. Par cinq voix contre quatre cette loi fut déclarée conforme à la Constitution. *La science étranglée par le vote d'un seul homme.*

Et pour étranglée elle le fut. Les membres du F.S.R.I.B., tous des hommes d'Eldredge, lui étaient dévoués corps et âme, et désormais ne fut autorisée que la recherche purement industrielle.

« La science est allée trop loin, déclara Eldredge, dans la fameuse allocution qu'il prononça à cette époque. Nous devons la juguler définitivement, ce qui permettra à l'humanité de rattraper le retard qu'elle avait pris sur elle. Ce n'est qu'en agissant ainsi, et en mettant toute notre confiance en Dieu, que nous pouvons espérer atteindre une prospérité universelle et durable. »

Ce fut là une des dernières déclarations d'Eldredge. Il ne s'était jamais totalement remis de ses deux jambes brisées en ce jour fatal du mois de juillet 1973, et la vie trépidante qu'il menait avait miné sa constitution. Il mourut le 2 février 1976 et jamais, depuis l'assassinat de Lincoln, on n'avait vu pareil deuil national.

Sa mort n'eut pas un effet immédiat sur le cours des événements. Les règles établies par le F.S.R.I.B., se firent, avec les années, toujours plus sévères, la science fut à ce point jugulée que les universités se virent, une fois de plus, obligées de donner la préséance à la philosophie et aux humanités, ce qui eut pour résultat d'abaisser le niveau des études qui n'avait jamais été aussi bas depuis le début du XXe siècle.

Ce phénomène prévalut dans tout le monde civilisé, spécialement en Angleterre. L'Allemagne, par contre, fut moins atteinte, car elle subit plus tardivement l'influence néo-victorienne.

La science toucha le fond au printemps de 1978, à peine un mois avant que fût achevée la construction du *Nouveau Prométhée*, et cela en raison de « l'Édit pascal » ainsi nommé parce qu'il entra en vigueur la veille de Pâques. Par cet édit, toutes recherches ou expériences étaient définitivement interdites, et le S.F.R.I.B. se réservait le droit de n'autoriser que celles *qu'il dirigeait lui-même.*

En ce dimanche de Pâques, John Harman et moi contemplions l'étincelante coque métallique du *Nouveau Prométhée*, lui en pleine euphorie, et moi empli de sombres pressentiments.

— Eh bien, Clifford, mon garçon, me dit-il, verser dans les réservoirs la dernière tonne de carburant, procéder à quelques petites mises au point et me voilà prêt pour ma seconde tentative. Et cette fois il n'y a pas de Shelton parmi nous.

Il se mit à fredonner un cantique. On n'entendait que ça, ces jours, à la radio, et les mécréants que nous étions finissions par en chantonner, tant on nous en rebattait les oreilles.

— C'est très joli, tout ça, patron, grommelai-je, mais vous avez dix chances pour une de vous désintégrer dans l'espace, et si par miracle vous revenez, ce sera probablement pour vous balancer au bout d'une corde. Jamais nous ne pourrons l'emporter devant tant d'obscurantisme, ajoutai-je en secouant tristement la tête.

— Bah ! Un tel état de fait ne peut se prolonger, Cliff.

— Et moi je crois au contraire qu'il se prolongera. Pour une fois Winstead a vu juste. Le pendule continue d'osciller et depuis 1945 il nous est contraire. Nous sommes en avance sur notre temps et victimes de ces réactionnaires.

— Ne me parle pas de cet imbécile de Winstead. Tu commets d'ailleurs la même erreur que lui. Le progrès se compte par siècles et par millénaires, et non par années ou par décennies. Depuis cinq cents ans la science a avancé à grands pas. Ce n'est pas en trente ans qu'elle reviendra en arrière.

— Et que faisons-nous d'autre, en ce moment ? lui demandai-je d'un ton sarcastique.

— Après avoir connu, pendant les années folles, des progrès trop rapides, nous vivons une période de réaction. Une telle réaction se produisit pendant l'époque romantique — la première ère victorienne — qui fit suite à l'explosion du XVIIIe siècle que l'on appela l'âge de raison.

— Vous le pensez vraiment ? dis-je, ébranlé par son assurance.

— Absolument. On peut parfaitement comparer l'époque actuelle avec le réveil religieux que connurent, il y a un siècle, nombre de petites villes américaines peuplées de puritains et de fanatiques. Les églises regorgeaient de fidèles, partout la vertu triomphait, puis peu à peu la nature reprit ses droits, et le diable, le dessus.

« Je discerne déjà aujourd'hui des signes de retour à la normale. Depuis la mort d'Eldredge, la Ligue des Justes a connu des luttes intestines, et de nombreux schismes se sont produits. De plus les excès auxquels se livrent les hommes actuellement au pouvoir jouent en notre faveur, car le pays commence à en être las. »

C'est ainsi que se termina la discussion… par ma défaite, comme à l'habitude.

Un mois plus tard, le *Nouveau Prométhée* était achevé. Il n'était de loin pas aussi scintillant et aussi beau que le premier, et l'on y sentait en certains points le travail artisanal, mais nous étions néanmoins fiers de lui… fiers et triomphants.

— Je vais me livrer à une nouvelle tentative, mes amis, nous déclara Harman d'une voix rauque, son petit corps tout vibrant d'enthousiasme. Il est possible que j'aille au-devant d'un échec, mais peu importe. Et les yeux brillants : je vais enfin foncer dans l'espace et réaliser le rêve de l'humanité. Je tournerai autour de la Lune et je serai le premier à en contempler la face invisible, puis je reviendrai sur Terre. Cela vaut la peine de le tenter.

— Vous n'aurez jamais assez de carburant pour vous poser sur la Lune, et c'est bien regrettable, patron, dis-je.

Mes paroles trouvèrent un écho dans notre petit groupe, mais Harman, n'en tenant nullement compte, nous lança :

— Au revoir, les gars, et à bientôt. Et avec un sourire joyeux il monta à bord du vaisseau.

Un quart d'heure plus tard, nous étions assis tous les cinq autour de la table de la salle commune, perdus dans nos pensées, regardant par la fenêtre l'aire de départ brûlée par la fusée d'où, quelques minutes plus tôt, s'était envolé le *Nouveau Prométhée.*

— Peut-être vaudrait-il mieux pour lui ne pas revenir, dit Simonoff exprimant tout haut ce que nous pensions tout bas. Il risque de connaître de durs moments, s'il revient, et nous l'approuvâmes tous d'un hochement de tête.

Que cette prédiction me paraît folle maintenant que trois décennies se sont écoulées !

Comment se termina son épopée, il ne m'appartient pas de le raconter, car je ne revis Harman qu'un mois après qu'il fut revenu sain et sauf sur Terre.

Trente-six heures à peine s'étaient écoulées depuis son envol, lorsqu'une sorte de projectile passa en sifflant sur Washington et alla se ficher dans les boues, sur l'autre rive du Potomac.

En un quart d'heure des enquêteurs arrivaient sur le lieu d'atterrissage, et quinze minutes plus tard la police arrivait à son tour, car entre-temps on avait découvert que ce projectile n'était autre qu'un vaisseau-fusée. Et tous regardèrent avec une stupeur pleine d'admiration le petit homme échevelé, qui en sortit en vacillant. Cloués sur place, muets de surprise, ils le virent brandir le poing et s'écrier :

— Allez-y ! Pendez-moi ! Bande d'imbéciles ! Mais je n'en ai pas moins atteint la Lune, que cela vous plaise ou non. Allez donc chercher ces messieurs du F.S.R.I.B. Peut-être déclareront-ils ce vol illégal et en nieront-ils l'existence.

Il émit un petit rire, puis s'évanouit.

— Emmenez-le à l'hôpital. Vous voyez bien qu'il est malade ! s'écria l'un des assistants.

On porta Harman, toujours inconscient, dans un car de police qui démarra aussitôt, tandis que des policiers montaient la garde autour du vaisseau-fusée.

Les membres du gouvernement arrivèrent à leur tour, visitèrent le vaisseau, lurent le livre de bord, examinèrent les dessins et les photographies qu'Harman avait faits de la Lune, puis se retirèrent sans dire mot. Puis peu à peu la foule accourut et le bruit se répandit qu'un homme avait atteint la Lune.

Chose étrange, les réactions hostiles qu'on attendait ne se produisirent pas. Les gens, impressionnés, émerveillés, chuchotaient entre eux et lançaient des regards inquisiteurs au croissant de lune à peine visible en plein soleil. Mais par-dessus tout régnait un silence gêné, le silence de l'attente.

Arrivé à l'hôpital, Harman révéla son identité et le monde tout entier fut pris de folie. Harman lui-même fut frappé de stupeur devant la versatilité des foules. Cela semblait incroyable et pourtant cela était. Venant s'ajouter à un mécontentement latent, l'épopée héroïque d'un homme qui avait surmonté seul tous les obstacles — le genre d'épopée qui depuis la nuit des temps a toujours trouvé un écho dans le cœur des hommes — provoqua une véritable marée d'antivictorianisme. De plus Eldredge était mort et personne ne l'avait remplacé.

Peu après ces événements, je revis Harman à l'hôpital. Assis dans son lit, il était à demi enfoui sous les journaux, les télégrammes et les lettres.

— Eh bien, Cliff, me dit-il en souriant, le pendule oscille à nouveau en notre faveur.

Si « On n'arrête pas le progrès » fut la seconde nouvelle que je plaçai, elle fut la troisième à être publiée. Avant elle il y avait eu non seulement « Marooned off Westa », mais une autre — elle ne mérite pas qu'on s'y arrête — que j'écrivis et plaçai après « On n'arrête pas le progrès » et qui fut imprimée avant. Ces deux nouvelles parurent dans *Amazing* mais je ne sais trop pourquoi, j'ai peine à en tenir compte. Pour moi, ma véritable première nouvelle est celle que Campbell accepta et publia dans *Astounding*. Je fais peut-être preuve d'ingratitude envers *Amazing* ; mais le fait est là.

Le numéro d'*Astounding* qui parut au mois de juillet 1939 marque généralement, pour les fanatiques de cette littérature, les débuts de ce que l'on a appelé l'âge d'or de la science-fiction, qui s'étend sur les années 40. Au cours de cette période, Campbell imposa ses conceptions dans ce magazine, et l'équipe de ses auteurs qu'il suivait et encourageait y collaborèrent avec l'ardeur de la jeunesse. J'aimerais pouvoir dire qu'« On n'arrête pas le progrès » marqua le début de cet âge d'or, mais ce serait mentir. En effet, ce fut pure coïncidence si cette nouvelle parut dans ce numéro.

Ce qui compta en réalité dans ce numéro de juillet 1939, ce fut « Black Destroyer » par A. E. van Vogt, première nouvelle d'un nouvel auteur ; et dans le numéro suivant, celui d'août 1939, « Lifeline », de Robert A. Heinlein, première nouvelle, elle aussi, d'un nouvel auteur.

Avec le temps, Van Vogt, Heinlein et moi fûmes considérés, dans le monde entier, comme les meilleurs auteurs de l'âge d'or, mais Van Vogt et Heinlein le furent dès le début. Tous deux furent salués, dès la parution de leur première nouvelle, comme les auteurs-vedettes de ce magazine, et ils le restèrent pendant toute la période de l'âge d'or. Quant à moi, — et ce n'est pas de ma part fausse modestie — je ne me hissai à ce sommet que peu à peu. Ne faisant guère d'étincelles, je gravissais péniblement les marches qui y conduisaient. Mais grâce à mon incurable vanité, je fus le dernier à m'en rendre compte.

À certains points de vue, « On n'arrête pas le progrès » est un récit amusant. Il place le premier vol vers la Lune dans les années 1970. Je croyais, à l'époque, me montrer fort audacieux, mais la réalité me prouva que j'étais en retard d'une pleine décennie étant donné que ce que je décrivais fut effectué, avec une technique remarquable, dans les années 1960. Ma description de la première tentative de vol dans l'espace, si elle faisait preuve d'une certaine prescience, n'en était pas moins d'une incroyable naïveté.

Sous un certain angle, cependant, ce récit mérite qu'on s'y arrête. En effet, il y a quelques années, Phil

Klass (un auteur de science-fiction qui écrit sous le pseudonyme de « William Tenn ») me fit remarquer que pour la première fois dans ce genre de nouvelle on faisait état d'une violente opposition à l'exploration de l'espace alors qu'en général, dans les nouvelles traitant du même sujet, l'auteur nous montrait des foules soit indifférentes, soit enthousiastes. Je pourrais me prévaloir, en effet, d'une extraordinaire prescience, mais ayant raconté plus haut le sujet du livre que je tapais, travail qui m'avait été procuré par la National Youth Administration, je ne peux décemment pas me parer des plumes du paon.

Il y a également l'allusion à la Seconde Guerre mondiale, de 1940. Mais il ne faut pas oublier que cette nouvelle fut écrite deux mois après Munich, et je ne croyais pas, à ce moment-là, que comme l'avait prétendu Neville Chamberlain, une ère de paix s'ouvrait devant nous. Je pensais que la guerre éclaterait quelque dix-huit mois plus tard, et encore une fois je me montrai trop timide dans mes prévisions.

J'ajouterai que « On n'arrête pas le progrès » est une des rares nouvelles que j'aie écrites à la première personne et que le narrateur s'appelle Clifford McKenny. (Aujourd'hui encore je ne m'explique absolument pas pourquoi j'avais à cette époque un tel penchant pour les noms de famille irlandais.) Par contre le choix du prénom a toute une histoire.

J'avais eu si peur, en mai 1938, qu'*Astounding* ne se saborde, que je pris l'habitude, quand je vis qu'il continuait de paraître, d'envoyer chaque mois à ce magazine une lettre où j'exposais mon avis sur la valeur des nouvelles qui y paraissaient, chose que je cessai de faire lorsque je fus publié à mon tour.

J'ajouterai qu'*Astounding* poussa la conscience jusqu'à insérer lesdites critiques dans ses colonnes. Résultat, je reçus de deux auteurs de science-fiction déjà célèbres des lettres personnelles en réponse aux remarques que j'avais faites sur leurs nouvelles. Il s'agissait de Russell R. Winterbotham et de Clifford D. Simak.

J'entretins avec tous deux une correspondance, suivie au début, qui s'espaça au cours des années. C'est ainsi que naquit entre nous, malgré la distance qui nous séparait, une solide amitié. Je ne devais rencontrer Russ Winterbotham qu'une seule et unique fois, et cela au Congrès mondial de science-fiction qui se tint à Cleveland en 1966. Il mourut en 1971. Quant à Cliff Simak, la vie nous réunit par trois fois, la dernière au cours du Congrès mondial de science-fiction qui se déroula à Boston en 1971 et où il était l'invité d'honneur.

La première lettre que m'écrivit Simak était une réponse à une de mes critiques parue dans *Astounding* et où je n'accordai qu'une note très basse à une nouvelle de lui, « Rule 18 » parue dans le numéro de juillet 1938. Simak me demandait de lui exposer mes vues en détail, ce qui lui permettrait de prendre mes critiques en considération et peut-être même d'en tirer profit. (J'aimerais pouvoir dire que je réagis toujours aussi intelligemment et aussi élégamment aux critiques de mes confrères !)

Afin de pouvoir avancer de solides arguments, je relus attentivement sa nouvelle et découvris, à ma grande confusion, qu'elle ne méritait nullement les critiques que je lui avais adressées. Simak avait simplement écrit cette nouvelle par petites scènes bien distinctes que ne reliait entre elles aucun texte de transition. N'étant pas habitué à cette technique je jugeai son récit haché et incohérent. À la relecture je compris ce qu'avait voulu faire Simak et me rendis compte que « Rule 18 » n'avait rien d'incohérent, que bien au contraire le récit se déroulait avec une rapidité qu'il n'aurait pas atteinte s'il y avait inséré des phrases de transition inutiles et creuses.

Dans la lettre que je lui écrivis, je fis amende honorable et qui plus est j'adoptai par la suite cette même technique. Mieux encore, je m'efforçai, dans la mesure du possible, d'adopter le style direct et dépouillé qui était le sien.

J'ai entendu parfois des auteurs de science-fiction parler de l'influence qu'avaient eu sur leur style des écrivains aussi prestigieux que Kafka, Proust et Joyce. Peut-être bluffent-ils, ou peut-être le croient-ils réellement, mais pour ce qui est de moi, je ne me réclame pas de maîtres aussi illustres. C'est en lisant attentivement des œuvres de science-fiction que je suis devenu moi-même un auteur de science-fiction. Et un de ceux qui influèrent le plus sur mon style fut incontestablement Clifford Simak.

Pendant les mois éprouvants où j'essayai en vain de placer une de mes nouvelles, les lettres de Simak furent pour moi un grand réconfort. Le jour où la première fut enfin acceptée j'avais sur ma table une lettre adressée à Simak et que je n'avais plus qu'à mettre à la poste. Je la rouvris pour lui annoncer l'heureuse nouvelle, déchirant ainsi l'enveloppe déjà timbrée, ce qui représentait pour moi une perte sèche de quelques cents que je ne pouvais me permettre, à cette époque, de prendre à la légère.

Et voilà pourquoi je me suis toujours rappelé avec plaisir que dans la première de mes nouvelles publiée par Campbell, et écrite à la première personne, le narrateur est prénommé Clifford en l'honneur de Simak.

Quelques mots encore au sujet de « On n'arrête pas le progrès ».

Au cours de mes premiers entretiens avec lui, Campbell m'avait vanté les mérites d'un nom de plume qui ne soit ni trop original ni trop difficile à prononcer, et il me conseilla d'en choisir un de consonance anglo-saxonne. Mais sur ce point je me montrai intransigeant. Je tenais à signer de mon nom tous mes écrits.

Lorsque Campbell m'annonça qu'il allait publier « On n'arrête pas le progrès », je me préparai à mener contre lui un combat qui risquait de tout remettre en question. Or il n'en fut rien. Que deux de mes nouvelles aient paru dans *Amazing* sous mon nom y fut peut-être pour quelque chose. Ou peut-être Campbell comprit-il que je me refuserais obstinément à adopter un pseudonyme. Quoi qu'il en soit il ne souleva même pas la question.

Comme la suite le prouva mon peu de goût pour les noms de plume me servit. En effet le nom d'Isaac Asimov est assez frappant par lui-même. La première fois, son étrangeté vous surprend, et la seconde, il éveille en vous un écho. Je suis quant à moi convaincu que je dois une partie de mon succès au fait que mon nom devint vite familier à mes lecteurs qui aimaient à le retrouver dans d'autres publications.

Comble du comique, ainsi que je pus m'en convaincre par la suite, nombre de mes lecteurs croyaient dur comme fer qu'Isaac Asimov était un pseudonyme choisi par moi pour attirer leur attention et que je devais m'appeler John Smith comme tout le monde. J'eus parfois beaucoup de peine à les convaincre qu'il n'en était rien.

Tout en révisant « On n'arrête pas le progrès » pour Campbell, j'écrivais une autre nouvelle, « Une arme trop effroyable pour être utilisée », mais celle-ci je ne la lui soumis pas, soit parce que je ne voulais pas abuser de lui, soit parce que je ne la jugeais pas digne de ses publications. De plus je craignais de gâcher la bonne impression que lui avait faite « On n'arrête pas le progrès ». Quoi qu'il en soit (en réalité je ne me souviens pas exactement pour quel motif) je décidai de la soumettre d'abord à *Amazing*. Après tout, ils payaient eux aussi un cent le mot, alors pourquoi ne pas tenter à nouveau ma chance auprès d'eux maintenant que j'avais placé une nouvelle à *Astounding*.

Je leur envoyai donc par la poste, le 6 février 1939 le manuscrit d'« Une arme trop effroyable pour être utilisée » et je reçus le 20 février leur lettre d'acceptation. *Amazing* avait peut-être un besoin urgent de copie, car ma nouvelle parut dans le numéro du mois de mai, trois semaines seulement après nos échanges de signatures. Elle fut donc la deuxième de mes nouvelles à être publiée, car elle sortit deux mois avant « On n'arrête pas le progrès ».

Une arme trop effroyable pour être utilisée

Karl Frantor trouvait l'atmosphère terriblement déprimante. D'un ciel plombé de nuages bas tombait perpétuellement une sorte de crachin ; quant à la végétation, basse, caoutchouteuse, d'un brun terne et rougeâtre, elle s'étendait, morne, dans toutes les directions. De temps à autre, une corneille passait à grands coups d'ailes au-dessus de leur tête en émettant un cri aigre et plaintif.

Karl tourna la tête et contempla la coupole qui abritait Aphrodopolis, la ville la plus importante de la planète Vénus.

— Bon Dieu, marmonna-t-il entre ses dents, mieux vaut encore vivre sous cette coupole que dans ce monde désolé. Il s'enveloppa plus étroitement dans son manteau de tissu imperméable et ajouta : Je me réjouis de retourner sur Terre. Puis se tournant vers Antil, ce Vénusien à la frêle silhouette : Quand arriverons-nous aux ruines, Antil ?

Ne recevant pas de réponse, Karl, le regardant, vit une larme couler sur la joue verdâtre et parcheminée du Vénusien. Une autre brillait dans ses grands yeux quasi lémuriens, des yeux au regard doux, d'une incroyable beauté.

— Désolé, Antil, fit le Terrestre avec bonté. Je ne voulais pas formuler de critique contre Vénus.

— Ce n'est pas pour cette raison que je verse des larmes, mon ami, dit Antil en se tournant vers Karl. Je comprends parfaitement que vous ne trouviez pas grand-chose à admirer sur cette planète qui vous est étrangère. Mais moi j'aime Vénus, mon pays, et c'est sa beauté qui m'arrache des larmes.

Il s'exprimait avec aisance, mais dans une langue fluide, ses cordes vocales ne lui permettant pas d'émettre des consonnes dures.

— Je sais que cela vous paraît incompréhensible, reprit-il, mais pour moi Vénus est un paradis, un véritable éden... Les mots me manquent pour exprimer ce que je ressens.

— Dire que certains prétendent que seuls les Terrestres savent aimer, fit Karl, exprimant sa sympathie avec force et sincérité.

— Votre peuple ne nous dénie pas seulement la faculté d'éprouver des émotions, mais bien d'autres choses encore, fit le Vénusien en hochant tristement la tête.

— Dis-moi, Antil, fit Karl se hâtant de changer de sujet, est-ce que même à tes yeux Vénus n'a pas quelque chose de terne ? Toi qui as été sur la planète Terre, tu devrais pouvoir faire la comparaison. Que sont ces mornes étendues brunes et grises comparées aux chaudes et vivantes couleurs de la Terre ?

— Eh bien, à mes yeux elles sont infiniment plus belles. Vous oubliez que j'ai des couleurs une vision toute différente de la vôtre[1]. Comment vous dépeindre la beauté, la richesse de coloris de ce paysage ?

Il se tut, ébloui par les merveilles qu'il évoquait, alors que le Terrestre continuait de ne voir dans ce paysage que grisaille et mélancolie.

— Un jour, reprit Antil d'une voix rêveuse, Vénus appartiendra à nouveau aux Vénusiens. Les Terrestres ne régneront plus sur nous et nous retrouverons, intact, le patrimoine de nos ancêtres.

— Allons, Antil, fit Karl en riant. Tu es en train de parler comme les « Bérets verts » qui donnent tant de fil à retordre au gouvernement. Moi qui croyais que tu réprouvais la violence.

— C'est bien ce que je fais, Karl, fit Antil dont le regard s'était fait grave et angoissé, mais les extrémistes deviennent toujours plus puissants et je crains le pire. Car *si* — et je dis bien *si* — ils se soulèvent ouvertement contre la Terre, je me verrai obligé de me joindre à eux.

— Cependant tu ne les approuves pas ?

— Non, bien entendu, je ne les approuve pas, fit Antil en haussant les épaules, geste qu'il avait appris des Terrestres. Nous n'obtiendrons rien par la violence. Vous êtes cinq milliards et nous à peine cent millions. Vous disposez de ressources et d'armes que nous ne possédons pas. Ce serait folie de notre part que de nous lancer dans une telle aventure. Même si

1. L'œil d'un Vénusien distingue entre deux nuances dont les longueurs d'onde ne diffèrent entre elles que de cinq unités angstrœm. Ils perçoivent ainsi des milliers de couleurs qui échappent à la vision des Terrestres. (Note de l'auteur).

nous remportions la victoire, nous ferions naître une telle haine que plus jamais la paix ne pourrait régner entre nos deux planètes.

— Dans ce cas, pourquoi te joindrais-tu à eux ?

— Parce que je suis un Vénusien.

— À ce que je vois, fit le Terrestre en éclatant de rire, le patriotisme est aussi irrationnel sur Vénus que sur Terre. Et maintenant reprenons notre marche vers les ruines de votre plus ancienne cité. En sommes-nous proches ?

— Oui, fit Antil. À un peu plus d'un mille terrestre. Mais rappelez-vous votre promesse de ne toucher à rien. Les ruines d'Ash-taz-zor sont sacrées à nos yeux. Elles sont l'unique témoignage d'une époque où nous étions, nous aussi, un grand peuple, et non les malheureux survivants dégénérés que nous sommes devenus.

Ils marchèrent un moment en silence, pataugeant sur le sol spongieux, évitant les racines tortueuses de l'arbre à serpents, et contournant les buissons épineux.

Antil rompit enfin ce silence.

— Pauvre Vénus ! fit-il d'un ton pénétré et mélancolique. Il y a cinquante ans, des Terrestres y ont débarqué, nous promettant paix et abondance… et nous y avons cru. Nous leur avons montré nos mines d'émeraude, les racines de *juju* et leurs yeux ont brillé de convoitise. Ils sont venus toujours en plus grand nombre et leur arrogance n'a fait que croître. Et maintenant…

— Tout cela est navrant, en effet, Antil, fit Karl, mais tu le prends trop à cœur.

— Trop à cœur ! Nous a-t-on accordé le droit de vote ? Sommes-nous représentés au Congrès provincial vénusien ? N'existe-t-il pas des lois interdisant aux Vénusiens de monter dans les mêmes stratocars que les Terrestres ? De prendre leurs repas dans les mêmes restaurants, ou d'habiter les mêmes maisons ? Vos collèges ne nous sont-ils pas fermés ? Le terres les plus fertiles et les mieux exposées de notre planète n'ont-elles pas été attribuées d'office à des Terrestres ? Enfin, connaissez-vous un seul droit que nous aient accordé les Terrestres sur notre propre planète ?

— Ce que tu viens de dire est parfaitement exact et je le déplore. Il existait autrefois, sur Terre, des lois similaires en ce qui concernait certaines races dites inférieures. Mais avec le temps ces lois ont été abolies et aujourd'hui règne sur Terre une totale égalité. Enfin, n'oublie pas que sur Terre les gens éclairés et cultivés se rangent à vos côtés. Ai-je, ne fût-ce qu'une fois, manifesté un quelconque préjugé envers un Vénusien ?

— Non, Karl, jamais, je le sais bien, mais combien y a-t-il de gens intelligents et éclairés ? Sur Terre il a fallu de longs et pénibles millénaires emplis de luttes et de souffrances pour que règne l'égalité. Et que se passera-t-il si Vénus refuse de patienter pendant des millénaires ?

— Évidemment, tu as raison, fit Karl en fronçant le sourcil, mais il vous faut néanmoins attendre. Que pouvez-vous faire d'autre ?

— Je ne sais pas… Non, vraiment je ne sais pas, fit Antil laissant tomber sa voix.

Brusquement Karl regretta d'avoir entrepris cette expédition aux ruines de la mystérieuse Ash-taz-zor. L'affreuse monotonie du paysage, les justes récriminations d'Antil le déprimaient. Il était sur le point de renoncer à aller plus loin lorsque le Vénusien lui désigna de ses doigts palmés une petite éminence.

— Voici l'entrée, lui dit-il. Ash-taz-zor est enfouie dans le sol depuis des milliers et des milliers d'années et seuls les Vénusiens le savent. Vous êtes le premier Terrestre à la visiter.

— Comme je te l'ai promis, Antil, je tiendrai la chose absolument secrète.

— Alors, suivez-moi.

Antil écarta d'épais buissons et bientôt, entre deux roches, apparut une étroite entrée. Il fit signe à Karl de le suivre et ils se mirent à ramper dans un couloir étroit lui aussi, aux parois suintantes d'humidité. Antil sortit de sa musette une petite torche atomite qui répandit autour d'elle une lueur d'un blanc de perle.

— Ces couloirs, et les salles que vous allez voir, ont été creusés il y a trois siècles par nos ancêtres qui voyaient en cette ville un lieu saint. Mais voilà longtemps que nous la négligeons. Je suis le premier, depuis des âges, à la visiter. Peut-être faut-il voir là une nouvelle preuve de notre dégénérescence.

Pendant une centaine de mètres ils suivirent, marchant droit devant eux, ce couloir qui s'élargit et aboutit à une haute et vaste coupole. Karl eut le souffle coupé par le spectacle qui s'offrait à lui. Sous ses yeux se dressaient les ruines de merveilles architecturales jamais égalées sur Terre depuis la grande période athénienne de Périclès. Mais ces édifices écroulés ne donnaient qu'une pâle idée de ce qu'avait dû être cette magnifique cité.

Antil précéda son ami à travers la vaste place, puis s'enfonça de nouveau avec lui dans un autre couloir qui sinuait pendant cinq cents mètres environ entre des roches et des remblais. Çà et là, d'autres couloirs s'ouvraient sur d'autres salles, et à une ou deux reprises Karl aperçut d'autres édifices en ruine. Il aurait aimé s'y attarder, mais Antil continuait d'avancer.

Ils arrivèrent enfin devant un édifice bas et long fait de pierre verte à l'aspect savonneux. L'aile droite en était totalement effondrée, mais le reste de l'édifice avait survécu à l'épreuve du temps.

Les yeux du Vénusien se mirent à briller de fierté. Et redressant son corps frêle, il dit :

— Ceci correspond à un de vos modernes musées des arts et des sciences. Vous verrez ici dans toute sa gloire la grandeur et la vaste culture que connut Vénus.

Tout excité, Karl, le premier Terrestre à contempler ces restes de splendeur, pénétra dans l'édifice. L'intérieur en était divisé en une suite de petites salles qui s'ouvraient des deux côtés de la longue colonnade centrale. Le plafond était peint d'une immense fresque que Karl put distinguer grâce au faisceau lumineux de la torche atomite.

Émerveillé, le Terrestre déambula de salle en salle. Il y avait quelque chose d'étrange dans ces peintures et ces sculptures, un caractère extra-terrestre qui en augmentait la beauté.

Karl se rendit compte que dans cet art vénusien quelque chose d'essentiel lui échappait parce qu'il n'existait pas de points communs entre leurs deux cultures ; mais il n'en apprécia pas moins la parfaite technique de cet art, et la richesse des coloris qui dépassait de loin tout ce qu'il avait vu sur la planète Terre. Toutes fissurées, pâlies et écaillées qu'elles fussent, il ne se dégageait pas moins de ces fresques une étonnante impression d'harmonie et de beauté.

— Que n'aurait donné Michel-Ange pour posséder la finesse de perception des couleurs d'un Vénusien ! dit-il.

— Chaque race a les attributs qui lui sont propres, fit Antil bombant le torse avec fierté. J'ai maintes fois regretté de ne pouvoir, comme le font les Terrestres, distinguer les tons et les quarts de ton. Peut-être alors aurais-je compris le charme de la musique terrestre qui n'est pour moi qu'un bruit désagréable et monotone.

Ils continuèrent d'avancer, et à chaque pas Karl se faisait une idée plus haute de la culture vénusienne. Des milliers de longues et étroites bandes d'un fin métal, reliées les unes aux autres, couraient le long des murs. Elles étaient couvertes de caractères vénusiens faits d'une succession de lignes et d'ovales. Bien des savants sur Terre, se dit Karl, seraient prêts à tous les sacrifices pour déchiffrer les secrets que ces bandes recèlent.

Mais lorsque Antil lui désigna du doigt un petit gadget de quinze centimètres de haut en expliquant que d'après l'inscription il s'agissait d'un transformateur atomique d'une puissance plusieurs fois supérieure à tous ceux qui étaient employés sur Terre, Karl explosa.

— Pourquoi ne révélez-vous pas ces secrets à notre planète ? Si les Terrestres apprenaient ce que vous avez accompli dans le passé, vous occuperiez une place autrement plus haute que celle que vous avez actuellement.

— Certes, ils se serviraient de nos connaissances, fit Antil avec amertume, mais ils ne relâcheraient pas pour autant la domination qu'ils exercent sur nous. Encore une fois, souvenez-vous que vous m'avez promis de garder le plus grand secret sur tout ce que vous verriez.

— Je ne l'oublie pas et je tiendrai parole, mais j'estime que vous commettez une erreur.

— Je ne le pense pas, fit Antil qui se disposait à continuer leur exploration, mais Karl l'arrêta en disant :

— Pourquoi ne pas visiter cette petite salle ?

— Une salle ? fit Antil en pivotant sur lui-même, les yeux agrandis par la surprise. De quelle salle parlez-vous ? Je n'en vois point.

Karl, surpris à son tour, haussa les sourcils, et lui désigna du doigt l'étroite fissure qui s'ouvrait à mi-hauteur du mur du fond.

Le Vénusien marmonna entre ses dents, puis, s'agenouillant, suivit de ses doigts délicats la fissure dans toute sa longueur.

— Venez m'aider, Karl. À mon avis, cette porte n'était pas faite pour être ouverte. Du moins, il n'y est fait allusion dans aucune de nos archives et je connais mieux que personne les ruines d'Ash-taz-zor.

Les deux hommes, unissant leurs forces, poussèrent cette partie du mur qui s'entrebâilla en grinçant, puis céda brusquement, les catapultant dans une étroite cellule qui au premier regard paraissait vide. Après avoir retrouvé leur équilibre, ils l'examinèrent plus attentivement.

Le Terrestre attira l'attention du Vénusien sur les irrégulières traces de rouille qui couraient sur le sol et autour des montants de la porte.

— Tes ancêtres semblent avoir scellé hermétiquement cette cellule, dit Karl. Seule la rouille des siècles a usé les gonds de la porte. À croire qu'ils ont enfermé ici quelque secret.

— Il n'y avait pas trace de porte, fit Antil en secouant sa tête à la peau verdâtre, la dernière fois que je suis venu. D'ailleurs, ajouta-t-il, dressant bien haut sa torche atomite et en projetant le faisceau sur les murs, je ne vois pas ce que cette petite cellule pourrait contenir de secret.

Il n'avait pas tort. À part un coffre rectangulaire de piètre apparence qui reposait sur six pieds trapus, cette sorte d'alcôve ne renfermait qu'une quantité incroyable de poussière et il s'en dégageait l'odeur suffoquante de moisi d'un caveau depuis longtemps scellé.

Karl s'approcha du coffre, tenta de le tirer de l'angle où il se trouvait. Il n'y parvint pas, mais le couvercle glissa sous ses doigts.

— Regarde, Antil ! Le couvercle est amovible ! et il lui montra un compartiment peu profond qui contenait une plaque carrée d'une substance vitreuse et cinq cylindres de quinze centimètres de long qui rappelaient un peu des stylos.

À la vue de ces objets, Antil poussa des cris de joie et pour la première fois depuis qu'il le connaissait, Karl l'entendit prononcer vivement quelques paroles en vénusien, langue liquide et sifflante. Il prit entre ses doigts palmés la plaque vitreuse et l'examina de près. Karl, sa curiosité éveillée, fit de même. Elle était couverte de points rapprochés de couleurs variées, qui n'expliquaient pas, à première vue, la joie que manifestait le Vénusien.

— Qu'est-ce que cela représente, Antil ?

— C'est un document très complet rédigé dans notre langue ancienne réservée aux cérémonies. Jusque-là nous n'en avions que des fragments. Cette découverte est d'une importance capitale.

— Peux-tu le décrypter ? demanda Karl, considérant la plaque avec tout le respect qu'elle méritait.

— Oui, je le crois. C'est une langue morte et je n'en connais guère que les rudiments. L'écriture en est basée sur la couleur. Chaque mot est rendu par une combinaison de deux ou parfois trois points colorés. Les couleurs sont délicatement nuancées, mais il faudrait à un Terrestre, même s'il connaissait la clé de cette langue, un spectroscope pour les distinguer les unes des autres.

— Ce texte, peux-tu le déchiffrer sur-le-champ ?

— Je le pense, Karl. Ma torche atomite me fournit une lumière proche de celle du jour, donc de ce côté pas de problème. Cependant je vais en avoir pour un peu de temps et vous pourriez, en attendant, continuer vos pérégrinations. Si vous ne sortez pas de l'édifice, vous ne risquez pas de vous perdre.

Muni d'une seconde torche atomite, Karl partit, laissant Antil le Vénusien, penché sur le très vieux manuscrit, le déchiffrer lentement et laborieusement.

Deux heures s'écoulèrent avant que revienne le Terrestre. Antil était toujours penché sur le manuscrit, mais sur son visage verdâtre se lisait une terreur qui n'y était pas auparavant. Le message « en couleur » gisait à ses pieds. L'entrée pourtant bruyante du Terrestre ne l'arracha pas à sa stupeur. Il restait là, comme pétrifié, et semblait-il, terrorisé.

— Antil, Antil, fit Karl en se précipitant vers lui, qu'as-tu ?

Antil tourna lentement la tête comme s'il se mouvait dans un liquide visqueux et regarda sans le voir son ami. Karl le saisit par ses minces épaules et le secoua vigoureusement.

Le Vénusien revint à lui. Échappant à l'étreinte de Karl, il se leva d'un bond. Retirant du coffre les cinq cylindres qui s'y trouvaient, et les tenant avec un respect mêlé de crainte, il les glissa dans sa sacoche. Et il y mit également la plaque dont il avait déchiffré le texte.

Il remit ensuite le couvercle sur le coffre et entraîna Karl hors de la cellule en disant :

— Il nous faut partir, maintenant. Nous ne sommes déjà restés que trop longtemps.

Il parlait d'une voix sourde et comme emplie de crainte, et le Terrestre en éprouva du malaise.

Sans dire mot, ils revinrent sur leurs pas et se retrouvèrent bientôt à la surface spongieuse de Vénus. Il faisait encore jour, mais la nuit n'allait pas tarder à tomber. Karl s'aperçut qu'il mourait de faim. Il leur fallait se hâter s'ils voulaient atteindre Aphrodopolis avant qu'il fasse totalement nuit. Karl remonta le col de son blouson, enfonça plus profondément sa casquette imperméable sur son front, et suivit son compagnon.

Ils franchirent les milles les uns après les autres, et bientôt le dôme de la cité se profila sur l'horizon grisâtre. Le Terrestre, tout en mâchonnant un humide sandwich au jambon, se réjouissait de retrouver la confortable chaleur sèche d'Aphrodopolis. D'autant plus que le Vénusien, qui se montrait généralement amical, observait un silence pesant et n'accordait même pas un regard à son compagnon.

Karl accepta cette attitude avec philosophie. Contrairement à la majorité des Terrestres, il avait de l'estime pour les Vénusiens, mais il ne pouvait s'empêcher d'éprouver du dédain pour le caractère par trop émotif d'un Antil et de ses semblables. Ce silence maussade était l'expression de sentiments que Karl se serait contenté de manifester par un soupir, ou un froncement de sourcil. Et c'est pourquoi il n'accorda que peu d'importance à l'humeur de son compagnon.

Cependant, évoquer l'effroi qu'il avait lu dans les yeux d'Antil lui causait un certain malaise. Un effroi qui s'était manifesté tout de suites après le déchiffrage de l'étrange plaque de matière vitreuse. Quel message avaient voulu transmettre à leurs descendants les savants ancêtres des Vénusiens ?

Ce fut non sans hésitation que Karl finit par demander au Vénusien :

— Que t'a révélé ce texte, Antil ? Il doit être intéressant puisque tu as jugé bon d'emporter la plaque où il est gravé.

Antil se contenta de faire signe à Karl de se hâter et s'enfonça dans la nuit qui tombait en accélérant le pas. Karl fut surpris de cette réaction, et même blessé. Et jusqu'à leur arrivée à la ville, il ne chercha pas à renouer la conversation.

Cependant, comme ils atteignaient Aphrodopolis, le Vénusien rompit le silence. Il tourna vers Karl son visage parcheminé, aux traits creusés, l'air hagard de celui qui vient de prendre une pénible décision.

— Karl, dit-il, nous étions des amis et c'est pourquoi je tiens à vous donner un conseil amical. Vous repartez la semaine prochaine pour la Terre. Je sais que votre père occupe un poste important dans les conseils de la Présidence planétaire. Vous serez vous-même, selon toute vraisemblance, et dans un avenir très proche, un personnage important. Puisqu'il en est ainsi, je vous demande instamment d'user de toute votre influence pour engager la Terre à faire preuve de plus de modération envers Vénus. De mon côté, étant noble de naissance et appartenant à la tribu vénusienne la plus influente et la plus nombreuse, je ferai l'impossible pour réprimer tout acte de violence.

— Tout cela cache quelque chose, fit Karl en fronçant le sourcil. Que cherches-tu à me dire, en réalité ?

— Simplement ceci : si vous ne leur accordez, dans un très proche délai, de meilleures conditions de vie, les Vénusiens se soulèveront contre vous. Dans cette éventualité, je n'aurai d'autre choix que de me ranger à leur côté, et à ce moment-là, Vénus ne sera plus sans défense.

Le Terrestre ne fit que rire de cette menace voilée.

— Allons, Antil, ton patriotisme est respectable et tes récriminations, justifiées, mais j'ai horreur du mélodrame et du chauvinisme. Je suis avant tout un réaliste.

— Croyez-moi, Karl, fit le Vénusien d'un ton grave et pressant, rien n'est plus vrai que ce que je viens de vous dire. Si les Vénusiens se soulevaient, je ne répondrais pas de l'existence même de la Terre.

— L'existence même de la Terre ! s'exclama Karl, stupéfié par l'énormité de cette déclaration.

— Eh oui, reprit Antil, car je me verrais peut-être obligé de détruire la planète Terre. Et maintenant vous savez tout. Et là-dessus il s'engagea dans un sentier qui menait au petit village vénusien situé hors de l'immense dôme abritant la ville.

Cinq années s'écoulèrent… des années de troubles et d'agitation, et Vénus s'agita dans son sommeil comme un volcan qui se réveille. Les Terrestres à courte vue qui régnaient sur Aphrodopolis, Venusia et autres cités coiffées de dômes négligèrent allégrement tous les signes avant-coureurs d'une révolution. Et lorsqu'il leur arrivait de penser à ces petits bonshommes verdâtres qu'étaient pour eux les Vénusiens, c'était pour se dire avec dédain : « Ah ! oui, ces petits machins-là ! »

Mais ils eurent le tort de pousser à bout « ces petits machins-là ». Les Bérets verts, ces ultra-nationalistes, devenaient chaque jour plus menaçants. Par une journée grisâtre qui ressemblait étrangement à celle qui l'avait précédée, des hordes d'indigènes envahirent les villes en une révolte organisée.

Les plus petites villes sous dôme, prises par surprise, succombèrent. En une rapide succession, les Vénusiens se rendirent maîtres de New Washington, Mount Vulcan et Saint-Denis, et bientôt de toute la partie orientale du continent. Avant même que les Terrestres éperdus se rendent compte de ce qui se passait, la moitié de la planète Vénus avait échappé à leur domination.

La Terre, ébranlée et stupéfiée par ce brusque retournement, en réalité prévisible, expédia des armes et des fournitures aux habitants des villes assiégées qui résistaient encore, et commença d'équiper une importante flotte spatiale chargée de récupérer les territoires perdus.

Les Terrestres, contrariés, mais nullement effrayés, se disaient qu'ils regagneraient aisément, et à l'heure choisie par eux, les territoires qui leur avaient été arrachés par surprise, et qu'ils ne céderaient plus un pouce du terrain où ils régnaient encore. C'est du moins ce qu'ils croyaient.

Quelle ne fut pas la stupéfaction des autorités terrestres lorsqu'elles s'aperçurent que les Vénusiens continuaient d'avancer. Venusia City disposait de stocks importants d'armes et de nourriture. Ses défenses extérieures étaient assurées et tous les hommes à leur poste. Une petite armée d'hommes nus et sans armes s'en approcha et exigea de la ville une reddition sans conditions. Venusia s'y refusa avec hauteur et, dans ses messages à la Terre, se moqua de ces indigènes désarmés que grisaient leurs succès.

Puis brusquement il n'y eut plus de messages et les indigènes s'emparèrent de Venusia.

La défaite de Venusia fut suivie de nombreuses autres, et des forteresses réputées imprenables tombèrent les unes après les autres. Aphrodopolis elle-même, cette ville d'un demi-million d'habitants, tomba sous les coups d'une minable petite armée de cinq cents Vénusiens, en dépit du fait que les assiégés disposaient des armes les plus modernes que leur avait expédiées la Terre.

Le gouvernement terrestre dissimula soigneusement les faits et la Terre ne soupçonnait pas qu'il se passait sur Vénus d'étranges choses. Cependant, au cours de leurs conseils, des hommes d'État froncèrent le sourcil en écoutant le curieux récit que leur faisait Karl Frantor, fils du ministre de l'Instruction publique.

Jan Heersen, ministre de la Guerre, se leva, irrité, dès la conclusion de ce rapport.

— Vous imaginez que nous allons prendre au sérieux les élucubrations d'un de ces crapauds verts à moitié fou, et nous incliner devant les exigences de Vénus ? C'est une chose absolument et définitivement exclue. Il nous faut au contraire faire sentir à ces sacrées bestioles le poids de notre puissance. Notre flotte va les effacer de l'univers, et il y a longtemps que cela aurait dû être fait.

— Les anéantir ne sera peut-être pas aussi simple que vous l'imaginez, Heersen, fit le vieux et grisonnant Frantor, volant au secours de son fils. Nombre d'entre nous affirment depuis longtemps que le gouvernement commet une grave erreur dans la politique qu'il mène envers les Vénusiens. Nous ignorons tout des armes dont ils disposent et de la manière dont ils comptent en user pour se venger de nous.

— Foutaise que tout cela ! s'exclama Heersen. Vous parlez de ces crapauds verts comme s'il s'agissait d'êtres humains. Or ce sont des animaux qui devraient nous être reconnaissants des bienfaits de la civilisation que nous leur avons apportée. Dites-vous bien que nous les traitons infiniment mieux que certaines races ne le furent sur Terre au début de notre histoire, les Peaux-Rouges entre autres.

— Il faut absolument nous renseigner sur ce qui se passe sur Vénus, Messieurs ! s'exclama Karl Frantor visiblement alarmé. Les menaces d'Antil sont trop graves pour être traitées par le mépris, si stupides qu'elles nous paraissent… et d'ailleurs à la lumière des victoires que remportent les Vénusiens, elles ne sont pas si stupides que cela. Je vous demande donc de nous envoyer, l'amiral von Blumdorff et moi, sur Vénus en qualité d'émissaires. Commençons par aller au fond des choses avant de passer à l'attaque.

Le président Jules Debuc, cet homme à l'expression grave et même sévère qui occupait sur la planète Terre la plus haute fonction, prit la parole pour la première fois.

— J'estime que la proposition de Frantor est raisonnable, pour ne pas dire plus. Nous allons donc accéder à sa requête. Quelqu'un a-t-il une objection à formuler ?

Aucune voix ne s'éleva et Heersen lui-même se contenta de grommeler entre ses dents. C'est ainsi qu'une semaine plus tard Karl Frantor compta parmi ceux qui s'envolèrent avec la puissante armada spatiale que la Terre envoyait vers cette planète qui faisait partie de son système solaire.

Ce fut une étrange Vénus qui accueillit Karl après cinq ans d'absence. Le sol en était toujours aussi spongieux, l'aspect aussi grisâtre et aussi monotone, avec ici et là des cités abritées sous des dômes... et cependant combien elle lui parut différente.

Alors qu'auparavant les orgueilleux Terrestres écrasaient de leur splendeur les rampants Vénusiens, les indigènes avaient maintenant, et incontestablement le dessus. Aphrodopolis était désormais une ville indigène, et dans le bureau de l'ancien gouverneur siégeait... Antil.

Karl le regarda, déconcerté, ne sachant trop que dire puis déclara enfin :

— Je ne pensais pas vous voir occuper un poste aussi important... vous, le pacifiste.

— Ce qui est arrivé n'a pas dépendu de moi, mais des circonstances. Je ne m'attendais pas, moi non plus, à vous voir débarquer ici en qualité de porte-parole de votre planète.

— C'est devant moi que vous aviez proféré, il y a quelques années, vos menaces insensées, et c'est pourquoi je m'attendais plus ou moins au soulèvement des Vénusiens. Je suis venu, comme vous pouvez le voir, mais pas seul, et de la main il indiqua le ciel où les vaisseaux spatiaux, menaçants, faisaient du sur place.

— Ainsi vous êtes venu me menacer ?

— Non ! Vous entendre formuler vos requêtes et vos conditions.

— Rien de plus facile. Vénus exige sa complète indépendance et vous accordera en retour son amitié et des traités de commerce librement consentis.

— Et vous croyez que nous allons, sans nous défendre, accepter de telles propositions ?

— Je l'espère… dans l'intérêt même de la planète Terre.

— Au nom du Ciel, Antil, fit Karl assombri en se renversant dans son fauteuil, le moment n'est plus aux mystères et aux allusions voilées. Mettez cartes sur table. Comment êtes-vous parvenus à vous emparer si facilement d'Aphrodopolis et de quelques autres cités ?

— Nous y avons été obligés, Karl. Nous ne le désirions pas, fit Antil d'une voix que l'agitation rendait aiguë. Les assiégés ont refusé les conditions de reddition plus que raisonnables que nous leur offrions, et ils ont ouvert le feu sur nous avec leurs canons tonites. C'est alors que nous nous sommes vus obligés d'utiliser… l'arme. Puis d'achever la plupart d'entre eux… par simple pitié.

— Je ne vous suis pas, Antil. De quelle arme parlez-vous ?

— Vous rappelez-vous le jour où nous sommes allés visiter les ruines d'Ash-taz-zor, Karl ? La petite salle scellée ? Le texte ancien ? Les cinq cylindres ?

— Je pensais bien qu'il s'agissait de cela, fit Karl de plus en plus assombri, mais je n'en étais pas sûr.

— C'est une arme effroyable, Karl, dit très vite Antil, comme si rien que de l'évoquer lui était insupportable. Ce sont nos ancêtres qui l'ont découverte, mais ils ne l'ont jamais utilisée. Bien au contraire ils l'ont cachée et aujourd'hui encore je me demande pour quelle raison ils ne l'ont pas détruite. J'aurais cent fois préféré qu'ils le fissent, et je parle sincèrement. Mais ils ne l'ont pas fait, je l'ai retrouvée, et maintenant il faut que j'en use... pour le bien de Vénus.

Sa voix n'était plus qu'un murmure et il fit un effort visible pour en dire davantage.

— Ces petits cylindres, si inoffensifs d'apparence, que vous aviez vus alors, Karl, sont en réalité capables d'émettre de puissantes radiations de nature inconnue — nos ancêtres, dans leur sagesse, ont préféré nous laisser dans l'ignorance à ce sujet — qui ont le pouvoir de déconnecter le cerveau de la pensée.

— Hein ? fit Karl, bouche bée. De quoi diable parlez-vous ?

— Vous savez, je pense, que le cerveau n'est que le *siège* de la pensée, et non la pensée elle-même. La véritable nature de la pensée est un mystère que nos ancêtres eux-mêmes n'ont pas percé. Quoi qu'il en soit, le cerveau lui sert d'intermédiaire avec le monde de la matière.

— Oui, je vois. Votre arme coupe les liens entre le cerveau et la pensée... rendant ains la pensée impuissante... tel un cosmonaute privé de ses appareils de contrôle.

Antil acquiesca gravement de la tête, puis demanda :

— Avez-vous déjà vu un animal décérébré ?

— Oui, un chien, ... alors que je suivais des cours de biologie à l'université.

— Dans ce cas, suivez-moi. Je vais vous montrer ce qu'est un humain décérébré.

Karl suivit le Vénusien jusqu'à un ascenseur. Celui-ci les amena rapidement jusqu'au niveau le plus bas — celui des prisons — tandis que le Terrestre luttait contre les pires pressentiments. Partagé entre l'horreur et la fureur, il éprouvait tout à la fois le désir irraisonné de s'enfuir et celui, plus fort encore, d'égorger le Vénusien qui se trouvait à ses côtés. Comme hébété, il sortit de la cabine et suivit Antil le long d'un lugubre couloir qui sinuait entre des rangées d'étroites cellules aux portes grillagées.

— Nous y voilà.

La voix d'Antil, s'élevant brusquement, sortit Karl de sa torpeur comme un jet d'eau glacée. Regardant ce que lui indiquait la main palmée, il fixa, à la fois, fasciné et horrifié, la forme humaine accroupie dans la cellule.

C'était indubitablement un être humain, par la forme tout au moins, et qui cependant n'avait plus rien d'humain.

Cela (Karl ne put se résoudre à penser « il ») était affalé sur le sol, et regardait, sans le voir, le mur nu qui se dressait devant lui. De grands yeux vides de toute expression, une bouche molle d'où coulait de la salive, des doigts qui s'agitaient sans but. Pris de nausée, Karl se hâta de détourner la tête.

— Il n'est pas exactement décérébré, dit Antil à voix basse. Du point de vue organique son cerveau est intact. Il est simplement déconnecté.

— Mais comment cela peut-il vivre, Antil ? Pourquoi est-ce que cela ne meurt pas ?

— Parce que son système nerveux est intact. Relevez-le et il tiendra en équilibre. Poussez-le et il retrouvera son équilibre. Son cœur bat normalement. Il respire tout aussi normalement. Enfournez-lui de la nourriture dans la bouche, il l'avalera, mais il mourra de faim, incapable de la porter à sa bouche, si vous placez de la nourriture devant lui. Il vit… du moins jusqu'à un certain point, mais mieux vaudrait pour lui être mort, car cette déconnection est définitive.

— C'est atroce… oui, atroce.

— Pis encore que vous ne le pensez. Je suis quant à moi persuadé qu'à l'intérieur de cette enveloppe vidée de toute humanité, subsiste encore la pensée. Prisonnière, impuissante dans ce corps qu'elle ne contrôle plus, quelle doit être sa torture !

— Vous ne triompherez pas de nous, s'exclama Karl se ressaisissant brusquement. Vous ne vous rendrez pas maîtres de la Terre par un procédé aussi inqualifiable. Cette arme est d'une incroyable cruauté, mais nous en possédons de tout aussi redoutables. Et nous vous ferons payer chèrement vos abominables agissements.

— Karl, vous ne percevez qu'un millionième du danger que présente le « champ de déconnection ». Ce champ n'est tributaire ni de l'espace ni du temps, et c'est pourquoi sa portée est quasi illimitée. Savez-vous qu'il a suffi d'une seule décharge de cette arme pour transformer tous les habitants d'Aphrodopolis en loques humaines telles que vous venez d'en voir une. Et d'une voix tendue à craquer, Antil ajouta : Savez-vous que j'ai les moyens de baigner la planète Terre tout entière dans ce champ déconnecteur… et de transformer d'un seul coup ses milliards d'habitants en morts-vivants ?

— Monstre ! s'exclama Karl qui ne reconnut pas sa propre voix. Es-tu le seul à connaître le secret de cet abominable champ ?

— Oui, Karl, fit Antil en éclatant d'un rire sinistre. J'en assume seul la responsabilité. Cependant me tuer ne servirait à rien. Si je meurs d'autres Vénusiens savent où trouver le texte gravé sur la plaque, d'autres qui n'éprouvent pas, comme moi, une certaine sympathie pour les Terrestres. Je n'ai rien à redouter de vous, Karl, car ma mort sonnerait le glas de votre planète.

Le Terrestre s'effondra. Plus aucun doute ne subsistait en lui sur la terrible puissance que détenait le Vénusien.

— Je me rends, murmura-t-il. Je capitule. Quel message dois-je transmettre à mon peuple ?

— Faites-lui part de mes conditions et décrivez-lui ce que je peux déclencher d'un seul geste.

— Je le lui dirai, fit Karl s'écartant du Vénusien comme si son simple contact était mortel.

— Dites aussi aux habitants de la Terre que Vénus n'a pas d'intentions belliqueuses. Nous ne souhaitons pas faire emploi de cette arme, car elle est trop effroyable pour être utilisée. S'ils nous accordent notre indépendance à nos conditions et nous garantissent que plus jamais ils ne chercheront à nous réduire en esclavage, nous enverrons sur le Soleil nos cinq mortels cylindres ainsi que le texte explicatif.

— Je le leur dirai, fit le Terrestre d'une voix à peine perceptible.

L'amiral von Blumdorff était prussien, comme son nom l'indiquait, et il ne concevait pas d'autre tactique que la force brutale. Il était donc tout naturel qu'il réagît au rapport de Karl par des sarcasmes et de la dérision.

— Pauvre fou ! lança-t-il à son cadet. Voilà où on en arrive lorsqu'on se grise de mots et de phrases creuses. Vous vous permettez de vous présenter devant moi et de me rapporter des contes de bonnes femmes sur une arme mystérieuse d'une puissance encore jamais égalée. N'en ayant pas reçu la moindre preuve, vous prenez pour argent comptant tout ce que cette foutue grenouille verte vous a raconté. Vous auriez pu le menacer ! Bluffer ! Mentir !

— Mais lui ne menaçait, ne bluffait ni ne mentait, rétorqua Karl. Tout ce qu'il m'a dit était vérité d'Évangile. Si vous aviez vu comme moi cet homme décérébré…

— Voilà bien ce qu'il y a de plus absurde dans toute cette foutue histoire ! On vous montre un fou, un simple débile mental, on vous déclare : « Voilà ce que notre fameuse arme fait d'un homme normal », et vous ne mettez pas une minute la chose en doute. Ont-ils fait autre chose que vous assourdir de paroles ? Ont-ils fait une démonstration de leur arme ? Vous l'ont-ils seulement fait voir ?

— Évidemment pas. Cette arme est mortelle. Ils n'allaient tout de même pas transformer un Vénusien en mort-vivant pour me faire plaisir. Quant à me montrer leur arme… dévoileriez-vous vos plans à un ennemi ? À mon tour de vous poser quelques questions. Pourquoi Antil est-il si sûr de lui ? Comment s'y est-il pris pour reconquérir aussi aisément Vénus ?

— Je ne me l'explique pas, je le reconnais, mais cela ne signifie pas que leurs explications soient les bonnes. D'ailleurs assez d'inutiles bavardages. Nous allons les attaquer et au diable les théories. Je les arroserai d'obus tonites et je vous garantis que vos singes verts perdront leur air triomphant.

— Mais, amiral, il vous faut auparavant mettre le Président au courant de mon rapport.

— Je le ferai... après avoir réduit Aphrodopolis en cendres.

Puis se tournant vers la centrale radio-émettrice :

— Ici l'amiral de la flotte. À l'intention de l'escadre. Mettez-vous en formation de bataille. Dans un quart d'heure nous foncerons sur Aphrodopolis et l'arroserons de tonites. Puis se tournant vers son officier d'ordonnance : Priez le capitaine Larsen de faire savoir à l'état-major d'Aphrodopolis que nous lui accordons quinze minutes pour hisser le drapeau blanc.

Pour Karl Frantor les minutes qui suivirent furent angoissantes, épuisantes. Prostré, la tête enfouie dans ses mains, le léger cliquetis que faisait entendre son chronomètre à chaque minute qui s'écoulait résonnait à ses oreilles comme un coup de tonnerre. Il les comptait, ces cliquetis, murmurant entre ses dents huit... neuf... dix...

Seigneur ! Plus que cinq minutes avant que ne frappe la mort. Mais frapperait-elle réellement ? Von Blumdorff aurait-il raison ? Les Vénusiens auraient-ils bluffé ?

Une ordonnance fit irruption dans la pièce, se mit au garde-à-vous et dit :

— Les Vénusiens viennent de communiquer leur réponse, amiral.

— Alors ? fit Blumdorff en se penchant vivement en avant.

— Je vous en lis le texte : « Vous prie instamment donner ordre à flotte ne pas attaquer. Sinon déclinons toute responsabilité quant aux conséquences. »

— C'est tout ? s'exclama l'amiral indigné.

— C'est tout, amiral.

Blumdorff se mit à dévider un chapelet d'injures puis hurla :

— Le culot de ces singes verts ! Ils blufferont jusqu'à la dernière minute.

Sa phrase à peine achevée, la quinzième minute cliqueta et la puissante armada se mit en marche. En ordre de bataille les vaisseaux foncèrent à travers les nuages qui enveloppaient cette planète inférieure. Von Blumdorff se délectait du spectacle impressionnant que lui offrait le téléviseur lorsque brusquement l'ordre de bataille d'une précision mathématique se rompit.

L'amiral éberlué, se frotta les yeux. Une bonne moitié de la flotte semblait brusquement prise de folie. Les vaisseaux se mirent à osciller, puis à virer de bord et partirent dans toutes les directions.

Des appels parvinrent à l'état-major, envoyés par la moitié, encore en ordre de bataille, de la flotte, l'informant que l'aile gauche ne répondait plus aux messages radio.

Ordre fut alors lancé de mettre fin à toute attaque contre Aphrodopolis puis de récupérer les vaisseaux devenus fous ; tadis que von Blumdorff, désespéré, arpentait la pièce en s'arrachant les cheveux.

— L'arme dont je vous avais parlé, lança Karl Frantor d'une voix lugubre avant de retomber dans un morne silence.

Plus le moindre message ne leur parvint d'Aphrodopolis.

Pendant deux interminables heures, la partie encore saine de la flotte terrestre lutta contre ses propres vaisseaux. Suivant le cours imprévisible de ces astronefs frappés de folie, elle s'en approcha et les harponna. Solidement amarrés contre eux, les vaisseaux encore maîtres de leur direction usèrent de rockets pour maîtriser les astronefs. Mais une vingtaine d'entre eux leur échappèrent ; d'autres pris dans une orbite partirent dans la direction du Soleil ; d'autres encore se fondirent dans les espaces intersidéraux, tandis que quelques-uns s'écrasaient sur Vénus.

Lorsque les équipages montèrent à bord des vaisseaux qu'ils avaient capturés, ils reculèrent d'horreur devant le spectacle qui les attendait dans chacun de ces navires spatiaux : soixante-quinze corps sans âme, dénués de toute humanité, au regard vide, véritables loques humaines. Il ne restait plus à bord un seul homme digne de ce nom.

Les premiers membres des équipages à monter dans ces vaisseaux poussèrent des cris de terreur et s'enfuirent, pris de panique. D'autres se contentèrent de vomir et de détourner les yeux. Un officier ayant compris d'un regard toute l'horreur de la situation sortit son revolver atomite et tua l'un après l'autre tous ces malheureux décérébrés.

L'amiral von Blumdorff, comme frappé à mort, n'était plus qu'une loque, lui aussi, et avait perdu toute sa superbe. Pour appuyer leur récit, des officiers lui amenèrent un de ces décérébrés, et il recula, épouvanté.

— Alors, amiral, vous êtes convaincu, maintenant ? lui demanda Karl Frantor, les paupières rougies de fatigue.

Pour toute réponse, l'amiral sortit son revolver, et avant qu'on ait pu intervenir, se tira une balle dans la tête.

Une fois de plus Karl Frantor vint témoigner devant le Président entouré de son Cabinet, groupe d'hommes à la fois atterrés et effrayés. Le rapport impressionnant qu'il leur fit ne laissait aucun doute quant à la marche à suivre.

— Nous avons perdu la partie, déclara le président Deluc, les yeux fixés sur le malheureux décérébré qu'on leur avait amené comme preuve à l'appui. Il ne nous reste plus qu'à nous rendre sans conditions et à implorer leur merci. Mais un jour... ajouta-t-il, les yeux brillants.

— Non, monsieur le Président, tonna Karl, il n'y aura pas de « un jour »... Nous devons rendre aux Vénusiens ce qui leur revient de droit... indépendance et liberté. Le passé est le passé... Nos morts ont payé de leur vie les cinquante ans d'esclavage que nous avons imposés aux Vénusiens. Il nous faut désormais instituer un ordre nouveau dans le système solaire... et saluer la naissance d'une ère nouvelle.

Le Président baissa la tête, plongé dans ses pensées, puis la releva en disant avec fermeté :

— Vous avez raison. Nous devons abandonner toute idée de revanche.

Deux mois plus tard, un traité de paix fut signé et Vénus devint, ce qu'elle est toujours, une puissance indépendante et souveraine. Dès la signature de ce traité, on vit foncer vers le soleil une petite tache noire… l'arme trop effroyable pour être utilisée.

Le magazine *Amazing Stories* était à cette époque résolument tourné vers l'aventure et l'action et n'appréciait guère, dans le cours du récit, un excès de digressions scientifiques. Or à cette époque déjà j'écrivais justement le genre d'œuvres de science-fiction qui comprenaient des extrapolations scientifiques. Que fit Raymond Palmer ? Il en supprima un certain nombre et condensa, sous forme de notes en bas de page, les passages qu'il ne pouvait supprimer sans nuire à l'ensemble du récit. C'était une façon de faire inadmissible que je combattis de toutes mes forces. J'usai de la seule représaille à ma disposition. Je plaçai *Amazing* tout en bas de la liste de magazines auxquels je soumettrais mes futures nouvelles

Quant à celle que vous venez de lire, ce que j'en tirai de plus clair fut la critique que m'en fit Fred Pohl. La nouvelle se termine par la signature d'un traité de paix entre la Terre et Vénus, la Terre promettant de respecter l'indépendance de Vénus, et Vénus s'engageant de son côté à détruire son arme redoutable. Après voir lu cette nouvelle, Fred me déclara : « Et une fois l'arme détruite, la Terre effaça les Vénusiens de la surface de leur planète. »

Il avait parfaitement raison. J'étais assez naïf, à l'époque, pour m'imaginer que paroles données et bonnes intentions sont des garanties suffisantes. Fred me fit également remarquer que cette arme « trop effroyable pour être utilisée » l'avait été en réalité. Là aussi il avait raison et cela ne fit qu'accroître mon aversion pour les titres trop longs et trop élaborés. De ce jour je me suis attaché à choisir des titres de plus en plus courts, et même de préférence ceux formés d'un seul mot, disposition qu'encourageait fort Campbell peut-être, parce qu'un titre court ressort mieux sur la couverture d'un magazine.

En m'imaginant que parce que j'avais placé une de mes nouvelles à Campbell j'étais capable, désormais, de discerner ce qu'il aimait ou n'aimait pas, je me trompais lourdement. Ainsi en février 1939 j'en écrivis une, intitulée « The Decline and Fall » ; je la soumis le 21 février à Campbell qui se hâta de me la renvoyer le 25. Je fis, là-dessus, et sans résultat, la tournée des magazines et cette nouvelle n'a jamais été publiée. Elle n'existe plus et je ne me souviens même plus de quoi elle traitait.

Le 4 mars 1939 je me lançai dans l'entreprise la plus ambitieuse que j'aie effectuée jusqu'à ce jour. Il s'agissait d'une longue nouvelle — dont le héros se prénommait Russell en hommage à Russell Winterbotham — deux fois plus longue que les précédentes. Je l'intitulai « Pilgrimage ». Je me lançais pour la première fois dans une œuvre d'anticipation, c'est-à-dire un récit se déroulant dans un avenir lointain, rédigé comme un roman historique. C'était également la première fois que je me risquais à écrire une histoire à l'échelle galactique.

Tout excité, j'avais l'impression, tout en travaillant, d'écrire une épopée. (Je me souviens cependant que Winterbotham fit des réserves lorsque je lui racontai le sujet dans une de mes lettres.) Le 21 mars 1939, j'apportai, plein d'espoir, cette nouvelle à Campbell. Il me la renvoya le 24, accompagnée d'une lettre dans laquelle il me disait entre autres : « L'idée de base est valable et pourrait donner lieu à des développements intéressants, mais elle manque de puissance. »

Cette fois, je me cramponnai. Je retournai voir Campbell le 27 et lui proposai de la réviser afin de remédier aux faiblesses qu'il lui trouvait. Je lui apportai une seconde version le 25 avril. Elle ne le satisfit pas entièrement, mais cette fois ce fut lui qui me demanda de la revoir. Je me mis de nouveau au travail et lui soumis, le 9 mai, une troisième version qu'il me renvoya le 17. Campbell reconnut qu'il était encore possible d'y apporter de nouvelles améliorations, mais il me conseilla, après ces trois tentatives, de la mettre de côté pendant quelques mois, puis de la reprendre avec un œil frais.

Ce que je fis, mais je n'attendis que deux mois, l'interprétation minimale que je donnais à ces « quelques mois » et lui apportai le 8 août cette quatrième version.

Cette fois, Campbell réfléchit jusqu'au 6 septembre, puis la refusa définitivement en arguant du fait que Robert A. Heinlein venait de lui soumettre une importante nouvelle (publiée ultérieurement sous le titre de « If this goes on... ») dont le sujet touchait à la religion. Étant donné que « Pilgrimage » traitait également de religion, John n'en avait plus l'emploi. En effet publier coup sur coup deux nouvelles traitant d'un sujet aussi délicat présentait de sérieux inconvénients.

J'avais récrit quatre fois cette nouvelle, mais je compris le point de vue de Campbell, surtout quand il me dit que celle d'Heinlein était la meilleure des deux. Je ne pouvais pas m'attendre qu'un éditeur publiât la plus mauvaise sous le prétexte qu'elle m'avait donné de la peine.

Rien ne m'empêchait, cependant, de chercher à la placer ailleurs. Ce que je fis pendant deux ans, au cours desquels je la récrivis par deux fois et changeai son titre de « Pilgrimage » en celui de « Galactic Crusade ».

Finalement elle fut acceptée par un des magazines qui, encouragés par le succès que remportait l'*Astounding* de Campbell, se multiplièrent. Il s'agissait de *Planet Stories* qui durant les années 40 se spécialisa dans les « space opera », ces récits pleins de bruit et de fureur des guerres interplanétaires. Ma nouvelle appartenait à cette catégorie et Malcolm Reiss, rédacteur en chef de *Planet*, s'y intéressa.

Cependant le côté religieux le chiffonnait, lui aussi. Pourrais-je revoir cette nouvelle, me demanda-t-il au cours d'un déjeuner qui eut lieu le 18 août 1941, et supprimer toute allusion directe à la religion ? Et serais-je d'accord pour ne plus donner à mes héros le titre de « prêtres » ? J'acceptai en soupirant et repris ma nouvelle pour la sixième fois. Il l'accepta le

7 octobre 1941 et après deux ans et demi et dix refus elle fut enfin publiée.

Mais après m'avoir obligé à supprimer tout ce qui touchait à la religion, Reiss ne trouva rien de mieux que de changer (sans me consulter) le titre de cette nouvelle qu'il intitula « Blak Friar of the Flame » c'est-à-dire « Le frère prêcheur, gardien de la flamme ».

Avant de vous soumettre ce récit je tiens à préciser deux points.

Premièrement ce fut la seule et unique nouvelle de moi que publia *Planet*.

Deuxièmement, elle parut illustrée par Frank R. Paul. Or Paul était le plus célèbre illustrateur de science-fiction de la période pré-campbellienne, et pour autant qu'il m'en souvienne ce fut l'unique fois que nos chemins se croisèrent du point de vue professionnel.

Je le revis cependant une seconde fois, mais de loin. Le 2 juillet 1939 j'assistai au premier congrès mondial de science-fiction qui se tint à Manhattan. Frank Paul en était l'invité d'honneur. Pour la première fois on me considérait comme un écrivain professionnel, et non plus comme un simple amateur. Grâce à mes trois nouvelles déjà publiées (« On n'arrête pas le progrès » venait de paraître) on me hissa sur l'estrade pour saluer l'assistance. Campbell, qui se trouvait dans la salle, m'applaudit avec une chaleur dont je me souviens encore.

Je prononçai quelques mots, me qualifiant moi-même « du pire des écrivains de science-fiction qui n'aient pas encore été lynchés ». Bien entendu je n'en croyais rien et personne, parmi les auditeurs, n'imagina seul instant que je parlais sérieusement.

Le frère prêcheur, gardien de la flamme

Russell Tymball contempla avec un cruel plaisir les restes noircis de ce qui avait été, quelques heures auparavant, un croiseur de l'escadre lhasinu. Les poutrelles tordues pointant dans toutes les directions témoignaient de la formidable puissance de l'impact.

Le corpulent Terrestre s'installa à nouveau dans sa stratorocket fuselée et attendit. Il joua pendant quelques instants avec son long cigare avant de l'allumer. Puis suivant machinalement des yeux les volutes de fumée qui s'en élevaient, il resta plongé dans ses pensées.

Il se leva en s'entendant héler avec prudence. Deux hommes entrèrent en trombe en lançant un dernier regard derrière eux. La porte se referma sans bruit et l'un des deux hommes gagna immédiatement le poste de commande. Déjà le paysage désertique et désolé se dérobait à leur vue, car ils avaient rapidement pris de la hauteur, et la proue argentée de la stratorocket piquait droit vers l'ancienne métropole qu'était New York.

Des minutes s'écoulèrent avant que Tymball demande :

— La voie est libre ?

— Pas un navire ennemi en vue, fit l'homme installé au poste de contrôle. Selon toute évidence, le *Grahul* n'a pas pu appeler à l'aide par radio.

— Tu as le document ? lui demanda vivement Tymball.

— Nous l'avons trouvé très facilement et il est intact.

— Nous avons également trouvé, dit son compagnon non sans amertume... quelque chose d'autre. Le dernier message de Sidi Peller.

L'espace d'un instant le rond visage de Tymball s'adoucit, et quelque chose qui ressemblait à du chagrin l'envahit, mais il ressaisit rapidement et dit :

— Il est mort ! Mais il a donné sa vie pour la planète Terre. Je n'appelle pas ça une mort mais un martyre. Il se tut un moment, puis dit tristement : Montre-moi ce message, Petri.

Il prit l'unique feuillet replié qu'on lui tendait, et se mit à lire à haute voix, en détachant chaque mot : « Ai réussi, le 4 septembre, à m'introduire à bord du *Grahul*, ce croiseur de la flotte ennemie. Ai également réussi à m'y dissimuler au cours du trajet de Pluton à la Terre. Le 5 septembre, ai repéré le document en question et m'en suis emparé. Je viens de mettre le feu au navire. Je joins mon message au document. Vive la Terre ! »

La voix de Tymball, tremblante d'émotion, se brisa sur ce dernier mot.

— Jamais les Lhasinus, ces tyrans, n'ont martyrisé plus grand homme que Sidi Peller. Mais nous le leur ferons payer, et avec intérêt. Les humains ne sont pas encore en pleine décadence.

— Comment Peller a-t-il pu accomplir un tel exploit ? fit Petri en regardant par le hublot. Un homme pénètre seul sur un croiseur ennemi et, bravant l'équipage tout entier, s'empare du document et détroit la flotte. Comment y est-il parvenu ? Nous n'en saurons jamais plus que ce qu'il nous dit dans son message.

— Il avait des ordres, dit Willums qui, mettant la conduite automatique, se tourna vers eux. Je les lui ai transmis moi-même sur Pluton. « Empare-toi du document. Détruis le *Grahul* au-dessus du Gobi. » Les ordres, il les a exécutés, et voilà tout, et il haussa les épaules avec fatalisme.

Les trois hommes connurent un moment d'abattement que dissipa Tymball en s'exclamant :

— Et maintenant, allons de l'avant. Avez-vous fait le nécessaire avant de quitter l'épave ?

Les deux hommes acquiescèrent avec ensemble et Petri dit d'un ton précis :

— Nous avons effacé toute trace de Peller. Jamais ils ne décèleront la présence d'un humain parmi les décombres. Nous avons remplacé le document original par une copie préparée longtemps à l'avance, puis nous l'avons brûlée de façon à la rendre inintelligible et enfin nous l'avons imprégnée de la quantité exacte de sels d'argent que contient le sceau de l'empereur, ce tyran. Je donnerais ma tête à couper qu'aucun Lhasinu ne soupçonnera un instant que ce croiseur s'est écrasé autrement que par accident et que le document n'a pas été détruit de ce fait même.

— Parfait ! Ils mettront au moins vingt-quatre heures à repérer l'épave. La mission a été magnifiquement exécutée. Et maintenant, passe-moi ce document.

Il prit avec respect l'étui métallique, noirci, tordu et encore tiède. Puis d'un geste nerveux du poignet, il en arracha le couvercle.

Il en sortit le document qui se déroula avec un bruissement soyeux. Dans l'angle inférieur gauche s'étalait l'immense sceau d'argent de l'empereur des Lhasinus… ce tyran qui, de Véga, régnait sur le tiers de la galaxie. Ce document était adressé au vice-roi de Sol.

Les trois Terrestres contemplèrent avec gravité ce texte soigneusement calligraphié. La haute écriture angulaire des Lhasinus brilla d'un éclat rougeâtre sous les rais du soleil couchant.

— Avais-je raison ? murmura Tymball.

— Comme toujours, répondit Petri.

La nuit ne tomba pas complètement. Le ciel d'un pourpre foncé s'assombrit un peu, les étoiles scintillèrent faiblement, mais dans cette stratosphère l'absence ou la présence du soleil ne faisaient guère de différence.

— Avez-vous déjà décidé de la marche à suivre ? demanda Willums non sans hésitation.

— Oui… et depuis longtemps. Dès demain je me rendrai auprès de Paul Kane, muni de ceci, et du doigt il désigna le document.

— Paul Kane ! Le Loara ! s'écria Petri.

— Ce… ce Loariste, s'exclama simultanément Willums.

— Eh oui, le Loariste, répéta Tymball. C'est un homme à nous.

— Dites plutôt qu'il est le valet des Lhasinus, grommela Willums. Kane — fondateur du Loarisme — est le chef de ces humains traîtres à leur race qui prônent la soumission aux Lhasinus.

— Il a raison, fit Petri, très pâle, mais plus calme que son compagnon. Les Lhasinus sont nos pires ennemis, mais nous les combattrons à la loyale. Par contre les Loaristes ne sont que vermine. Par l'espace, je préférerais me mettre à la merci de ce tyran, qu'est le vice-roi lui-même plutôt que d'avoir à faire avec ces étudiants arrogants qui ne vivent que dans le passé, vantent la gloire passée de la planète Terre et mettent en évidence son actuelle décadence.

— Ton jugement est à la fois hâtif et trop sévère, fit Tymball avec une ombre de sourire. J'ai déjà traité avec le chef des Loaristes. Non, non, fit-il en apaisant de la main les deux hommes qui poussaient des exclamations indignées, j'ai agi dans le plus grand secret. La preuve c'est que vous-mêmes en ignoriez tout. Et comme vous pouvez le constater, Kane ne m'a pas trahi. Mes tractations ont échoué, mais j'en ai néanmoins tiré quelque chose. Écoutez-moi bien !

Petri et Willums se rapprochèrent de Tymball qui reprit d'un ton assuré :

— La première expédition galactique des Lhasinus prit fin, il y a deux mille ans, dès qu'ils eurent conquis la Terre. Depuis, ils ne se sont plus livrés à de nouvelles attaques, et dans la galaxie, les planètes indépendantes habitées par des humains ne demandent qu'une chose, le maintien du *statu quo*. Les humains sont trop divisés entre eux pour souhaiter que reprennent les hostilités. Quant au Loarisme lui-même en tant que secte, il ne vise qu'un seul but, ne pas se laisser détrôner par une nouvelle forme de pensée. Peu lui importe que Lhasinus ou humains règnent sur la planète Terre aussi longtemps que le Loarisme se perpétue. En fait, de ce point de vue, nous autres les nationalistes représentons peut-être pour eux un plus grand danger que les Lhasinus.

— Ça, vous pouvez le dire, fit Willums en ricanant.

— Étant donné la situation, il est donc tout naturel que le Loarisme joue le rôle de pacificateur. Cependant, s'ils y trouvaient leur intérêt, les Loaristes n'hésiteraient pas une seconde à se joindre à nous. Et ce document, ajouta-t-il en le frappant de la main, les convaincra qu'il est de leur intérêt même de s'allier à nous.

Comme les deux hommes se taisaient, Tymball reprit :

— Nous disposons de peu de temps. Pas plus de trois ans, peut-être, ou même de deux. Et vous savez combien sont minces les chances de réussite d'un soulèvement aujourd'hui.

— Nous aurions le dessus, fit Petri avec hargne, si nous n'avions à faire qu'aux Lhasinus qui sont sur la planète Terre.

— En effet. Mais n'oubliez pas qu'ils peuvent appeler Véga à leur aide, alors que nous ne pouvons compter sur personne. Pas plus qu'elles ne l'ont fait il y a cinq cents ans, aucune des planètes peuplées d'humains ne voleraient à notre secours. Et c'est pourquoi il nous faut absolument nous assurer le soutien des Loaristes.

— Et qu'ont fait les Loaristes, il y a cinq cents ans, au cours de la Sanglante Révolte ? demanda Willums d'un ton haineux. Ils nous ont abandonnés et n'ont pensé qu'à une chose, sauver leur peau.

— Notre situation actuelle ne nous permet pas d'entretenir de telles rancunes, fit observer Tymball. Ce qu'il nous faut, dans l'immédiat, c'est obtenir leur soutien… et quand tout sera fini, nous leur réglerons leur compte.

— New York dans un quart d'heure, fit Willums se remettant aux commandes. Tout ça ne me plaît guère. Ces sacrés Loaristes sont capables de tout. Leurs crânes desséchés ne savent concevoir que trahison et bassesse.

— Ils n'en représentent pas moins l'unique élément capable de refaire l'unité parmi les humains. Tout faibles et désarmés qu'ils soient, ils n'en incarnent pas moins l'unique espoir de la planète Terre.

Ils plongeaient maintenant dans l'atmosphère plus lourde et les sifflements de l'air se faisaient de plus en plus aigus. Comme ils traversaient une épaisse et grise couche de nuages, Willums mit à feu les fusées-freins. Et bientôt surgit à l'horizon le vaste halo diffus de la ville de New York.

— Assurez-vous, avant de les soumettre à l'inspection des Lhasinus, que tous nos papiers sont en ordre, et ayez soin de dissimuler le document. D'ailleurs, ils ne nous fouilleront pas.

Paul Kane le Loara se renversa dans son fauteuil richement décoré. De ses doigts effilés il jouait avec le presse-papier d'ivoire posé sur son bureau. Il évitait soigneusement de rencontrer le regard du petit homme ventru installé devant lui et il prit, pour lui parler, un ton emphatique.

— Je ne puis me riquer à vous couvrir plus longtemps, Tymball, dit-il. Je l'ai fait jusqu'à présent en raison de notre commune appartenance à l'humanité, mais…

— Mais ? répéta vivement Tymball.

— Depuis un an les Lhasinus se montrent de plus en plus arrogants, dit Kane en continuant de jouer avec son presse-papier. Et levant brusquement les yeux : Je ne suis pas complètement libre et je ne jouis pas d'autant d'influence et de pouvoir que vous semblez le croire.

Il baissa de nouveau les yeux et reprit d'un ton troublé :

— Les Lhasinus se doutent de quelque chose. Ils commencent à avoir vent des agissements d'une conspiration clandestine et nous ne pouvons nous permettre d'y être mêlés.

— Je le sais. Et vous êtes parfaitement capables, si la nécessité s'en fait sentir, de nous sacrifier, comme vos prédécesseurs avaient sacrifié des patriotes il y a cinq siècles. Une fois de plus les Loaristes rempliront leur « noble » rôle.

— À quoi bon vos soulèvements ? demanda Kane d'un air excédé. Les Lhasinus sont-ils donc plus terribles que l'oligarchie d'humains qui règnent sur Santanni, ou le dictateur qui fait la loi à Trantor ? Les Lhasinus, s'ils ne sont pas des humains, sont néanmoins intelligents. Et les Loaristes se doivent de vivre en paix avec leurs dirigeants.

Tymball sourit. Il n'y avait pas trace de gaieté dans son sourire, mais bien plutôt de l'ironie. Puis il tira de sa manche un petit carton.

— Vous le croyez vraiment ? Eh bien, lisez ceci. C'est une photocopie en réduction de… non, n'y touchez pas… lisez-le, je le tiens, et…

La fin de sa phrase fut couverte par le cri d'horreur que poussa Kane. Son visage se convulsa et il essaya désespérément de s'emparer de la photocopie que lui montrait de loin Tymball.

— D'où tenez-vous ce document ? fi-il d'une voix étranglée que lui-même ne reconnut pas.

— Que vous importe ? Il est en ma possession, et cela seul compte. Il a coûté la vie à un brave et la perte d'un vaisseau de la flotte de Son Éminence reptilienne. Je pense que vous ne mettez pas un instant en doute l'authenticité de ce document.

— Non… non ! fit Kane en portant à son front une main tremblante. C'est bien la signature et le sceau de l'empereur. Il n'y a pas à s'y méprendre.

— Comme vous le voyez, Excellence — et Tymball appuya avec ironie sur ce titre — une nouvelle expédition galactique n'est plus qu'une question de deux ans… ou disons, trois. La première étape de cette expédition s'effectuera au cours de cette année, et si le document que vous voyez là est adressé au vice-roi, c'est qu'il concerne justement cette première étape. Et Tymball prononça ces derniers mots d'une voix à la fois doucereuse et venimeuse.

— Laissez-moi réfléchir un moment. Laissez-moi réfléchir, fit Kane en se laissant tomber dans son fauteuil.

— Est-ce bien nécessaire ! s'écria Tymball, impitoyable. Ce n'est en somme que l'accomplissement de la prédiction que je vous ai faite il y a six mois et dont vous avez refusé de tenir compte. La Terre, en tant que planète habitée par des humains, doit être détruite ; sa population dispersée par groupes dans la partie lhasinu de la galaxie ; toute trace d'occupation humaine effacée à jamais.

— Mais la Terre ! La Terre, ce berceau de la race humaine ! Elle qui a donné naissance à notre civilisation !

— Exactement. Le Loarisme se meurt et la destruction de la Terre marquera sa fin. Une fois le Loarisme disparu, l'ultime élément unificateur disparaîtra à son tour, et les planètes habitées par des humains, invicibles lorsqu'elles sont unies, seront balayées les unes après les autres, au cours de la seconde expédition galactique. À moins…

— Je sais ce que vous allez dire, fit Kane d'une voix blanche.

— Rien de plus que ce que je viens de vous dire. L'humanité doit s'unir et ne peut le faire que par l'entremise du Loarisme. Il faut à cette secte une cause pour laquelle combattre, et quelle meilleure cause que la libération de la Terre ? Moi, j'allumerai l'étincelle sur Terre, et vous, vous transformerez la partie humaine de la galaxie en un baril de poudre.

— En somme, ce que vous voulez, c'est la guerre totale, une croisade à l'échelle galactique, fit Kane d'une voix étouffée, et cependant vous savez aussi bien que moi que depuis des millénaires une guerre totale est devenue impossible. Et avec un rire amer :

Vous doutez-vous de la faiblesse du Loarisme aujourd'hui ?

— Il n'existe pas de parti si faible qu'il ne puisse être renforcé. Même si le Loarisme s'est affaibli depuis l'époque brillante de la première expédition galactique, vous n'en disposez pas moins d'une solide organisation et d'une forte discipline. Vous représentez ce qu'il y a de mieux dans la galaxie. Quant à vos dirigeants, ce sont dans l'ensemble, je dois le reconnaître, des hommes capables. Or un groupe homogène d'hommes capables, s'ils s'y attellent, peuvent accomplir des miracles. Et ils doivent s'y atteler, car ils n'ont plus le choix.

— Laissez-moi, fit Kane, d'une voix brisée. Je ne peux rien décider. Il me faut réfléchir…

Il laissa tomber la voix, et du doigt, montra la porte.

— À quoi sert de réfléchir ! s'exclama Tymball avec irritation. C'est d'actes que nous avons besoin ! et sur ce il se retira.

Kane passa une nuit terrible. Son visage était blême, ses traits tirés, ses yeux creux et fiévreux. Cependant, ce fut d'une voix forte et ferme qu'il déclara :

— Nous sommes vos alliés, Tymball.

Tymball esquissa un sourire, prit la main tendue de Kane, la laissa presque aussitôt retomber, et dit :

— Par nécessité, Excellence. Uniquement par nécessité. Mais je ne suis pas votre ami.

— Ni moi le vôtre. Cependant nous allons unir nos efforts. J'ai déjà lancé des ordres et mon Conseil central les ratifiera. De ce côté, au moins, je ne prévois pas de difficultés.

— Dans combien de temps puis-je espérer un résultat ?

— C'est difficile à dire. Le Loarisme dispose encore de moyens de propagande. Certains nous obéiront par respect ; d'autres, par crainte, et d'autres encore sous l'effet de la propagande. Tout cela est bien incertain. L'humanité est en sommeil, tout comme le Loarisme. Le peuple n'éprouve pas de haine envers les Lhasinus et c'est un sentiment qu'il faudra éveiller en eux.

— Rien de plus aisé que d'attiser la haine dans le cœur des hommes, fit Tymball dont le rond visage prit soudain une expression dure. Faire appel aux sentiments ! Manier adroitement la propagande ! Se montrer opportuniste sans le moindre scrupule ! Même affaiblie, la secte loariste est riche. On peut corrompre les masses à l'aide de paroles, mais quand on s'adresse aux dirigeants, aux gens haut placés, il faut y ajouter un peu d'un certain métal jaune.

— Vous ne m'apprenez rien, fit Kane avec un geste désabusé de la main. Les humains usèrent de ces agissements déshonorants dès le début de leur histoire qui se perd dans la nuit des temps. Seule notre pauvre planète Terre était habitée par des humains qui, même alors, se divisèrent et se dressèrent les uns contre les autres. Et poussant un amer soupir : Allons-nous vraiment revenir aux mœurs de cette ère barbare ?

— Avez-vous autre chose à me proposer ? demanda cyniquement Tymball en haussant les épaules.

— Même ainsi, en employant les pires moyens, nous risquons d'échouer.

— Pas si nos plans sont bien exécutés.

Paul Kane le Loara se leva d'un bond, et serrant les poings, s'exclama :

— Insensé ! Vous et vos plans ! Vos plans subtils, secrets, tortueux ! Vous confondez conspiration et rébellion, et rébellion avec victoire. Que pouvez-vous faire ? Inciter le peuple à la révolte, le fouailler, mais non prendre la tête d'une véritable rébellion. Moi je peux l'organiser, la préparer, mais moi non plus je ne peux me mettre à sa tête.

— Mais une préparation… une parfaite préparation, objecta Tymball.

— Ne sert à rien, croyez-moi. Vous pouvez disposer de tous les ingrédients chimiques nécessaires, créer les conditions nécessaires et cependant ne pas obtenir de réaction. En psychologie — et tout spécialement quand il s'agit de la psychologie des foules, tout comme en chimie, il faut un catalyseur.

— Au nom de l'espace, que voulez-vous dire par là ?

— Pouvez-vous créer de toutes pièce une rébellion ? s'écria Kane. Une croisade fait appel aux sentiments. Or les sentiments, pouvez-vous les contrôler ? Vous, en votre qualité de conspirateur, ne pouvez paraître au grand jour ni lutter ouvertement. Quant à moi, je suis trop vieux et j'ai toujours prêché la paix. Alors qui sera le chef de cette rébellion, le catalyseur psychologique qui, s'emparant de cette argile informe qu'est la masse, lui insufflera la vie ?

— Défaitiste… Déjà !… fit Russell Tymball en serrant les mâchoires.

— Non, réaliste ! aboya Kane.

Un silence lourd de colère plana, puis Tymball, pivotant sur ses talons, sortit de la pièce.

L'horloge du bord sonna minuit et les festivités atteignirent leur comble. Le grand salon du super-vaisseau spatial, le *Flaming Nova*, était empli d'une foule bruissante, tourbillonnante. Les rires fusaient et la gaieté se faisait de plus en plus vive.

— Cela me rappelle ces sacrées soirées sur Lacto où ma femme me traînait bien contre mon gré, grommela Sammel Maronni à l'adresse de son compagnon. J'espérais bien, quand nous voguerions dans l'hyper-espace, échapper à ce genre de divertissement, mais hélas il n'en est rien.

Poussant un soupir excédé, il regarda autour de lui d'un air désapprobateur.

Maronni, vêtu à la dernière mode, de sa tête enturbannée de violet à ses pieds chaussés de sandales bleu pâle, paraissait gêné aux entournures. En effet, sa tunique d'un rouge éclatant était visiblement trop étroite pour sa corpulence, et la manière dont il tirait de temps à autre sur sa large ceinture montrait qu'il en était conscient.

Son compagnon, plus grand et plus mince que lui, portait un uniforme admirablement coupé, d'un blanc immaculé, avec l'aisance que donne une longue habitude, et son allure imposante contrastait de façon frappante avec la tenue légèrement ridicule de Sammel Maronni.

— Par Dieu, Drake, s'exclama l'exportateur lactonien péniblement conscient du fait, vous avez de la chance d'occuper un tel poste ! Vous êtes vêtu comme un prince et votre seule et unique occupation consiste à vous montrer aimable et empressé. Combien vous paie-t-on pour faire ça ?

— De loin pas assez, fit le capitaine Drake en haussant un sourcil grisonnant et en lançant un regard ironique au Lactonien. Je voudrais vous voir à ma place pendant une semaine ou deux… Vous ne tarderiez pas à déchanter. Si vous imaginez que faire le joli cœur auprès de grosses douairières et d'une bande de snobs qui n'ont rien dans la tête est une sinécure, vous vous trompez grandement. Il grommela entre ses dents, s'inclina devant une vieille haridelle endiamantée et attendit qu'elle se soit éloignée, pour ajouter : Par le diable, c'est ainsi que me sont venus mes cheveux gris et mon front ridé !

Maronni prit dans la sacoche accrochée à sa ceinture un long cigare, un Karen, l'alluma avec volupté, souffla au visage du capitaine une bouffée de fumée vert pomme et dit en souriant d'un air moqueur :

— Je n'ai encore jamais rencontré un homme qui se déclare satisfait du poste qu'il occupe, et pourtant, vieux fumiste, vous n'avez pas lieu de vous plaindre. Ah ! mon Dieu, si je ne me trompe, voici la belle Ylen Surat qui fonce sur nous.

— Par les démons roses de Sirius, je n'ose même pas me retourner. Vient-elle vraiment dans notre direction, cette vieille bique ?

— Sans aucun doute… mais de quoi vous plaignez-vous, veinard ? C'est une des femmes les plus riches de Santanni, et par-dessus le marché elle est veuve. Décidément, le prestige de l'uniforme… Et dire que je suis marié !

— Si seulement un lustre pouvait lui tomber sur la tête, dit le capitaine Drake en faisant la grimace.

Là-dessus, il se retourna, prit un air absolument ravi et s'exclama :

— Oh ! madame Surat, je n'osais pas espérer avoir le bonheur de m'entretenir avec vous ce soir !

Ylen Surat, qui avait de beaucoup dépassé la soixantaine, se mit à minauder et dit, faisant la coquette :

— Taisez-vous, flatteur, sinon vous allez me faire oublier les reproches que j'ai à vous adresser.

— Rien de grave, j'espère, fit Drake sentant le cœur lui manquer, car il savait les ennuis que pouvait lui causer cette vieille femme avec ses plaintes.

— Rien de grave ! Vous voulez rire. Je viens d'apprendre que dans un peu plus de quarante-huit heures nous allons débarquer sur la planète Terre. C'est bien ainsi qu'elle s'appelle, non ?

— Exactement, répondit le capitaine Drake, un peu rassuré, car il s'attendait à pis.

— Mais cette escale n'était pas prévue dans notre itinéraire.

— Non, en effet, mais c'est si peu de chose. Nous en repartirons une dizaine d'heures après y avoir atterri.

— C'est inadmissible ! Cela me retardera d'un jour. Or il faut absolument que je sois à Santanni dans la semaine, et pour moi chaque jour compte. C'est d'ailleurs la première fois que j'entends parler de la Terre. Mon guide, fit-elle sortant de son réticule un petit volume relié en cuir qu'elle feuilleta rapidement, ne mentionne même pas cette planète. Je suis persuadée qu'aucun de vos passagers ne souhaite y faire escale. Si vous persistez à nous faire perdre inutilement notre temps, j'en référerai au président de la compagnie. Ai-je besoin de vous rappeler que je jouis, en haut lieu, d'une certaine influence ?

Le capitaine Drake étouffa un soupir. Ce n'était pas la première fois qu'Ylen Surat faisait allusion à l'influence dont elle jouissait.

— Chère Madame, lui assura-t-il, vous avez raison, entièrement raison, parfaitement raison... mais qu'y puis-je ? Tous les vaisseaux de ligne des compagnies Sirius, Alpha Centauri et 61 Cygni doivent faire escale sur la planète Terre. C'est une convention interstellaire et le président de ces compagnies lui-même, pour sensible qu'il soit à vos arguments, ne pourra rien y changer.

— De plus, fit Maronni qui jugeait le moment venu d'intervenir pour porter secours au malheureux Drake, nous avons je crois deux passagers qui ont la Terre pour destination.

— C'est parfaitement exact, je l'avais oublié, fit le capitaine Drake dont le visage s'illumina. Nous avons donc une raison très précise de faire cette escale.

— Deux passagers sur plus de quinze cents ! Et vous appelez ça une raison précise ?

— Vous êtes injuste, fit Maronni d'un ton dégagé. Après tout la Terre est le berceau de l'humanité. Je ne vous apprends rien, je suppose ?

— Vraiment ? fit Ylen Surat en écarquillant ses yeux bordés de faux cils. Et d'un air suprêmement dédaigneux : cela se passait il y a des milliers et des milliers d'années. Alors ça n'a plus aucune espèce d'intérêt.

— Cela en a pour les Loaristes et les deux passagers qui y débarqueront sont des Loaristes.

— Voulez-vous insinuer, fit la veuve d'un ton sarcastique, qu'il existe encore, en cette ère de lumière, des gens qui perdent leur temps à étudier cette très ancienne culture ? Car c'est bien de cela qu'il s'agit, non ?

— C'est en tout cas le principal sujet de conversation de Filip Sanat, fit Maronni en souriant. Ainsi il m'a fait, il y a quelques jours, une véritable conférence sur la question, fort intéressante, d'ailleurs. Voilà un homme qui ne parle pas pour ne rien dire. Et hochant la tête : quel homme intelligent, ce Filip Sanat ! Il pourrait aussi bien être un savant qu'un homme d'affaires.

— Quand on parle du loup... fit le capitaine en désignant du menton un passager qui venait de surgir.

— Par exemple ! s'exclama Maronni. C'est bien lui ! Mais par l'espace, que vient-il faire ici ?

L'apparition de Filip Sanat, qui se tenait sur le seuil de la porte, avait en effet quelque chose d'incongru. Sa longue tunique violette — la tenue classique des Loaristes — détonnait dans ce brillant décor et cette joyeuse assemblée. Il adressa à Maronni un regard grave et le salua de la main.

Des danseurs intrigués s'écartèrent devant lui et le suivirent des yeux bien après qu'il se fut éloigné, soulevant sur son passage murmures et rumeurs. Mais Filip Sanat ne sembla même pas s'en apercevoir. Les yeux fixés devant lui, le visage impassible, il s'approcha du capitaine Drake, de Sammel Maronni et d'Ylen Surat.

Filip Sanat salua chaleureusement les deux hommes, puis, après lui avoir été présenté, s'inclina cérémonieusement devant la veuve qui le toisa avec surprise et dédain.

— Je m'excuse de vous déranger, capitaine Drake, dit-il à voix basse, mais je voudrais savoir dans combien de temps nous quittons l'hyper-espace.

— Dans une heure au maximum, fit le capitaine consultant son épais chronomètre de poche.

— Et nous serons à ce moment-là ?...

— Hors de l'orbite de la planète IX.

— C'est-à-dire de Pluton ? Donc, en rentrant dans l'espace normal, nous verrons apparaître Sol ?

— Oui, à condition de nous tourner dans la bonne direction, c'est-à-dire vers la proue du vaisseau.

— Je vous remercie, fit Filip Sanat qui déjà allait s'éloigner, mais Maronni le retint.

— Restez un instant avec nous, Filip. Vous n'allez pas nous quitter ainsi. Je suis persuadé que Mme Surat meurt d'envie de vous poser quelques questions. Elle témoigne d'un très vif intérêt pour le Loarisme, ajouta le Lactonien, les yeux brillants de malice.

Filip Sanat se tourna poliment vers la veuve, qui d'abord décontenancée, resta bouche bée, puis se ressaisit et demanda :

— Dites-moi, jeune homme, existe-t-il vraiment encore des gens comme vous ?... Je veux dire des Loaristes.

Filip Sanat sursauta, considéra avec insolence son interlocutrice, et ne se laissa pas démonter pour autant. Il dit avec calme, en détachant chaque syllabe :

— Il existe encore, en effet, des gens qui s'efforcent de perpétuer la culture et la conception de vie de cette très ancienne planète qu'est la Terre.

— Jusqu'à adopter la culture de ses maîtres, les Lhasinus ? fit le capitaine Drake, ne pouvant résister au plaisir de faire de l'ironie.

— Dois-je comprendre, s'écria Ylen Surat, que la Terre est sous la domination des Lhasinus ? Serait-ce possible ? et sa voix se fit suraiguë.

— C'est non seulement possible, mais certain, fit le capitaine qui déjà regrettait d'avoir soulevé ce lièvre. Vous ne le saviez pas ?

— Capitaine, fit la riche veuve qui frisait l'hystérie. Il ne vous faut en aucun cas débarquer sur Terre. Si vous passez outre à ma demande, je vous causerai des ennuis. Et quels ennuis ! Je me refuse à me trouver aux prises avec des hordes d'horribles Lhasinus… ces êtres reptiliens venus de Véga.

— Vous n'avez rien à craindre, Madame, fit froidement Filip Sanat. La Terre est en grande partie peuplée par des humains. Leurs maîtres, les Lhasinus, ne représentent que le un pour cent de la population.

— Oh !… Elle se tut un moment, puis reprit, l'air vexé : Je me refuse à croire que la planète Terre ait une telle importance puisqu'elle n'est même pas gouvernée par des humains. Et le Loarisme ! Je vous demande un peu ! Tout cela n'est que perte de temps !

Le visage de Sanat s'empourpra. Il sembla d'abord incapable de parler, puis il dit enfin d'un ton indigné :

— Vous portez là un jugement bien superficiel. Le fait que les Lhasinus règnent sur Terre n'a rien à voir avec le problème fondamental du Loarisme qui…

Et pivotant sur ses talons, il s'en alla.

Sammel Maronni, le regardant s'éloigner, poussa un long soupir puis dit :

— Vous l'avez blessé au vif, madame Surat. Je n'ai jamais vu ce garçon se dérober devant une discussion ou une mise au point.

— Il est plutôt beau garçon, fit observer le capitaine Drake.

— Et comment ! fit Maronni, ravi. Nous sommes originaires de la même planète, lui et moi. Et tout comme moi, c'est un typique Lactonien.

— Pour l'amour du ciel, parlons d'autre chose, fit la veuve, irritée. Ce garçon semble avoir jeté une ombre sur ce grand salon. Pourquoi donc les Loaristes portent-ils ces sinistres tuniques violettes ? Elles n'ont aucune allure !

Le Loara Broos Porin leva les yeux en voyant entrer son jeune disciple.

— Alors ?

— Dans moins de trois quarts d'heure, Loara Broos.

Se laissant tomber dans un fauteuil, Sanat appuya son visage fiévreux et tourmenté sur la paume de sa main.

— Tu t'es de nouveau disputé avec Sammel Maronni, Filip, fit Porin en lui souriant affectueusement.

— Non, pas exactement. Puis se redressant vivement : mais à quoi bon lutter, Loara Broos. Là-haut, sur le pont supérieur, des centaines d'humains frivoles, insouciants, richement vêtus, rient, s'amusent ;

et là-bas se trouve la planète Terre, méprisée de tous. Parmi tous les passagers, seuls vous et moi y débarquerons pour essayer de revivre le passé. Évitant le regard de son aîné, il ajouta avec amertume : Il fut un temps où des milliers d'humains venus de tous les coins de la galaxie, débarquaient quotidiennement sur Terre. La grande période du Loarisme est bien finie.

Le Loara Broos éclata de rire. Jamais on n'aurait cru qu'un rire aussi plein pouvait sortir d'un torse aussi maigre.

— C'est au moins la centième fois que tu me dis ça. Grand fou ! Le jour viendra où la Terre retrouvera sa raison d'être, son prestige. Les gens y afflueront, par milliers, par millions.

— Non ! Tout cela est fini, terminé !

— Allons donc ! Les oiseaux de malheur, ces tristes prophètes, n'ont cessé de le proclamer au cours des siècles. Il leur reste à prouver qu'ils avaient raison.

— Ils y parviendront maintenant, fit Sanat dont les yeux lançaient des éclairs. Et savez-vous pourquoi ? Parce que la Terre est profanée par les conquérants reptiliens. Une femme vient de me dire — une femme sotte et vaine, aux idées étroites — « Comment la Terre pourrait-elle avoir une telle importance alors qu'elle n'est même pas gouvernée par des humains ? » Elle n'a fait qu'exprimer ce que pensent inconsciemment des milliards d'êtres et je n'ai su que lui répondre.

— Et quelle solution envisagerais-tu, Filip ? Y as-tu pensé ?

— Les chasser de la Terre ! Faire qu'elle redevienne à nouveau une planète gouvernée par des humains ! Nous les avons combattus il y a deux mille ans, au cours de la première expédition galactique, et nous les avons arrêtés au moment où ils semblaient sur le point de s'emparer de la galaxie tout entière. Pourquoi ne pas organiser nous-mêmes une seconde expédition et les renvoyer sur Véga ?

— Jeune exalté ! fit Porin en soupirant et en secouant la tête. Il n'existe pas un seul jeune Loariste qui ne prenne feu en imaginant une telle expédition. Ça te passera. Crois-moi, ça te passera. Vois-tu, mon garçon, reprit le Loara Broos en se levant et en le prenant par les épaules, les hommes et les Lhasinus sont également doués d'intelligence. Ce sont même les deux seules races intelligentes de la galaxie. Ils sont frères par l'âme et l'esprit. Chasse de ton cœur toute haine envers eux. La haine est bien le pire des sentiments que l'on puisse éprouver. Cherche au contraire à les comprendre.

Filip Sanat, les yeux fixés sur le sol, l'air buté, semblait fermé aux paroles de son maître qui fit entendre un petit claquement de langue réprobateur.

— Quand tu seras plus âgé, tu comprendras ce que je viens de te dire. Pour le moment oublie tout cela, Filip. Et dis-toi bien que le désir de tout véritable Loariste est sur le point de devenir pour toi réalité. Dans deux jours nous débarquerons sur la Terre et tes pieds fouleront son sol. Cela ne suffit-il pas à te rendre heureux ? Réfléchis ! Quand tu en repartiras tu seras investi du titre de « Loara ». Tu seras un de ceux qui se sont rendus sur Terre. On accrochera sur ton épaule le soleil d'or, et la main de Porin se posa sur l'étincelant disque d'or fixé sur sa propre tunique, témoin muet de ses trois précédents débarquements sur Terre.

— Filip Sanat, le Loara, dit rêveusement Sanat, les yeux brillants. Le Loara Filip Sanat. Ça sonne bien, hein ? Et c'est pour très bientôt.

— Bon, te voilà calmé. Mais suis-moi. Dans quelques instants nous allons quitter l'hyper-espace et nous pourrons voir le Soleil.

Déjà, tandis qu'il parlait, l'épais et étouffant manteau de l'hyper-espace qui collait si étroitement aux flancs du *Flaming Nova* offrait les subtiles modifications annonçant la prochaine entrée du vaisseau dans l'espace normal. Les ténèbres commencèrent de se dissiper et des cercles concentriques, de toutes les nuances de gris, défilèrent devant le hublot à une vitesse toujours grandissante. C'était là une extraordinaire et merveilleuse illusion d'optique que la science n'était pas encore parvenue à expliquer.

Porin éteignit les lumières de la cabine et les deux hommes, enveloppés d'obscurité, observèrent les vagues faiblement phosphorescentes qui se succédaient tandis que le vaisseau fonçait dans la brume. Puis avec une surprenante et silencieuse soudaineté, l'hyper-espace sembla se déchirer pour faire place à une orgie de couleurs. Enfin le calme revint, et dans la voûte céleste de l'espace normal on put voir scintiller les étoiles.

C'est alors que dans l'angle supérieur du hublot parut la plus brillante de toutes, dont la lumineuse flamme d'or éclaira le visage des deux hommes, les transformant en masques de cire. Le Soleil !

Cet astre, qui pour l'homme est source de toute vie, était si distant encore qu'on en distinguait mal le disque, mais il brillait néanmoins d'un éclat sans pareil. Baignés de sa chaude lumière, les deux hommes restèrent plongés dans de paisibles pensées et Filip Sanat retrouva enfin son calme.

Deux jours plus tard, le *Flaming Nova* se posait sur Terre.

Filip Sanat oublia la merveilleuse excitation qui s'était emparée de lui au moment où ses sandales étaient entrées en contact avec le sol ferme et verdoyant de la Terre lorsqu'il aperçut pour la première fois un fonctionnaire lhasinu.

Ces Lhasinus avaient l'aspect d'humains, ou tout au moins d'humanoïdes.

Au premier abord les caractères humains dominaient tous les autres. Dans ses lignes essentielles leur corps différait peu de celui des hommes. Tout comme eux, ils avaient quatre membres et se tenaient debout. Leurs bras et leurs jambes, bien proportionnés, leur cou bien dégagé contribuaient à donner cette impression. Ce n'est qu'au bout de quelques minutes qu'apparaissaient les petits détails qui différenciaient ces deux races.

Ainsi leur tête était couverte d'écailles, et leur colonne vertébrale était plus saillante. Quant au visage, plat, large, au nez couvert de fines écailles, aux yeux dépourvus de paupières, peu agréable à voir, il n'avait cependant rien d'animal. Ils étaient simplement et légèrement vêtus et leur langue sonnait harmonieusement à l'oreille. Enfin, plus important que tout, leurs lumineux yeux noirs brillaient d'intelligence.

Porin nota avec plaisir la surprise qu'éprouva Sanat dès son premier regard sur un Vegan reptilien.

— Comme tu le vois, lui dit-il, ils n'ont rien de monstrueux. Alors pourquoi les humains et les Lhasinus devraient-ils se haïr ?

Sanat ne répondit rien. Son vieux maître avait incontestablement raison. Il avait si longtemps attaché au mot « Lhasinu », l'épithète de « répugnant » et de « monstrueux » que contre toute logique et toute raison il s'attendait inconsciemment à voir de véritables monstres.

Et cependant, en dépit de tout raisonnement, il éprouva à nouveau une haine atavique qui se mua en fureur lorsqu'un fonctionnaire arrogant, un Lhasinu parlant un anglais parfait, leur fit subir une véritable inspection.

Le lendemain matin, les deux hommes partirent pour New York, la ville la plus importante de la planète. Parcourant les lieux historiques de cette métropole incroyablement ancienne, Sanat oublia pendant toute une journée ce qui se tramait dans la galaxie. Et ce fut pour lui un moment émouvant que celui où il arriva au pied d'un immense édifice surmonté d'une tour et qu'il se dit : « Voici le Mémorial ».

Le Mémorial, l'édifice le plus imposant de la planète Terre, était dédié à cette planète, berceau de la race humaine, et parce que c'était mercredi, — la tradition voulait que ce jour-là deux hommes « gardent la flamme », deux hommes seuls veillant sur cette colonne de feu aux reflets d'or qui symbolisait le courage et l'esprit d'invention de l'homme — Porin s'était arrangé pour que Sanat et lui fussent désignés, en leur qualité de Loaristes fraîchement débarqués, pour remplir ce jour-là cet office.

Et c'est ainsi que, dans le crépuscule, les deux hommes se trouvaient seuls dans la vaste salle de la flamme du Mémorial. Dans cette pénombre qu'éclairait seule la flamme dansante, ils sentirent une paix profonde descendre sur eux.

Il y avait en effet, dans ce lieu consacré, une sorte d'aura étrangement apaisante. Et les ombres mouvantes qui se projetaient sur les piliers des hautes colonnades qui s'étendaient sur toute la longueur de la vaste salle avaient comme un pouvoir hypnotique. Sanat tomba peu à peu dans une sorte de somnolence et ses yeux embrumés de sommeil fixèrent la flamme jusqu'à ce qu'elle devînt pour lui un être de lumière tissant auprès de lui une vague et silencieuse silhouette.

Mais il suffit parfois d'un bruit imperceptible pour vous arracher à votre rêverie, spécialement lorsque ce bruit vient rompre un profond silence. Sanat se redressa vivement, saisit Porin par le bras et chuchota :

— Écoutez !

Porin, brusquement arraché à un paisible rêve éveillé, regarda avec inquiétude son jeune compagnon, puis sans dire mot tendit l'oreille. Le silence, plus profond que jamais, pesait sur eux comme une chape. Puis dans le lointain se fit entendre l'imperceptible frottement de pieds sur le sol de marbre. Il fut suivi de chuchotements à peine audibles, puis le silence retomba.

— Qui s'est introduit ici ? demanda-t-il, stupéfait, à Sanat qui déjà s'était levé.

— Sûrement des Lhasinus, grommela Filip dont le visage exprimait la haine et l'indignation.

— Impossible ! fit Porin qui s'efforçait de parler calmement, mais ne pouvait s'empêcher de trembler. Cela ne s'est jamais vu. Nous sommes certainement victimes de notre imagination. Ce grand silence a mis nos nerfs à vif, et voilà tout. Ou peut-être est-ce quelque vigile du Mémorial qui fait sa tournée.

— Après le coucher du soleil, et un mercredi ! fit Sanat d'une voix stridente. Ce serait aussi illégal que l'entrée dans cet édifice d'un de ces reptiliens Lhasinus. Il est de mon devoir, en ma qualité de gardien de la flamme, d'aller m'en assurer.

Déjà il allait se diriger vers la porte qui formait un trou d'ombre, mais Porin le saisit par le poignet.

— N'en fais rien, Filip. Attendons le lever du soleil. On ne sait jamais ce qui peut arriver. En supposant même que des Lhasinus se soient introduits dans le Mémorial, que pourrais-tu faire ? Si tu...

Mais Sanat ne l'écoutait plus. Il se dégagea rageusement de l'étreinte de son aîné en disant :

— Ne bougez pas d'ici ! Il vous faut veiller sur la flamme. Je ne m'attarderai pas.

Il se trouvait déjà au centre du vaste hall dallé de marbre. Il s'approcha prudemment de la porte aux panneaux de verre donnant sur l'escalier en colimaçon qui montait, faiblement éclairé, jusqu'au sommet de la tour.

Retirant ses sandales, Sanat grava les marches, jetant de temps à autre un regard vers la haute flamme lumineuse et vers l'homme que l'on devinait tendu et nerveux qui veillait sur elle.

À la lueur d'une blancheur de perle de leur lampe Atomo les deux Lhasinus scrutaient les lieux.

— Quel endroit sinistre et désolé, fit Threg Ban Sola. Il fit cliqueter par trois fois la caméra qu'il portait fixée à son poignet et ajouta : Prends quelques-uns de ces bouquins, là, sur ce rayonnage. Ce sera une preuve de plus.

— Tu crois vraiment qu'on peut faire ça ? lui demanda Cor Wen Hasta. Ces singes humains s'apercevront peut-être qu'ils ont disparu.

— Et puis après ? dit froidement son compagnon. Qu'est-ce qu'ils peuvent nous faire ? Allez, viens t'asseoir ici. Puis lançant un bref regard à son chronomètre : Chaque minute que nous passons ici nous rapporte cinquante écus, alors tâchons de rester ici le plus longtemps possible pour en amasser le plus possible.

— Pirat For est un idiot. Comment a-t-il pu s'imaginer que nous ne tiendrions pas le pari ?

— Je crois, fit Ban Sola, qu'il a entendu parler de ce soldat qui a été mis en pièces, l'an passé, pour avoir pillé un musée européen. Ça n'a pas plu aux humains, et pourtant comme chacun le sait sur Véga, les Loaristes sont honteusement riches. Ces humains ont été punis, bien entendu mais le soldat était bel et bien mort. En tout cas, ce que Pirat For ignore c'est que le mercredi, le Mémorial est désert. Ça va lui coûter gros.

— Cinquante écus la minute. Et on est déjà là depuis sept minutes.

— Ce qui fait trois cent cinquante écus. Allez, viens t'asseoir ici. On va faire une partie de cartes pendant que notre fortune s'augmente.

Threg Ban Sola sortit de sa sacoche un vieux jeu de cartes qui, bien que typiquement lhasinus, portaient indubitablement la marque de leur origine humaine.

— Pose la lampe Atomo sur la table et moi je m'assiérai entre elle et la fenêtre, reprit-il d'un ton péremptoire tout en battant les cartes. Je suis prêt à parier que pas un Lhasinu n'a joué aux cartes dans une atmosphère pareille. Ça rend le jeu trois fois plus intéressant.

Cor Wen Hasta qui s'était assis se leva brusquement et dit, scrutant les ténèbres, au-delà de la porte entrebâillée :

— Tu n'entends rien ?

— Non fit Ban Sola, fronçant le sourcil, mais continuant de battre les cartes. Tu me parais bien nerveux.

— Moi ? Pas le moins du monde. Mais quand même s'*ils* nous tombaient sur le dos dans cette sacrée tour, on passerait un mauvais moment.

— C'est exclu. Ce sont ces ombres qui t'impressionnent, et il commença de donner les cartes.

— Ben moi je peux te dire une chose, fit Wen Hasta en examinant son jeu. Ça irait mal pour nous si le vice-roi avait vent de quelque chose. Il serait obligé de sévir contre des types comme nous qui nous permettons de porter atteinte aux privilèges des Loaristes. Sur Sirius où j'étais mobilisé avant d'être déplacé ici, cette racaille…

— Racaille ou pas, grommela Ban Sola, ils se reproduisent comme des mouches et se combattent comme des taureaux furieux. Regarde un peu les gueules qu'ils ont, ces humains, ajouta-t-il en lui montrant une des figures de son jeu. Regarde-les scientifiquement et impartialement. Qu'est-ce qu'ils sont ? Des mammifères et rien de plus ! Des mammifères, qui pensent, c'est vrai, mais des mammifères quand même. Un point c'est tout.

— D'accord. Tu t'es déjà rendu dans un de ces mondes d'humains ?

— Possible que j'y aille bientôt, fit Ban Sola en souriant.

— En permission ? dit Wen Hasta manifestant un étonnement mesuré.

— En permission ? Penses-tu ! Dans mon vaisseau, et avec des canons !

— Qu'est-ce que tu veux dire par-là ? fit Wen Hasta, l'œil brillant.

— Nous ne sommes pas censés le savoir, même nous autres officiers, fit Ben Sola prenant des airs mystérieux, mais tu sais comment ça se passe. Y a toujours des fuites.

— Oui, je sais.

Instinctivement, les deux Lhasinus avaient baissé la voix.

— Eh bien la seconde expédition pourrait se déclencher d'un moment à l'autre.

— Pas possible !

— Comme je te le dis ! Et c'est ici que tout commencera. Par Véga, on ne parle que de ça au palais du vice-roi. Certains officiers ont même engagé des paris sur la date exacte du déclenchement. J'ai misé moi-même cent écus à vingt contre un. Mais je n'ai indiqué que la semaine prochaine. On peut miser à cent cinquante contre un si on a le front d'indiquer le jour précis.

— Mais pourquoi est-ce que cela commencerait sur cette planète abandonnée même de la galaxie ?

— C'est une question de tactique du ministère de l'Intérieur, fit Ban Sola en se penchant en avant. Il nous faudra affronter un ennemi numériquement supérieur, mais profondément divisé. Si nous parvenons à entretenir ces divisions, nous les cueillerons un à un. Ces peuples d'humains préféreraient se trancher la gorge plutôt que de s'allier entre eux.

— Ça, faut bien dire que c'est une attitude caractéristique de ces mammifères, fit Hasta en ricanant. L'évolution ne devait pas savoir ce qu'elle faisait lorsqu'elle a doté ces singes d'un cerveau.

— N'oublie pas que la Terre a une signification toute spéciale. C'est le berceau des humains, et de ce fait le centre même du Loarisme. Un peu l'équivalent de notre propre système véguien.

— Sans blague ! Ça me paraît incroyable ! Cette petite planète de rien du tout !

— En tout cas, c'est ce qu'on raconte. J'y étais pas moi, à l'époque, alors je n'affirme rien. Quoi qu'il en soit, détruire la Terre, ce sera détruire le Loarisme qui a ses racines ici. D'après les historiens ce serait le Loarisme qui aurait uni les mondes contre nous à la fin de la première expédition. Si nous anéantissons le Loarisme nous n'aurons plus à craindre que nos ennemis s'unissent, et nous n'aurons plus qu'à cueillir la victoire.

— C'est rudement bien raisonné ! Mais comment on va s'y prendre pour y arriver ?

— Il paraîtrait qu'on projette de parquer tous les humains qui restent encore sur la planète Terre, puis de les disperser ensuite sur les planètes qui sont sous notre domination. Il ne restera alors plus qu'à effacer de la Terre jusqu'au dernier vestige des mammifères. Elle deviendra ainsi un monde totalement lhasinu.

— Et c'est pour quand, tout ça ?

— On n'en sait rien. C'est bien pour ça que les paris sont ouverts. Mais personne n'a parié sur une période dépassant deux ans.

— Vive Véga ! Je suis prêt à parier à deux contre un que je serai avant toi aux commandes d'un croiseur de la flotte des humains, le moment venu, bien entendu.

— Tope là ! s'écria Ban Sola. Je suis bon pour cinquante écus.

Ils se levèrent, heurtèrent leurs poings en signe d'accord, selon la tradition, puis Wen Hasta consulta son chronomètre et dit en gloussant de plaisir :

— Si nous restons encore une minute, nous empocherons mille écus. Pauvre Pirat For ! Il va la sentir passer ! Et maintenant, on s'en va. Ce serait pas chic de notre part de lui en faire cracher plus.

Riant sous cape, les deux Lhasinus s'engagèrent dans l'escalier, leurs longs manteaux balayant les marches. Ils ne remarquèrent pas la tache d'ombre un peu plus opaque contre le mur, en haut de l'escalier, et pourtant ils la frôlèrent presque en la dépassent, pas plus qu'ils ne sentirent peser sur eux le regard brûlant qui les accompagna tout au long de leur silencieuse descente.

Le Loara Broos Porin se leva d'us bond, poussa un soupir de soulagement en voyant Filip Sanat surgir à l'entrée de la vaste salle et se diriger vers lui d'un pas chancelant. Il s'élança vers lui et lui prenant les mains demanda, haletant :

— Qu'est-ce qui t'a retenu, Filip ? Tu ne peux savoir tout ce qui m'a passé par la tête pendant cette heure interminable. Encore cinq minutes d'attente et je serais devenu fou d'angoisse et d'inquiétude. Que t'est-il arrivé ?

Le Loara Broos mit un moment à se ressaisir et c'est alors que frappé par les mains tremblantes, la chevelure ébouriffée, les yeux fiévreux de son jeune compagnon il fut à nouveau saisi d'effroi.

Il observa Sanat en silence, osant à peine lui poser des questions, redoutant d'avance les réponses qu'il obtiendrait. Mais il n'eut pas à le presser. Sanat, en phrases saccadées, lui relata la conversation qu'il avait surprise, et lorsqu'il se tut un silence lourd d'angoisse plana.

Le Loara Broos était devenu d'une pâleur effrayante. Par deux fois il tenta de parler, mais ne parvint à émettre que des sons rauques. Il dit enfin :

— C'est la mort du Loarisme. Que pouvons-nous faire ?

Filip Sanat éclata du rire amer de ceux qui savent se trouver devant une situation désespérée.

— Que pouvons-nous faire, en effet ? répéta-t-il. En appeler au Conseil suprême ? Vous savez tout comme moi à quel point il est impuissant. En appeler aux divers gouvernements des humains ? De quelle aide peuvent nous être ces imbéciles qui passent leur temps à se déchirer entre eux ?

— Ce n'est pas possible ! Cela ne se peut pas ! s'exclama le Loara Broos.

Sanat se tut pendant quelques secondes, puis le visage convulsé de rage s'écria à son tour :

— Je ne le permettrai pas ! Vous m'entendez ? Je ne le permettrai pas. Je vais agir !

Porin, dont le large front était couvert de sueur, se rendit compte que Sanat était hors de lui et qu'il se laissait emporter par la passion. Il le saisit par les épaules et lui dit d'un ton apaisant :

— Assieds-toi, Filip, assieds-toi ! Tu deviens fou ?

— Non, fit Sanat en repoussant Porin qui retomba sur son siège tandis que la flamme oscillait sous une poussée d'air. Pas fou, mais lucide ! L'ère de l'idéalisme, des compromis et de la soumission est close ! Le moment est venu d'user de la force ! Nous nous battrons, et par l'espace, nous remporterons la victoire !

Et sur ces derniers mots il sortit en courant de l'immense salle.

— Filip ! Filip ! cria Porin qui le suivait en boitillant.

Pris de détresse il s'arrêta sur le seuil de la vaste porte. Il ne pouvait se permettre d'aller plus loin. Quoi qu'il arrive, et même si le ciel s'écroulait sur eux, il lui fallait veiller sur la flamme.

Mais… mais qu'allait tenter Filip Sanat ? L'esprit torturé, Porin évoqua une certaine nuit, cinq cents ans plus tôt, où une parole imprudente, un coup assené, une balle tirée avaient allumé sur la planète

Terre un embrasement que seule une marée de sang humain avait pu éteindre.

Paul Kane, le Loara, était seul, cette nuit-là. Son bureau, désert. La faible lueur bleue projetée sur sa table de travail d'une sévérité monastique éclairait seule la pièce. Son fin visage baignait dans cette lumière fantomatique et, l'air pensif, il avait enfoui son menton entre ses mains.

Brusquement tout s'anima comme la porte s'ouvrait violemment devant un Russell Tymball échevelé qui, s'arrachant à la poignée d'hommes qui voulait le retenir, pénétra en trombe dans la pièce. Kane, effrayé par cette intrusion, se tourna, face à la porte, et empli d'appréhension, porta la main à sa gorge, puis interrogea du regard Tymball qui esquissant un geste apaisant, dit vivement :

— Ne vous inquiétez pas pour moi. Laissez-moi simplement reprendre haleine. Respirant fort, il se laissa tomber dans un fauteuil, puis reprit : Le catalyseur que vous espériez a surgi, Loara Paul… Devinez où. Ici, sur la planète Terre. À New York même, à moins d'un mille d'ici.

— Avez-vous perdu la raison ? demanda le Loara Paul en scrutant Tymball du regard.

— Pas que je sache. Je vais tout vous raconter, si vous voulez bien allumer une lampe ou deux. Sous ce halo bleuâtre, vous avez tout d'un fantôme. La pièce s'emplit de la lumière blanche de la lampe Atomo, et Tymball reprit : Ferni et moi revenions d'une réunion. Nous passions devant le Mémorial lorsque tout s'est déclenché, et nous pouvons remercier le sort qui a voulu que, par une heureuse coïncidence, nous passions à l'endroit voulu au moment voulu.

« À ce moment-même, un homme a surgi d'une porte latérale, a bondi sur les marches de marbre, en pleine façade, et s'est mis à crier : « Vous, les humains, habitants de la Terre ! »... Les passants s'arrêtèrent — vous savez à quel point la circulation est dense dans le quartier du Mémorial à onze heures du soir — et en moins de deux secondes, une foule énorme s'était rassemblée.

— Qui était cet homme ? Et que faisait-il à l'intérieur du Mémorial ? N'oubliez pas que nous sommes mercredi soir.

— Ma foi, fit Tymball après avoir réfléchi un instant, maintenant que vous m'y faites penser, il devait s'agir d'un des deux gardiens de la flamme. D'après sa tunique, c'était incontestablement un Loariste. Mais pas un habitant de la Terre.

— Arborait-il le disque jaune ?

— Non.

— Alors je sais de qui il s'agit. Du jeune disciple de Porin. Continuez.

— Il se tenait là, en haut des marches, à vingt pieds au-dessus de la place, fit Tymball, s'animant. Vous ne pouvez imaginer à quel point il était impressionnant, la lumière des Luxites tombant en plein sur son visage. Un jeune homme d'une grande beauté, qui n'avait rien d'un athlète, mais bien plutôt d'un ascète, si vous voyez ce que je veux dire. Le teint pâle, des traits fins, le regard brûlant, de longs cheveux bruns.

« Et quand il s'est mis à parler ! Impossible de vous le décrire. Pour s'en rendre compte, il faut l'entendre. Il s'est mis à dévoiler à la foule les sombres desseins des Lhasinus, clamant tout haut ce que je disais tout bas. Il tenait évidemment ses renseignements de bonne source, car il est entré dans des détails que moi-même j'ignorais, et avec quelle éloquence! Il leur en a fait toucher du doigt la réalité et l'horreur. Et tout comme cette foule, j'ai pris peur, moi aussi. Je suis resté là, terrifié, à l'écouter, et quant à l'assistance, dès la seconde phrase, elle était comme hypnotisée. Dieu sait si l'on avait répété à maintes et maintes reprises à tous ces gens la terrible menace que faisaient peser sur eux les Lhasinus mais c'est bien la première fois qu'ils semblaient véritablement écouter.

« Puis il se mit à maudire les Lhasinus. Il brossa un terrible tableau de leur bestialité, de leur perfidie, de leurs instincts criminels, les traînant dans la boue vénusienne avec une incroyable richesse de vocabulaire. À chaque fois qu'il lançait une nouvelle épithète injurieuse, la foule se dressait et lui faisait écho. « Permettrons-nous qu'un tel état de choses se perpétue ? » criait-il. « Non ! hurlait la foule. » « Devons-nous nous soumettre ? » « Non, pour rien au monde » hurlaient les assistants. « Devons-nous leur résister ? » « Jusqu'au bout ! » « À bas les Lhasinus ! » hurla-t-il à son tour. À quoi la foule répondit : « À mort les Lhasinus ! »

« Et moi aussi je hurlais de toutes mes forces. Je ne me connaissais plus.

« Je ne sais plus combien de temps tout cela a duré avant que les gardes Lhasinus ne s'amènent. La populace se retourna contre eux, poussée par le Loariste. Avez-vous déjà entendu la foule crier « À mort ! » Non ?... C'est bien la chose la plus effrayante qu'on puisse imaginer. Ces gardes durent avoir la même impression car ils ne tardèrent pas à faire demi-tour et à s'enfuir, n'ayant qu'une idée, sauver leur peau, bien qu'ils fussent armés. Entre-temps la foule s'était accrue, et c'est par milliers que les gens affluaient.

« Deux minutes plus tard, la sirène d'alarme retentit pour la première fois depuis cent ans. Je me ressaisis enfin et m'approchai du Loariste qui continuait de haranguer les assistants. De toute évidence, nous ne pouvions le laisser tomber aux mains des Lhasinus.

« Ce qui s'est passé ensuite est assez confus. Des escouades de policiers motorisés chargèrent, mais Ferni et moi parvînmes à nous deux à nous saisir du Loariste, à nous faufiler à travers la foule et à l'amener ici. Il est dans la pièce à côté, bâillonné et ligoté par nos soins pour le faire tenir tranquille.

Pendant la deuxième partie de ce récit, Kane s'était levé et mis à arpenter nerveusement la pièce, s'arrêtant de temps à autre, pour mieux se plonger dans ses pensées. À force de la mordre, quelques gouttes de sang perlaient sur sa lèvre inférieure.

— Vous ne craignez pas, demanda-t-il, que cette émeute ne dégénère ? Un soulèvement prématuré...

— Déjà la foule se disperse, fit Tymball en secouant vigoureusement la tête. À peine le jeune Loariste a-t-il disparu qu'ils ont perdu le feu sacré.

— Il y aura certainement des morts et des blessés, dit Kane. Bon ! Amenez-moi ce jeune exalté. Et Kane, s'installant derrière sa table de travail, se força à prendre un air calme et paisible.

Filip Sanat, lorsqu'il s'agenouilla devant son supérieur, était vraiment en triste état. Sa tunique était en lambeaux, son visage écorché et maculé de sang, mais dans ses yeux brillants se lisaient toujours la même ardeur et la même détermination. Russell Tymball le regardait, retenant son souffle, comme si la magie du verbe agissait encore sur lui.

— J'ai appris ton dangereux exploit, mon garçon, fit Kane en le relevant avec bonté. Quoi donc t'a poussé à agir aussi imprudemment ? Tu aurais pu y laisser ta vie, sans compter celle de milliers d'autres.

Pour la seconde fois de la nuit, Sanat répéta l'entretien qu'il avait surpris entre les deux soldats… y mettant le ton et entrant dans les moindres détails.

— Et alors, fit Kane avec un sourire ironique, lorsque le jeune homme eut terminé son récit, t'imagines-tu que nous ignorions tout cela ? Nous nous préparons depuis fort longtemps à affronter un tel danger et tu as bien failli bouleverser nos plans si soigneusement élaborés. En appelant prématurément à la lutte tu aurais pu causer un tort irréparable à notre cause.

— Pardonnez mon enthousiasme et mon irréflexion due au manque d'expérience, dit Sanat en rougissant.

— Je n'aurais pas mieux dit ! s'exclama Kane. Cependant, bien dirigé, tu peux nous être d'une très grande aide. Tes dons oratoires, ton ardeur juvénile, bien canalisés, peuvent accomplir des merveilles. Serais-tu prêt à te vouer à cette tâche ?

— Est-il vraiment besoin de me le demander ? fit Sanat, les yeux étincelants.

Paul Kane le Loara ne put s'empêcher de rire et lança un regard ravi à Russell Tymball.

— Eh bien, c'est entendu. Dans deux jours tu partiras pour les étoiles périphériques. Quelques-uns de mes hommes t'accompagneront. Mais tu dois être las. On va te conduire en un lieu où tu pourras te laver et faire panser tes blessures. Je te conseille ensuite de dormir car tu auras besoin de toutes tes forces dans les jours à venir.

— Mais... mais le Loara Broos Porin... qui gardait la flamme avec moi...

— J'envoie sur le champ un messager au Mémorial. Il informera le Loara Broos que tu es sain et sauf et passera avec lui le reste de la nuit comme second gardien de la flamme. Et maintenant, va.

À l'instant même où Sanat, soulagé et follement heureux, se disposait à partir, Russell Tymball se leva d'un bond, saisit fiévreusement par le poignet le chef des Loaristes et s'exclama :

— Par l'espace ! Écoutez !

Le mugissement d'abord plaintif, puis perçant qui pénétra jusque dans ce sanctuaire qu'était le bureau de Kane parlait de lui-même.

— La loi martiale ! s'exclama Kane, l'air bouleversé.

— Nous sommes perdus, dit Tymball qui avait pâli jusqu'aux lèvres. Ils ont pris prétexte de l'émeute de ce soir pour frapper le premier coup. Ils en ont à Sanat et ils se saisiront de lui. Une souris elle-même ne pourrait passer à travers les mailles du filet qu'ils ont tendu tout autour de la ville.

— Il ne faut à aucun prix qu'ils s'emparent de lui, fit Kane, les yeux brûlants. Nous allons l'emmener au

Mémorial par le passage secret. Ils n'auront pas le front de violer notre sanctuaire.

— Ils l'ont déjà fait une fois, s'écria Sanat avec passion. Je ne vais pas fuir devant ces lézards. Combattons-les à découvert.

— Tais-toi, fit Kane, et suis-nous en silence.

Déjà un panneau aménagé dans le mur s'ouvrait et Kane fit signe à ses deux compagnons de le suivre.

Comme le panneau se refermait sans bruit derrière eux, les laissant dans la pâle et froide lueur d'une torche Atomo, Tymball murmura :

— S'ils sont prêts à attaquer, le Mémorial lui-même ne constituera pas pour nous un abri.

New York était en ébullition. La garnison lhasinu, rassemblant toutes ses forces, l'avait mise en état de siège. Plus personne ne pouvait pénétrer dans la ville ou en sortir. Les chars blindés de l'armée patrouillaient dans les principales avenues, tandis que dans le ciel les stratochars gardaient les voies aériennes.

La population humaine ne pouvait tenir en place. Elle envahissait les rues, se rassemblait par petits groupes qui se dispersaient à l'approche des Lhasinus. L'appel de Sanat résonnait encore en eux et çà et là des hommes en colère s'entretenaient à voix basse.

Il y avait de l'électricité dans l'air.

Le vice-roi de New York, installé à son bureau dans le palais dont les flèches dominaient les Washington Heights, en était parfaitement conscient. Il laissa errer son regard sur l'Hudson qui coulait, sombre, au pied du palais, puis dit, s'adressant au Lhasinu en uniforme qui se tenait devant lui :

— Il nous faut passer à l'action, capitaine. En cela je vous approuve. Et cependant il nous faut autant que possible éviter l'affrontement. Nous ne disposons que d'un très petit nombre d'hommes et nous avons en tout et pour tout, sur cette planète, cinq vaisseaux de guerre de troisième rang.

— Ce ne sont pas nos forces mais la peur qui les paralyse, Excellence. Nous avons, au cours des siècles, brisé en eux tout esprit de résistance. La populace détalera devant un simple régiment de gardes. Voilà pourquoi nous devons frapper fort et vite. La population s'est permis de relever la tête et il nous faut lui faire sentir que nous sommes les maîtres. C'est dès ce soir qu'il nous faut entreprendre notre seconde expédition.

— En effet, dit le vice-roi, l'air sombre. Nous avons été pris de court, mais il nous faut faire un exemple en exécutant ce fauteur de troubles. Vous vous en êtes emparés, bien entendu ?

— Hélas non, fit le capitaine. Ce chien d'humain a des amis puissants… C'est un Loariste, comme vous le savez, je pense, et Kane…

— Kane se dresserait-il contre nous ? s'exclama le vice-roi dont les pommettes s'empourprèrent. Pour qui se prend-il ? Qu'on arrête ce rebelle au plus vite… et si Kane s'y oppose, qu'on l'arrête lui aussi.

— Excellence, fit le capitaine d'une voix métallique, nous avons des raisons de croire que ce rebelle a cherché refuge dans le Mémorial.

Le vice-roi esquissa le geste de se lever, puis l'air indécis, se laissa retomber dans son fauteuil.

— Au Mémorial ! Cela présente évidemment des difficultés !

— Pas nécessairement !

— Il y a des choses que les humains ne supporteront pas, dit le vice-roi d'une voix hésitante.

— Saisies à pleines mains, les orties ne piquent pas, déclara le capitaine d'un ton décidé. Si nous agissons vite, nous pouvons parfaitement entraîner le criminel hors de la salle de la flamme elle-même, et du même coup nous anéantirons le Loarisme. Un tel défi de notre part mettra fin à la lutte.

— Par Véga ! Je veux bien être pendu si vous n'avez pas raison. Entendu ! Donnez l'assaut au Mémorial !

Le capitaine s'inclina, pivota sur ses talons et quitta le palais.

Filip Sanat pénétra de nouveau dans la salle de la flamme et dit, son fin visage crispé par la colère :

— Ces reptiles patrouillent dans tout le secteur. Et toutes les avenues convergeant vers le Mémorial ont été bouclées.

— Oh ! ce ne sont pas des imbéciles, fit Russell Tymball en se frottant le menton. Ils nous traquent et ce n'est pas le Mémorial qui les arrêtera. En fait j'ai bien l'impression qu'ils ont décidé de lancer l'assaut aujourd'hui même.

— Et nous allons rester ici à les attendre ? s'écria Filip, furieux. Mieux vaut mourir en combattant qu'en se terrant.

— Mieux vaut ne pas mourir du tout, Filip, répondit calmement Tymball.

Un silence plana. Le Loara Paul Kane, les yeux baissés, dit enfin :

— Si nous donnions le signal d'attaquer maintenant, Tymball, combien de temps pourriez-vous tenir ?

— Jusqu'à ce que les Lhasinus reçoivent assez de renforts pour nous écraser. Leur garnison terrestre, y compris la patrouille solaire, ne suffirait pas à nous contenir. S'ils ne reçoivent pas d'aide de l'extérieur nous pouvons tenir pendant six mois au moins. Malheureusement, c'est hors de question.

— Et pourquoi est-ce hors de question ?

Le visage de Tymball s'empourpra et il se leva d'un bond en s'exclamant :

— Pourquoi ? Parce qu'il ne nous suffit pas de presser sur un bouton. Les Lhasinus sont vis-à-vis de nous en état d'infériorité. Mes hommes le savent, mais la Terre l'ignore. Ces reptiles manient habilement cette arme qu'est la peur. Si nous n'avons pas la population avec nous, ou du moins pas contre nous, jamais nous ne pourrons les battre. Et la bouche amère : vous ne pouvez imaginer les difficultés que nous avons à surmonter. Cela fait dix ans maintenant que je travaille à établir des plans. J'ai une armée sous mes ordres, et une importante flotte spatiale stationnée dans les Appalaches. Je pourrais déclencher les opérations simultanément dans les cinq continents. Mais à quoi bon ? Cela ne servirait à rien. Tout changerait si je pouvais me rendre maître de New York… si nous pouvions prouver au reste de la Terre que les Lhasinus ne sont pas invincibles.

— Et si je parvenais à bannir la peur du cœur des humains ? demanda Kane d'une voix contenue.

— Alors je me rendrais maître de New York avant que le jour ne se lève. Mais il faudrait un miracle.

— Pourquoi pas ? Croyez-vous pouvoir vous faufiler entre les mailles du filet et atteindre vos hommes ?

— Je le pourrais si j'y étais obligé. Mais qu'avez-vous en tête ?

— Vous le saurez quand la chose se produira, fit Kane avec un sourire orgueilleux. Et à ce moment-là, vous frapperez !

Tymball fit un pas en arrière, et déjà il tenait à la main un revolver à tonite. Son rond visage n'avait plus rien d'affable et de bienveillant.

— Je vais courir ce risque, Kane. Adieu !

Le capitaine gravit, l'air arrogant les marches de marbre, maintenant désertes, du Mémorial. Il était flanqué de deux adjudants en armes.

Il s'arrêta un instant devant l'immense porte à deux battants qui le dominait de toute sa hauteur et admira les fines et gracieuses colonnes qui l'encadraient.

— Impressionnant, hein ? fit-il avec un sourire vaguement ironique, en désignant le Mémorial.

— Oui, mon capitaine, répondirent d'une seule voix les deux hommes.

— Et plongé dans une mystérieuse obscurité que seul vient rompre le halo doré de la flamme. Vous la voyez ? ajouta-t-il en désignant du doigt les vitraux des fenêtres où se jouaient ces reflets.

— Oui, mon capitaine, répétèrent les deux hommes.

— Un édifice sombre, mystérieux, réellement impressionnant… et que nous allons réduire en poussière.

Il éclata de rire, frappa de la poignée de son sabre

les ciselures de métal qui ornaient les panneaux de la grande perte, qui sonnèrent clair dans la nuit.

L'écho s'en répercuta à l'intérieur de l'édifice, mais la porte ne s'ouvrit pas.

L'adjudant posté à sa gauche porta son téléviseur à son oreille, écouta un moment les sons faibles qui s'en élevaient, puis se mettant au garde-à-vous, dit :

— Mon capitaine, les humains se rassemblent dans le secteur.

— Grand bien leur fasse, ricana le capitaine. Que les servants des canons se mettent à leur poste et tiennent les grandes artères sous leur feu. Et qu'ils abattent à vue et sans merci tout humain qui tenterait de franchir ce cordon.

L'ordre qu'il aboyait se répercuta faiblement dans le téléviseur. À une centaine de mètres de là les gardes lhasinus pointèrent les canons dans la direction voulue et se préparèrent à tirer. Un sourd murmure s'éleva... un murmure qui exprimait la peur. Les hommes reculèrent.

— Si la porte ne s'ouvre pas, lança le capitaine d'une voix forte, nous la briserons.

Levant son sabre, il frappa de nouveau et le choc du métal contre le métal sonna haut et clair.

Lentement, silencieusement, la porte s'ouvrit toute grande et le capitaine reconnut l'impressionnante silhouette vêtue de pourpre qui se dressait devant lui.

— Qui se permet de violer le Mémorial en cette nuit de la garde de la flamme ? demanda le Loara Paul Kane d'un ton solennel.

— Très spectaculaire, Kane. Et maintenant, écartez-vous !

— Arrière ! fit le Loara d'une voix forte. Un Lhasinu n'a pas le droit de s'approcher du Mémorial.

— Livrez-nous notre prisonnier et nous nous retirerons. Si vous refusez, nous nous emparerons de lui de force.

— Le Mémorial n'abrite aucun prisonnier. Cet édifice est inviolable. Vous n'y entrerez pas.

— Écartez-vous !

— Reculez !

Le Lhasinu fit entendre un sourd grondement et perçut à cet instant une lointaine rumeur. Autour du Mémorial les rues étaient désertes, mais un peu plus loin, et dans toutes les directions, on distinguait le cordon formé par les Lhasinus prêts à tirer, et plus loin encore, les humains. Ceux-ci formaient une masse compacte et bruyante et leurs visages ressortaient en blanc sous le faisceau des chromo-projecteurs.

« Par l'espace, se dit le capitaine, cette populace se permettrait-elle de venir nous narguer ?

Sa peau épaisse se creusa aux joues et les écailles dont sa tête était couverte se dressèrent brusquement. Se tournant vers l'adjudant muni du téléviseur, il dit :

— Donne l'ordre aux servants de tirer en l'air.

La nuit fut déchirée par les flammes pourpres qui sortaient de la gueule des canons, et dans le silence qui suivit s'éleva le rire sarcastique du Lhasinu, qui se tournant vers Kane, toujours dressé sur le seuil de la haute porte, lui lança :

— Si vous espérez de l'aide des vôtres, vous serez cruellement déçu. La prochaine fusillade visera à la tête. Et si vous croyez que je bluffe, que pensez-vous de ceci ? Encore une fois, écartez-vous, fit-il en faisant claquer ses dents et en brandissant un tonite, le doigt sur la détente.

Paul Kane, le Loara, recula lentement, les yeux fixés sur le revolver. À mesure qu'il reculait, le capitaine avançait. Soudain la porte intérieure s'ouvrit, et la salle de la flamme apparut dans toute sa splendeur. Sous le souffle d'air la flamme vacilla et à cette vue, la foule, lointaine encore, poussa une immense clameur.

Kane se tourna vers elle, le visage dressé. Mais il fit, des deux mains, un geste à peine perceptible.

Brusquement la flamme changea d'aspect. Elle sembla se ramasser puis s'éleva en grondant jusqu'au plafond voûté, colonne de feu de cinquante pieds de haut. Paul Kane le Loara fit à nouveau un geste de la main et la flamme passa de l'or au carmin. Ce rouge se fit plus profond et la lumière éclatante de ce pilier de feu gagna la ville entière, transformant les fenêtres du Mémorial en autant d'yeux injectés de sang.

D'interminables secondes s'écoutèrent, tandis que le capitaine, stupéfié, restait cloué sur place, et que sur la lointaine masse des humains planait un silence émerveillé.

Puis s'éleva un murmure confus qui gagna en force et s'acheva par un cri immense :

— *A bas les Lhasinus !*

Il y eut l'éclair pourpre d'un coup tiré par un tonite de haut et de loin. Le capitaine réagit une seconde trop tard. Atteint en plein cœur, il s'écroula, sa face reptilienne gardant jusqu'à la fin un rictus méprisant.

Russell Tymball abaissa son revolver et dit avec un sourire sardonique :

— Se détachant ainsi sur la flamme, il faisait une cible parfaite. Beau travail, Kane ! Cette magique transformation de la flamme était exactement l'élément émotionnel dont nous avions besoin. Et maintenant, allons-y !

Du toit de la résidence de Kane, il visa un Lhasinu, et aussitôt l'enfer se déchaîna. Les hommes semblèrent jaillir du sol, l'arme au poing. Les tonites se mirent à cracher de partout avant même que les Lhasinus pris par surprise aient le temps d'appuyer sur la détente de leurs revolvers.

Quand ils s'y mirent, il était déjà trop tard. En effet, la foule, prise de rage, rompit toutes les barrières. Un cri s'éleva, repris par la foule tout entière en une clameur qui s'éleva jusqu'au ciel : « À mort les Lhasinus ! »

Tel un monstre aux têtes innombrables, un flot d'humains s'élancèrent, les mains nues. Des centaines d'entre eux tombèrent sous les rafales des canons et par dizaines de milliers marchèrent sur les cadavres jusqu'aux gueules mêmes des canons.

Les Lhasinus tinrent bon. Leurs rangs s'éclaircirent peu à peu sous le feu nourri et mortel des partisans de Tymball, et ceux qui échappèrent à cette fusillade, submergés, déchiquetés par le flot des humains, connurent une mort horrible.

Le secteur du Mémorial tout entier était teinté de pourpre par la flamme sanglante et aux râles d'agonie des mourants répondaient les cris triomphants des vainqueurs.

Ce fut la première bataille du Grand Soulèvement, mais en réalité il ne s'agissait ni d'une bataille ni d'un vent de folie, mais bien d'un déchaînement anarchique.

Dans la ville tout entière, depuis la pointe de Long Island jusqu'aux plateaux du New Jersey, les rebelles surgissaient de partout, massacrant les Lhasinus. Et aussi vite que se transmettait l'ordre de Tymball de tirer sur les Lhasinus, la nouvelle de la magique transformation de la flamme courait de bouche en bouche, à chaque fois amplifiée. La population de New York tout entière, ne formant plus qu'un, était devenue cette puissance redoutable qu'est une populace déchaînée.

La situation était devenue incontrôlable, inexplicable, irrésistible. Les partisans de Tymball suivaient le flot montant de cette foule, qu'ils ne parvenaient plus à maîtriser.

Tel un fleuve puissant, elle balaya la métropole et partout où elle passait il ne resta pas un seul Lhasinu vivant.

À l'aube de cette nuit sanglante, les rayons du soleil levant éclairèrent les maîtres de la Terre qui, dernier carré, occupaient encore les hauteurs de Manhattan. Avec le courage désespéré de soldats nés, épaule contre épaule, ils supportèrent les assauts de milliers d'humains hurlants. Ils reculèrent pied à pied, provoquant sans cesse de nouvelles escarmouches, de nouveaux combats désespérés. Puis se scindant en groupes isolés, ils continuèrent de se battre jusque dans les maisons, puis dans les étages, et enfin sur les toits.

Quand le soleil fut à son zénith, il ne restait debout que le palais du vice-roi. Les Lhasinus le défendirent désespérément, parvenant à tenir les humains en échec. Tout autour du palais, la fusillade faisait rage, jonchant le sol de cadavres. Le vice-roi lui-même, de la salle du trône, dirigeait les opérations, la main sur la crosse d'une arme semi-portable.

Quand enfin la populace reprit haleine, Tymball, saisissant l'occasion, se mit à sa tête. Les lourds canons furent amenés en première ligne. Des atomos et des delta-rays, puisés dans les stocks des rebelles et dans les réserves pillées au cours de la nuit, pointèrent leur gueule sur le palais.

Les canons répondirent aux canons et la première véritable bataille menée à l'aide de mortels engins fut enfin menée avec furie. Timball était partout à la fois, encourageant ses troupes, leur lançant des ordres, bondissant d'un canon à l'autre, mitraillant lui-même le palais de son tonite.

Protégés par un barrage de feu les humains lancèrent un nouvel assaut et parvinrent jusqu'au pied des murs tandis que les assiégés reculaient. Un projectile tiré par un atomo éventra la tour centrale qui s'embrasa.

Ce brasier fut le bûcher funéraire des derniers Lhasinus de New York. Les murs noircis du palais s'écroulèrent mais jusqu'à la fin, dans la salle du trône en feu, le visage ensanglanté, le vice-roi tint bon, tirant sur le gros des assaillants.

Lorsque son arme eut craché sa dernière flamme, il la lança à travers la baie, en un dernier et futile geste de défi, puis plongea à son tour dans le brasier.

Au coucher du soleil, alors que les bâtiments fumaient encore, on put voir flotter sur les ruines du palais le drapeau vert de la planète Terre enfin libérée.

New York appartenait de nouveau aux humains.

Russell Tymball faisait triste figure lorsqu'il entra une fois de plus, cette nuit-là, dans le Mémorial. Les vêtements en lambeaux, la joue tailladée, couvert de sang de la tête aux pieds, il eut devant le carnage un regard saturé d'horreur.

Des escouades de volontaires s'activaient à emporter les morts et à panser les blessés, mais devant l'ampleur de la tâche leurs efforts paraissaient dérisoires.

On transforma le Mémorial en un hôpital improvisé. Il y avait en réalité peu de blessés, car les armes atomiques ne faisaient pas de quartiers, et ceux qui l'étaient, l'étaient gravement. La confusion la plus indescriptible régnait et les gémissements des blessés, les râles des mourants se confondaient avec les cris de triomphe des survivants ivres de leur victoire.

Paul Kane le Loara se fraya un chemin jusqu'à Tymball, et le visage hagard, lui demanda :

— À votre avis, est-ce fini ?

— Non, cela ne fait que commencer. Mais le drapeau des humains flotte sur le palais en ruine.

— Cela a été horrible… horrible… fit Paul Kane en frissonnant et en fermant les yeux. Si j'avais pu prévoir comment cela se passerait j'aurais encore préféré voir tous les humains balayés de la Terre et le Loarisme détruit à jamais.

— Oui, la lutte a été chaude. Mais la victoire aurait pu nous coûter beaucoup plus cher encore. Où est donc Sanat ?

— Dans la cour intérieure. Il aide à soigner les blessés. Comme nous tous, d'ailleurs. Oui, cela a été… et à nouveau la voix lui manqua.

Tymball, l'air las, haussa les épaules avec un soupçon d'impatience.

— Je n'ai rien d'un monstre, mais cela devait être fait, et encore une fois ce n'est que le commencement. Ce qui s'est passé aujourd'hui n'est rien à côté de ce qui nous attend. Il y a eu sur la Terre tout entière des soulèvements, mais aucun ne s'est effectué avec le fanatique enthousiasme qui a galvanisé la foule à New York. Les Lhasinus ne sont pas encore vaincus, bien loin de là. Ne vous y trompez pas. En ce moment même la garde solaire fonce sur la Terre, et les armées des planètes les plus lointaines de la galaxie sont rappelées. En un rien de temps l'empire lhasinu tout entier convergera vers la Terre et les représailles seront terribles et sanglantes. Nous avons absolument besoin d'aide !

Il prit Kane aux épaules, le secoua rudement et répéta d'un ton pressant :

— Comprenez-vous ? Nous avons besoin d'aide ! Ici même, à New York, la griserie de la victoire retombera dès demain. *Il nous faut de l'aide !*

— Je le sais, dit Kane d'une voix blanche. Je vais en parler à Sanat. Il nous faut partir aujourd'hui même. Et soupirant : si ce qui s'est passé aujourd'hui est un critère de son pouvoir en tant que catalyseur, nous pouvons nous attendre à de grandes choses.

Une demi-heure plus tard, Sanat grimpait dans le mini-croiseur biplace et s'installait à côté de Petri, déjà aux commandes.

— Quand je reviendrai, dit Sanat, serrant la main de Kane une dernière fois, ce sera à la tête d'une importante flotte.

— Nous mettons tout notre espoir en toi, Filip, dit Kane serrant à son tour chaleureusement la main du jeune homme. Il se tut un instant, puis ajouta avec solennité : Bonne chance, Loara Filip Sanat !

Sanat rougit de plaisir en s'entendant attribuer ce titre. Petri salua de la main et Tymball leur cria :

— Méfiez-vous de la garde solaire !

Le sas se referma automatiquement, puis dans un grondement, le mini-croiseur pointa vers le ciel.

Tymball le suivit du regard jusqu'à ce qu'il ne fût plus qu'un minuscule point noir, puis qu'il ait disparu, et dit en se tournant vers Kane :

— Il ne nous reste plus qu'à nous en remettre au sort. Et maintenant, Kane, dites-moi comment vous avez opéré cette transformation de la flamme. Et ne venez pas me raconter qu'elle a tourné d'elle-même au rouge sang.

— Non, fit Kane en secouant lentement la tête. J'ai obtenu cet éclat carmin à l'aide de sels de strontium dissimulés là pour impressionner les Lhasinus en cas de nécessité. Simple effet chimique.

— Qui a eu sur la foule un effet psychologique, fit Tymball avec un rire cynique. Quant aux Lhasinus, ils ont été impressionnés… et *à quel point !*

L'espace lui-même ne les avertit de rien, mais le détecteur de masse se mit à vibrer, avec autorité et insistance. Pétri se raidit sur son siège et dit :

— Nous ne sommes pas cependant dans la zone des météorites.

Filip Sanat retint son souffle tandis que son compagnon manipulait le bouton qui faisait pivoter les périrotors. Dans le téléviseur, le champ d'étoiles se mut avec une lente dignité, puis ils *le* virent.

Il brillait au ciel tel un ballon de football de couleur orange et Pétri grommela entre ses dents :

— S'ils nous ont repérés, nous sommes foutus.

— C'est un vaisseau lhasinu ?

— Un vaisseau ? Ça, un vaisseau ! C'est un croiseur de cinquante mille tonnes ! Par la galaxie, je me demande ce qu'il fout ici. Tymball affirmait que l'escadre fonçait vers la Terre.

— Cette unité n'en a rien fait, dit Sanat avec le plus grand calme. Pouvons-nous le distancer ?

— Ça me paraît difficile, fit Petri appuyant sur les leviers à en avoir les jointures blanchies. Ils se rapprochent.

Comme si les mots qu'il venait de prononcer étaient un signal, l'audiomètre vibra et la voix dure d'un Lhasinu passa du chuchotement à la stridence à mesure que le rayon radio s'amplifiait.

— Renversez le feu de vos moteurs et préparez-vous à l'abordage.

— Je ne suis que le mécanicien, fit Petri relâchant les commandes et lançant un regard à Sanat. Qu'est-ce que je fais ? Nous n'avons pas plus de chances qu'un météore luttant contre le Soleil… mais si vous êtes prêt à tout…

— De toute façon, fit Sanat en toute simplicité, nous n'allons pas nous rendre.

— Pas mal pour un Loariste, fit Petri en souriant tandis que les fusées freineuses entraient en jeu. Savez-vous vous servir d'un tonite sur pied ?

— Je n'en ai jamais eu l'occasion.

— Vous allez vous y mettre. Saisissez fortement cette petite roue et ne quittez pas le viseur du regard. Vous discernez quelque chose ?

La vitesse diminuait régulièrement et le vaisseau ennemi approchait.

— Je ne vois que des étoiles !

— Bon, faites pivoter la roue, encore, encore. Essayez dans l'autre direction. Et maintenant, vous le voyez, ce croiseur ?

— Oui. Ça y est, je le vois !

— Parfait ! Mettez-le bien au centre du viseur, là où les deux lignes se croisent, et par le Soleil, ne le lâchez plus. Quant à moi je vais foncer droit sur cette unité lhasinu. Et ne la quittez pas du regard, ajouta-t-il en mettant à feu les fusées latérales.

Le vaisseau lhasinu grossissait à vue d'œil, et Petri dit d'une voix étouffée :

— J'abaisse notre écran de protection et je fonce directement sur le croiseur. C'est un risque à courir. Pris par surprise, ils abaisseront eux aussi leur écran pour tirer. Et s'ils tirent en vitesse et sans viser, ils nous manqueront peut-être.

Comme Sanat acquiesçait de la tête, il reprit :

— À la seconde où vous verrez jaillir une flamme pourpre du tonite, faites pivoter la roue en sens inverse de toutes vos forces et à toute allure. Si vous perdez ne fût-ce qu'un centième de seconde, nous sommes fichus. Il nous faut risquer le tout pour le tout ! Il tira sur le levier et hurla : Centrez bien votre viseur !

La brusque accélération fit se renverser Sanat en arrière, et la roue qu'il tenait entre ses mains moites répondait mal à leur pression. Le ballon de football orange oscillait en plein centre du viseur. Il sentait de plus ses mains trembler, ce qui n'arrangeait rien. Tendu, il fermait à demi les yeux.

Le vaisseau lhasinu grossissait à vue d'œil et brusquement, de sa proue, jaillit dans leur direction une flamme pourpre. Sanat, fermant les yeux, se renversa en arrière.

Les yeux toujours fermés, il attendit. Pas le moindre son.

Il rouvrit les yeux, allait se lever. Petri, les poings sur les hanches, se penchait sur lui en riant à gorge déployée.

— C'est ce qu'on appelle la chance des novices ! s'exclama-t-il. Il n'avait jamais touché un tonite de sa vie et il trouve moyen d'atteindre de plein fouet un croiseur de fort tonnage ! J'ai jamais vu une chose pareille !

— Je l'ai atteint ? fit Sanat, incrédule.

— Vous ne l'avez pas détruit, mais mis hors de combat. Nous n'en demandions pas plus. Et maintenant, dès que nous nous serons suffisamment éloignés du Soleil, nous pénétrerons dans l'hyper-espace.

La haute silhouette drapée de pourpre qui se tenait près du hublot central contemplait avec nostalgie ce globe silencieux qu'était la Terre, immense, montueuse, glorieuse.

Ses pensées n'étaient pas dénuées d'amertume tandis qu'il évoquait les six mois qui venaient de s'écouler. Cette période avait débuté avec l'éclair aveuglant d'une nova. L'enthousiasme atteignant à son comble s'était répandu dans l'espace, franchissant les abîmes stellaires de planète en planète, avec la rapidité du rayon hyper-atomique. Des gouvernements jusque-là divisés et hésitants, cédant aux pressions de leurs peuples, équipèrent leurs flottes. Des pays ennemis depuis des siècles conclurent la paix et combattirent tous sous le pavillon vert de la planète Terre.

Sans doute était-ce trop espérer que de s'attendre que se perpétuât cette fraternité. Cependant, tant qu'elle dura, les humains furent invincibles. Une de leur flotte se trouvait à moins de deux parsecs de Véga ; une autre s'était emparée de la Lune et croisait à une seconde-lumière de la Terre que les rebelles aux uniformes en loques, ayant Tymball à leur tête, tenaient toujours.

Filip Sanat soupira et se retourna en entendant un bruit de pas. Ion Smitt, cet homme à la chevelure blanche, qui appartenait au contingent lactonien, surgit.

— Inutile de vous questionner. Votre expression parle d'elle-même, dit Sanat.

— La situation est désespérée, fit Smitt en secouant la tête.

— Saviez-vous que nous avons reçu aujourd'hui un message de Tymball ? Ils continuent de lutter avec les armes qu'ils ont prises aux Lhasinus. Ceux-ci se sont emparés de Buenos Aires, et selon toute probabilité l'Amérique du Sud tout entière sera bientôt sous leur domination. — Ils sont découragés — les partisans de Tymball, veux-je dire — et écœurés, et je le suis aussi. Et pivotant vivement sur lui-même : Vous prétendez que vos nouveaux vaisseaux-torpilles pourraient nous assurer la victoire. Alors pourquoi ne pas passer à l'attaque ?

— D'abord, fit le vieux soldat qui avait blanchi sous le harnais, en plantant sa jambe bottée sur la chaise la plus proche, parce que les renforts qui devaient nous arriver de Santanni ne viennent pas.

— Je croyais qu'ils étaient en route. Que s'est-il passé ? demanda Sanat, saisi.

— Le gouvernement santannien a décrété que sa flotte était indispensable à la défense du territoire, dit Ion avec un sourire désabusé.

— La défense de leur territoire ! Mais les Lhasinus sont à cinq cents parsecs de cette planète.

— Quand on cherche une excuse, on la trouve, même si elle ne vaut rien, fit Smitt en haussant les épaules. Je ne prétends pas, d'ailleurs, que ce soit là leur véritable raison.

Sanat repoussa ses cheveux en arrière puis ses doigts se mirent à jouer avec le soleil d'or fixé à son épaule.

— Et en admettant même qu'il en soit ainsi, nous pourrions combattre, nous qui disposons d'une flotte de plus de cent vaisseaux. Les forces ennemies sont deux fois supérieures aux nôtres, mais avec nos vaisseaux-torpilles, soutenus par la base lunaire, et par les rebelles qui les harcèleraient sur leurs arrières…

Filip n'en dit pas davantage et tomba dans un morne silence.

— Vous ne parviendrez pas à les convaincre de continuer la lutte, Filip. L'escadre trantorienne désire mettre fin aux hostilités. Et pris d'une brusque fureur : De la flotte tout entière, je ne peux compter que sur les vingt vaisseaux de ma propre escadre… la lactonienne. Oh ! Filip, vous ne pouvez savoir tout ce qui se trame de bas et de louche. Vous avez gagné les peuples à votre cause, mais non pas leurs gouvernements. L'opinion publique les a obligés à agir, mais maintenant qu'ils ont obtenu ce qu'ils désiraient, ils se refusent à s'engager davantage.

— Et moi je me refuse à le croire, Smitt. Alors que la victoire est à portée de leur main…

— La victoire ? La victoire pour qui ? C'est bien sur cet os que butent les planètes. Au cours d'une convention secrète des nations, Santanni a demandé le contrôle de tous les mondes lhasinus se trouvant dans le secteur de Sirius — dont aucun n'a encore été reconnu — et se l'est vu refuser. Vous ne le saviez pas, cela. En conséquence, Santanni a décidé de se cantonner dans sa propre défense et il a retiré ses escadres.

Filip Sanat se détourna pour dissimuler sa peine, mais Ion Smitt continua de la harceler sans merci.

— Là-dessus Trantor s'est rendu compte qu'elle haïssait et redoutait Santanni cent fois plus que les Lhasinus et d'un jour à l'autre, elle retirera elle aussi sa flotte, de crainte de l'exposer au feu de l'ennemi alors que la flotte santanienne reste tranquillement au port. Les nations humaines s'effilochent à nouveau, comme le ferait un tissu usé, fit le vieux soldat en frappant du poing sur la table. C'était un rêve insensé que de croire ces imbéciles à courte vue capables de s'unir pour atteindre un but valable.

— Un instant ! fit Sanat dont le regard filtrait entre des paupières à demi fermées. Les choses pourraient encore s'arranger si nous pouvions nous rendre maîtres de la Terre. Car elle est la clé de toute la situation. Il tambourina des doigts sur le rebord de la table, puis reprit : nous en emparer rallumerait l'enthousiasme déclinant. Des humains qui de tièdes deviendraient brûlants, et quant aux gouvernements, il leur faudrait suivre le mouvement sous peine d'être mis en pièces.

— Je le sais. Si nous nous lancions aujourd'hui à l'assaut, parole de soldat, nous serions demain maîtres de la Terre. Ils le savent, eux aussi, mais ils ne veulent pas se battre.

— C'est bien pour cela qu'il nous faut les y *obliger*. Et pour y parvenir, un seul moyen. Ne pas leur laisser d'alternative. S'ils refusent de se battre c'est parce qu'ils savent qu'ils peuvent parfaitement refuser le combat, mais si...

Il leva brusquement les yeux, le visage illuminé, reprit :

— Comme vous le savez, cela fait maintenant des années que je porte la tunique du Loariste. Croyez-vous que vos vêtements seraient à mes mesures ?

Ion Smitt abaissa son regard sur sa large panse et dit avec un bon rire :

— Il vous irait fort mal, mais vous y entreriez sans peine. Qu'avez-vous donc en tête ?

— Je vais vous le dire. C'est un terrible risque à courir, mais... Transmettez immédiatement à la garnison de la base lunaire les ordres suivants...

L'amiral de l'escadre solaire lhasinu, ce vétéran tout couturé, détestait deux choses au monde : les humains et les civils. Or l'homme grand et mince qui flottait dans ses vêtements avait le tort, à ses yeux, d'être à la fois un humain et un civil, et il le toisa avec un mépris non dissimulé.

— Dites-leur de me lâcher ! cria en végan Sanat qui se débattait pour échapper aux deux soldats lhasinus qui le tenaient. Vous voyez bien que je ne suis pas armé !

— Parlez, lui ordonna l'amiral en anglais. Mes hommes ne comprennent pas votre langue. Puis s'adressant aux soldats en lhasinu : si je vous en donne l'ordre, tirez !

— Je suis ici pour discuter avec vous des conditions d'une reddition, dit Sanat.

— C'est ce que j'ai compris en vous voyant hisser le drapeau blanc. Et cependant vous êtes arrivé comme fugitif dans un croiseur uniplace, à l'insu de votre propre flotte. Vous ne parlez donc pas au nom de cette flotte ?

— Non, je parle en mon propre nom.

— Je vous accorde une minute. Si au bout de ces soixante secondes votre proposition ne m'intéresse pas, je vous ferai fusiller.

Sanat tenta une fois de plus, mais sans succès, de se libérer. Ses gardiens ne firent que le maintenir plus solidement.

— Voici quelle est votre situation, expliqua-t-il. Aussi longtemps qu'elle tient sous son contrôle la base lunaire, vous ne pouvez vous permettre d'attaquer l'escadre des humains sans exposer votre propre flotte à des graves dommages, d'autant plus que la planète Terre vous est hostile. De plus j'ai appris que Véga a donné l'ordre de chasser à tout prix les humains du système solaire et que l'Empereur n'admet pas d'échecs.

— Vous disposez encore de dix secondes, fit l'amiral, mais fait révélateur, deux taches rouges étaient apparues sur son front.

— Et que diriez-vous, fit précipitamment Sanat, si je vous offrais sur un plateau la flotte des humains tout entière en vous indiquant le moyen de la prendre au piège ?

Et comme l'amiral se taisait, Sanat reprit :

— Que diriez-vous si je vous indiquais le moyen de vous emparer de la base lunaire et d'obliger ainsi les humains à se rendre ?

— Continuez ! fit l'amiral montrant enfin un signe d'intérêt.

— Je suis à la tête d'une des escadres, et je dispose de certains pouvoirs. Si vous acceptez mes conditions nous pourrions faire évacuer la base dans les douze heures, et deux vaisseaux — il leva deux doigts pour donner plus de poids à ses paroles — oui, deux vaisseaux suffiraient pour s'en emparer.

— Cela me paraît intéressant, fit le Lhasinu d'un ton rêveur. Mais à quel motif obéissez-vous et quelles raisons vous poussent à agir ainsi ?

— Cela n'a pour vous aucun intérêt, fit Sanat avec amertume. Je n'ai pas reçu le traitement qui m'était dû et je me suis vu privé de mes droits. De plus, et ses yeux étincelèrent, la cause de l'humanité est une cause perdue. Mais j'entends être dédommagé —

amplement dédommagé — de mon offre. Donnez-moi votre parole qu'il en sera ainsi et la flotte est à vous.

— Il existe un proverbe lhasinu, fit l'amiral dont toute l'attitude suait le mépris, disant que les humains ne sont fidèles que dans la trahison. Trahissez et vous serez récompensé. Je vous en donne ma parole de soldat. Vous pouvez regagner votre escadre.

Il fit signe aux soldats de se retirer en emmenant celui qui était un instant plus tôt leur prisonnier, mais au moment où ils allaient franchir le seuil de la porte, il les retint du geste et ajouta :

— Je ne risquerai en tout et pour tout que deux de mes vaisseaux. Ils ne représentent que bien peu de chose en regard de ma puissante flotte, mais si par votre faute un seul de mes hommes est touché...

Les écailles qui recouvraient sa tête se hérissèrent et Sanat baissa les yeux sous le regard glacial du Lhasinu.

L'amiral resta un long moment immobile et silencieux puis il cracha enfin entre ses dents :

— Ces humains, quelle racaille ! Les combattre, même, c'est se dégrader !

Le vaisseau amiral de la flotte des humains croisait à une centaine de milles au-dessus de la Lune, et tous les capitaines de l'escadre, assis à une table, écoutaient Ion Smitt leur adresser une virulente diatribe.

— ... ce que vous faites équivaut à une trahison. La bataille s'amplifie autour de Véga, et si les Lhasinus l'emportent, leur escadre solaire en sera renforcée au point de nous obliger à battre en retraite. Même si les humains l'emportent, le fait que nous ne les soutenions pas rendra leur victoire inutile. Nous pouvons vaincre, je vous l'affirme. Grâce à ces nouveaux vaisseaux-torpilles…

— Ces vaisseaux-torpilles, fit le chef des Trantoriens, un capitaine à l'air endormi, n'ont encore jamais été expérimentés. Nous ne pouvons nous lancer dans une bataille dans ces conditions, spécialement quand toutes les chances sont contre nous.

— Vous ne parliez pas ainsi au début, Porcut. Vous n'êtes qu'un traître et un lâche et cela vaut pour tous vos collègues. Oui, vous êtes tous des traîtres et des lâches !

Une chaise tomba avec bruit tandis qu'un des capitaines, furieux, se levait, bientôt imité par tous les autres. Filip Sanat le Loara, posté devant le hublot central d'où il pouvait scruter le paysage désolé de la Lune, se retourna, alarmé. Mais déjà Jem Porcut levait une main noueuse pour rappeler ses collègues à l'ordre.

— Finissons-en de ces luttes intestines, dit-il. Je représente Trantor et je ne reçois des ordres que de cette planète. Nous disposons ici de onze vaisseaux, sans compter ceux qui croisent devant Véga. Combien Santanni nous en a-t-elle envoyés pour grossir nos effectifs ? Aucun ! Pourquoi les garde-t-elle à l'ancre ? Pour prendre avantage, peut-être, du fait que notre flotte est dispersée. Nous savons tous quels sombres desseins cette planète nourrit contre nous. Nous n'allons pas risquer notre flotte pour qu'elle en tire bénéfice. Et voilà pourquoi Trantor ne se battra pas ! Mon escadre partira dès demain. Vu les circonstances, les Lhasinus seront trop heureux de nous laisser regagner Trantor sans s'interposer.

— Poritta fera de même, dit un autre des capitaines. Nous portons depuis vingt ans, suspendu à notre cou comme un lourd fardeau, le traité de Draconis. Les planètes impérialistes refusent de réviser ce traité, et nous, nous nous refusons à mener une guerre qui ne sert que leurs intérêts.

Les capitaines, les uns après les autres, entonnèrent avec hargne le même refrain :

— Notre intérêt s'y oppose ! Nous ne combattrons pas !

Filip Sanat le Loara, détournant son regard de la Lune, se mit à rire et dit, s'adressant à ces hommes qui se défilaient :

— Eh bien, Messieurs, aucun de vous n'abandonnera le combat.

Ion Smitt, poussant un soupir de soulagement, se laissa retomber dans son fauteuil.

— Et qui nous en empêchera ? demanda Porcut avec ironie.

— Les Lhasinus ! Ils viennent de s'emparer de la base lunaire et leur flotte nous cerne de partout.

Des exclamations fusèrent. La plus grande confusion régna, puis une voix cria, dominant toutes les autres :

— Et la garnison ?

— La garnison a détruit les fortifications et s'est enfuie bien avant l'arrivée des Lhasinus. L'ennemi n'a rencontré aucune résistance.

Le silence qui plana était plus impressionnant encore que les cris qui l'avaient précédé. Un des capitaines dit enfin, d'une voix sourde :

— Il y a donc eu trahison ? Qui a fomenté cela ? Ils se pressaient autour de Sanat, les poings serrés, le visage convulsé : Qui a pu commettre une telle infamie ?

— Moi, dit Sanat avec le plus grand calme.

Frappés de stupeur, les hommes se turent, l'air incrédule, puis s'exclamèrent : « Chien ! »« Cochon de Loariste ! » « Qu'on lui arrache les entrailles ! »

Mais tous reculèrent en voyant Ion Smitt braquer sur eux ses deux revolvers tonites, et protéger le Loara de son grand corps.

— Je fais moi aussi partie de ce complot, dit-il en ricanant. Et maintenant vous serez bien obligés de vous battre. Il est parfois nécessaire de combattre le feu par le feu et Sanat a combattu la trahison par la trahison.

Jem Porcut regarda fixement ses poings aux phalanges blanchies, puis se mit brusquement à glousser.

— Impossible de nous dérober, alors autant combattre. D'ailleurs je ne serai pas fâché, au fond, de flanquer une raclée à ces sales reptiles.

Il y eut un silence gêné, puis tous, faisant volte-face, brûlèrent soudain du désir de se battre.

Électrisés, ils repoussèrent avec dédain l'offre de capitulation des Lhasinus et les cent vaisseaux de la flotte des humains s'élancèrent dans l'espace en formation de défense. La grande bataille ayant pour enjeu la planète Terre était déclenchée.

Une bataille spatiale entre des forces à peu près égales ressemble singulièrement à un gigantesque combat d'escrime où les rapières sont représentées par les faisceaux de radiations mortelles, et les boucliers par un champ impénétrable de vagues d'éther.

Les deux flottes se mettent en position de combat. Un navire envoie le faisceau pourpre d'un tonite frapper avec furie l'écran d'un vaisseau ennemi, mais pour ce faire il se voit obligé d'abaisser son propre écran. L'espace d'un instant, il est donc vulnérable et offre une cible parfaite au vaisseau ennemi qui, en tirant, devient cible à son tour. Et l'opération se répète à l'infini. Chacune des unités de la flotte, ajoutant à la vitesse des machines la rapidité des réactions humaines tente de s'infiltrer dans les rangs ennemis à l'instant favorable, tout en préservant sa propre sécurité.

Filip Sanat le Loara savait tout cela et bien d'autres choses encore. Depuis que, s'élançant de la Terre, il s'était mesuré avec un croiseur, il avait étudié la tactique à employer au cours d'une guerre spatiale, et comme les deux flottes s'alignaient, il brûla du désir d'agir.

— Je descends au niveau de la grosse artillerie, lança-t-il à Smitt qui, l'œil collé au viseur, et la main posée sur le projecteur de vagues d'éther, lui cria :

— Allez-y si ça vous chante, mais ne dérangez pas les servants en pleine action.

Sanat sourit. L'ascenseur privé du capitaine l'amena jusqu'au niveau des gros canons. Il franchit alors les quelque cinq cents pieds qui le séparaient du groupe de servants et de mécaniciens qui s'activaient autour de Tonite Un. Dans un vaisseau, l'espace est forcément réduit, et Sanat fut sensible au grouillement de ces humains qui tous accomplissaient leur tâche pour actionner cette gigantesque machine qu'est un dreadnought géant.

Il gravit les six marches escarpées qui menaient à Tonite Un et fit signe au servant de s'écarter. Celui-ci hésita puis son regard tomba sur la tunique pourpre. Il se mit alors au garde-à-vous et bien à contrecœur descendit lentement, marche à marche de son poste de tir.

Sanat se tourna alors vers le coéquipier qui se tenait devant l'immense viseur du canon, et lui demanda :

— Es-tu prêt à travailler avec moi ? J'ai subi le test de rapidité de mes réactions et j'ai obtenu la note 1-A. J'ai d'ailleurs la carte sur moi, si tu veux la voir.

— Nos… non, Monsieur, fit le coéquipier rougissant et bégayant. C'est un honneur pour moi de travailler sous vos ordres.

À cet instant l'amplificateur tonna : « À vos postes ! » et un grand silence tomba que seul rompit le sourd grondement de la salle des machines.

— Ce canon a bien un quadrant d'espace ? chuchota Sanat au coéquipier.

— Oui, Monsieur.

— Parfait. Essaie de repérer un dreadnought portant au flanc un double soleil à demi éclipsé.

Un long silence suivit. Les mains sensibles du coéquipier, posées sur la roue, la faisait pivoter dans un sens puis dans l'autre, explorant tout le champ de vision, et son œil cherchait à repérer les navires ennemis rangés en bon ordre.

— Ça y est, je le tiens ! s'exclama-t-il. Mais ma parole, c'est le vaisseau-amiral !

— Exactement. Centre-le-moi, ce vaisseau !

Tandis que la roue pivotait, le champ spatial oscillait avec elle et bientôt le vaisseau-amiral ennemi s'approcha, sur le viseur, du point où les deux lignes de mire se rencontraient. Le coéquipier manipula la roue avec encore plus de délicatesse et de sûreté.

— Ça y est ! Je l'ai en plein centre ! s'écria-t-il.

— Maintiens-le, lui ordonna Sanat. Ne le perds pas de vue, ne fût-ce qu'une seconde, tant qu'il se trouve dans notre quadrant. L'amiral ennemi est sur ce vaisseau et nous allons nous en emparer, toi et moi.

Les deux vaisseaux étaient maintenant à portée de tir l'un de l'autre, et Sanat sentit monter en lui une vive tension. La victoire, il le savait, ne tenait qu'à un fil. Les humains avaient l'avantage de la vitesse, mais les Lhasinus avaient des effectifs deux fois plus nombreux.

Un rayon lumineux zébra l'espace, puis un autre, puis dix autres.

Il fut suivi d'un éclair pourpre d'une incroyable intensité.

— Touché ! s'exclama Sanat, haletant.

En effet, un des navires ennemis allait à la dérive ; sa poupe n'était plus qu'un amas de métal en fusion.

Les deux escadres se maintenaient toujours à une certaine distance. Des tirs furent échangés à une vitesse-lumière. Par deux fois un rayon pourpre scintilla à l'extrémité du viseur. Sanat se rendit compte, et il en eut des chenilles dans le dos, que c'était un de leurs tonites qui tirait.

Le tournoi d'escrime arrivait à son point culminant. Deux faisceaux jaillirent presque simultanément et Sanat lança une imprécation. Un des vaisseaux de la flotte des humains avait été atteint. Par trois fois leur parvint, du niveau inférieur, le sourd grondement des moteurs atomo poussés à leur puissance maximale, ce qui signifiait qu'un des rayons ennemis, dirigés sur leur vaisseau, avait été intercepté par l'écran de sécurité.

Sans relâche, le coéquipier maintenait le vaisseau-amiral en plein centre de son viseur. Une heure s'écoula ; une heure au cours de laquelle six vaisseaux lhasinus et quatre unités des humains furent totalement détruits ; une heure au cours de laquelle la roue tourna d'une fraction de degré dans un sens ou dans l'autre ; au cours de laquelle elle pivota à un cheveu près dans une dizaine de directions.

La sueur trempait les cheveux du coéquipier et lui dégoulinait dans les yeux. Ses doigts étaient comme paralysés, et cependant le vaisseau-amiral était toujours au centre du viseur.

Quant à Sanat, il veillait. Le doigt sur la détente, il veillait et attendait.

Par deux fois le vaisseau-amiral fut baigné d'un halo pourpre, ses canons crachant le feu, son écran protecteur abaissé. Et par deux fois Sanat faillit appuyer sur la détente, mais il se retint. Il n'avait pas été assez rapide.

Enfin Sanat frappa de plein fouet. Il se leva d'un bond. Son coéquipier poussa un hurlement de joie et lâcha enfin la roue directrice du viseur.

Transformé en un gigantesque brasier, en un véritable bûcher funéraire, le vaisseau-amiral, ayant à son bord l'amiral lhasinu lui-même, s'en alla en fumée.

Sanat éclata d'un rire triomphal. Il tendit sa main que vint serrer, en une ferme étreinte, son compagnon de combat. Mais ce triomphe ne dura pas assez longtemps pour permettre à son compagnon de prononcer les mots de victoire qui lui montaient aux lèvres. En effet, le viseur s'emplit d'un éclat pourpre comme cinq unités de la flotte des humains se désintégraient sous les mortels rayons ennemis.

— Remontez les écrans de sécurité ! tonna une voix dans l'amplificateur. Arrêtez le tir ! Mettez-vous en formation de combat à la torpille !

Sanat sentit une terrible incertitude le prendre à la gorge. Il savait ce qui venait de se passer. Les Lhasinus étaient finalement parvenus à mettre en action les énormes canons de la base lunaire ; des canons ayant une portée trois fois plus grande que les plus gros canons de la flotte... des canons qui sans crainte de tir en retour pouvaient anéantir les vaisseaux des humains.

Le tournoi d'escrime était terminé. La véritable bataille allait s'engager. Un type de bataille encore jamais expérimenté et Sanat comprit que tous se posaient la même question. Oui, il le comprit à leur sombre expression et à leur silence.

Cela pouvait réussir ! Et peut-être pas !

L'escadre de la planète Terre avait repris sa formation en arc de cercle, et les unités s'écartaient les unes des autres, leurs batteries ayant cessé de cracher le feu. Les Lhasinus allaient procéder à la mise à mort. Coupés de tout ravitaillement d'énergie comme l'étaient les Terrestres, incapables de lutter contre les gigantesques canons des batteries lunaires qui rendaient les Lasinus maîtres de l'espace environnant, il ne leur resterait plus bientôt d'autre alternative que la capitulation ou l'autodestruction.

Les rayons tonites ennemis dirigeaient leurs mortels faisceaux sur les écrans torturés de la flotte des humains qui s'embrasaient sous le choc des radiations.

Sanat entendit les moteurs atomo poussés au maximum protester en gémissant. Se l'étant interdit jusque-là, il lança un regard sur la jauge à l'énergie, et comme il l'observait l'aiguille se mit à vaciller, puis à baisser à une vitesse inquiétante.

— Vous croyez qu'on les aura, Monsieur? demanda son coéquipier en humectant ses lèvres desséchées.

— Sans aucun doute, fit Sanat, bien loin d'éprouver la confiance qu'il affichait. Il nous faut tenir encore une heure... mais prions le Ciel qu'ils ne se replient pas.

Ce que ne firent pas les Lhasinus. Se replier eut dégarni leurs lignes et aurait permis aux humains de se précipiter dans les brèches ainsi ouvertes.

La flotte des humains avançait maintenant à une vitesse considérablement réduite, à peine cent milles à l'heure. Elle s'éleva lentement au-dessus des faisceaux de radiation pourpres, diminuant ainsi la distance qui la séparait des forces ennemies.

Mais dans leur vaisseau, l'aiguille de la jauge tombait rapidement et le cœur de Sanat tombait avec elle. Il se dirigea vers le groupe de soldats entraînés qui attendaient, à côté d'un gigantesque et brillant levier, l'ordre qui allait peut-être leur être lancé immédiatement... ou jamais.

Seuls un ou deux milles séparaient maintenant les deux flottes ennemies. — Distance inexistante dans une bataille navale — puis un ordre fut lancé de vaisseau à vaisseau à travers le champ protecteur, et l'écho s'en répercuta jusqu'au niveau des batteries.

— *Sortez les torpilles !*

Vingt mains, dont celle de Sanat, appuyèrent sur le levier qui s'abaissa majestueusement jusqu'au sol. Un grincement puissant se fit entendre et un choc sourd ébranla le vaisseau tout entier.

Le dreadnought s'était transformé en un vaisseau lance-torpilles.

À l'avant, un panneau blindé glissa sur le côté et une étincelante et redoutable lance de métal en jaillit. D'une centaine de pieds de long, de dix pieds de diamètre à la base, elle se terminait en pointe d'aiguille. L'acier chromé de cette lance brillait au soleil d'un éclat insoutenable. Chacune des unités de l'escadre des humains était équipée de la même arme redoutable. Chacune portait dans ses flancs dix, quinze, vingt, cinquante mille tonnes de sabres volants.

Les épées de l'espace !

En un point de la flotte lhasinu des ordres avaient été fiévreusement lancés. Contre la classique tactique des batailles navales — dans les temps anciens mêmes les trirèmes rivales se transperçaient de leurs proues aiguisées — une flotte spatiale, dotée des engins les plus modernes, était sans défense.

Sanat se fraya un chemin jusqu'au viseur, s'installa sur un siège anti-accélération, dont il attacha la ceinture, et sentit les ressorts amortir le choc en retour comme le vaisseau bondissait en avant.

Mais peu lui importaient ces contingences. Il ne désirait qu'une chose, assister à la bataille ! Personne, ni sur le lieu de cette bataille ni dans la galaxie tout entière, n'avait pris un tel risque. Et il risquait de voir s'écrouler un rêve qu'il avait, à lui seul, créé de rien.

Il avait pris entre ses mains une galaxie apathique, et l'avait entraînée à se soulever contre les reptiles. La planète Terre était sur le point de se détruire elle-même, et presque à lui seul il l'avait sortie de l'abîme. Une victoire remportée par les humains serait la victoire du Loara Filip Sanat et de lui seul.

Il avait jeté dans la balance, lui-même, la Terre et la galaxie qui ne faisaient plus qu'un. Sur l'autre plateau de la balance pesait l'issue de cette dernière bataille, une bataille qu'il avait provoquée par une trahison raisonnée, et qu'ils perdraient peut-être, à moins que leur nouvelle arme ne l'emporte.

S'ils la perdaient, cette bataille, il serait seul responsable d'une gigantesque défaite qui sonnerait le glas de l'humanité.

Les vaisseaux lhasinus tentaient de se dérober au combat, mais ne se montraient pas assez rapides. Tandis qu'ils prenaient lentement de la vitesse, l'escadre des humains diminua de trois quarts la distance qui les en séparait. Un vaisseau lhasinu, se profilant sur l'écran, avait atteint des proportions colossales. Lançant encore, et en vain, un dernier et mortel rayon pourpre, il faisait appel à toute sa puissance pour atteindre à une rapide accélération.

Mais son image ne faisait que s'amplifier sur l'écran et la lance brillante qui apparaissait au bas de cet écran le visa, tel un javelot étincelant.

Sanat ne pensa pas pouvoir supporter plus longtemps une telle tension. Cinq minutes de plus et il serait soit le plus célèbre héros, soit le plus grand traître de la galaxie tout entière. Le sang lui battait douloureusement aux tempes.

Et enfin le miracle se produisit.

Le choc !

On ne distingua plus, sur l'écran, qu'un amas chaotique de ferraille tordue. Le siège anti-accélération gémit, comme ses ressorts amortissaient le choc. Puis les choses se stabilisèrent peu à peu. Le vaisseau reprenait son équilibre. La lance-torpille s'était brisée, ne laissant plus qu'un tronçon déchiqueté et tordu, mais le vaisseau ennemi qu'elle avait transpercé n'était plus qu'une épave.

Sanat, retenant son souffle, scruta l'espace, vaste mer où flottaient les épaves des vaisseaux. Dans le lointain on voyait encore quelques unités ennemies, durement atteintes, qui s'enfuyaient, poursuivies par les vaisseaux des humains.

Il perçut dans son dos un hourra délirant, tandis que deux fortes mains le prenaient aux épaules.

Il se retourna. Smitt... Smitt, ce vétéran qui avait vu cinq guerres, avait les larmes aux yeux.

— Filip, dit-il, nous avons remporté la victoire. Nous venons de recevoir un message de Véga. La flotte que les Lhasinus gardaient à l'ancre a été entièrement détruite grâce à la fameuse lance-torpille. La guerre est terminée. Nous sommes victorieux. Non, le grand vainqueur, c'est toi Filip ! Oui, toi !

Il serrait à les briser les épaules du Loara Filip Sanat qui ne s'en apercevait même pas. Plongé dans l'extase, il restait là, immobile, le visage transfiguré.

La planète Terre était libérée ! L'humanité sauvée !

Pour une raison que j'ignore, peut-être à cause de son titre absurde pour lequel je décline, je m'empresse de le dire, toute responsabilité, « Le frère prêcheur, gardien de la flamme » est tenu par le public comme l'exemple le plus éclatant de mon incompétence juvénile. En effet, lorsque cette nouvelle leur tombe sous les yeux, les fervents de la science-fiction s'imaginent m'embarrasser en s'y référant.

Elle n'est pas bonne, je le reconnais, mais non dépourvue d'un certain intérêt.

En premier lieu, la série de mes « Fondations » qui remportèrent un grand succès en dérive directement. En effet dans « Le frère prêcheur, gardien de la flamme » tout comme dans mes « Fondations », les humains occupent différentes planètes ; et deux mondes qui sont cités dans « Gardien de la flamme » Trantor et Santanni, jouent un rôle important dans mes « Fondations ». (Fait à souligner, le premier volume de mes « Fondations » parut deux mois seulement après « Le frère prêcheur » et cela parce que j'eus de la peine à placer cette dernière nouvelle.)

De plus, on retrouve dans mon premier roman de science-fiction, « Pebble in the Sky », qui devait paraître huit ans plus tard, de fortes réminiscences du « Frère prêcheur ». Dans ces deux œuvres, la situation que connaît alors la planète Terre m'a été inspirée par la Judée sous le règne des Romains. La bataille spatiale que je décris dans « Le frère prêcheur, gardien de la flamme » s'inspire, elle, de la bataille de Salamine, où les Grecs remportèrent sur les Perses une éclatante victoire. (Chaque fois que j'ai écrit des œuvres historiques d'anticipation, j'ai jugé plus sage de me référer à l'histoire des temps passés. Et cela vaut également pour la série de mes « Fondations ».)

Cependant, « Le frère prêcheur, gardien de la flamme » m'a guéri à tout jamais d'effectuer sur demande de nombreuses révisions. Il est en effet bien possible que la pauvre qualité de cette nouvelle tienne au fait que je l'ai révisée par six fois. Je sais qu'il existe des écrivains qui revoient, et revoient et revoient leurs œuvres, qui les polissent pour leur donner paraît-il de l'éclat, mais je m'en sens incapable.

J'ai pris pour habitude, maintenant, de taper un premier jet sans faire de plan au préalable. Je compose en effet librement sur ma machine, alors que bien des lecteurs qui me questionnent sur ma manière de travailler, s'imaginent qu'on ne peut écrire un premier jet qu'à la main. À dire vrai, non seulement écrire à la main me donne une crampe au poignet au bout d'un quart d'heure, mais je trouve ce procédé trop lent et j'ai peine à me relire. En revanche, je suis capable de taper quatre-vingt-dix mots à la minute, et cela pendant des heures. Quant au plan, j'ai essayé une fois d'en établir un, et le résultat a été désastreux, un peu comme de vouloir jouer du piano après avoir revêtu une camisole de force.

Après avoir donc tapé ce premier jet, je le relis et le corrige à la plume. Puis je le retape de nouveau et cette fois définitivement. Je ne le révise plus, du moins de mon propre gré. Si un éditeur me demande d'apporter de minimes corrections que j'estime justifiées, je m'exécute ; mais revoir un texte de A à Z, ou effectuer une seconde révision, c'est une autre affaire. Je m'y refuse absolument.

Ce n'est pas chez moi de l'orgueil mal placé, ou une marque de mauvais caractère. C'est tout simplement qu'à mon avis de trop importantes révisions ou de trop nombreuses corrections prouvent que le texte est mauvais. Le temps que je passerais à essayer de sauver ce texte malvenu, je l'emploierais beaucoup plus agréablement à en écrire un autre. (Pour moi procéder à une révision c'est un peu comme de mâchonner du chewing-gum ayant perdu toute saveur.) Mieux vaut mettre de côté un texte qui vous a été refusé dans l'espoir de le placer un jour ailleurs… car un texte rejeté par un éditeur peut être accepté par un autre.

À l'époque où j'écrivais « Le frère prêcheur, gardien de la flamme », je me lançai à fond dans des activités se rapportant de près ou de loin à la science-fiction. J'étais devenu membre d'une association appelée « The Futurians » qui comprenait un certain nombre de fanatiques de la science-fiction destinés à peu près tous à jouer dans ce domaine un rôle important, en qualité d'auteurs, d'éditeurs ou des deux. Je citerai parmi eux Frederik Pohl, Donald A. Wollheim, Cyril Kornbluth, Richard Wilson, Damon Knigt et j'en passe.

Comme je l'ai dit plus haut, je me liai tout particulièrement d'amitié avec Pohl. Au cours du printemps et de l'été 1939, il vint me voir régulièrement, feuilletant mes manuscrits et me déclarant qu'il n'avait jamais vu « une pile aussi importante de refusés ».

Nous envisageâmes même la possibilité qu'il devienne mon agent littéraire. S'il n'était pas plus âgé que moi, il connaissait un nombre beaucoup plus grand d'éditeurs, et le domaine de l'édition lui était plus familier. Je fus tenté, mais je craignais de devoir renoncer à mes visites mensuelles chez Campbell et j'y tenais trop pour prendre ce risque.

En mai 1939, j'écrivis une nouvelle que j'intitulai « Robbie », et le 23 de ce même mois, je la soumis à Campbell. C'était la première histoire de robot que j'écrivais et elle contenait le germe de ce qui devait devenir par la suite « Three Laws of Robotics ». Fred lut le double et me déclara qu'il jugeait cette nouvelle bonne, mais qu'à son avis Campbell la refuserait parce qu'elle contenait de nombreuses maladresses et que la fin en était faible. Campbell la refusa en effet, le 6 juin, exactement pour les raisons que m'avait données Pohl.

Le fait m'impressionna fort et les quelques hésitations que je ne nourrissais encore à le laisser me représenter se dissipèrent… mais j'eus soin de spécifier que je me réservais de traiter personnellement avec Campbell.

Je confiai donc « Robbie » à Fred, mais il ne parvint pas, lui non plus, à placer cette nouvelle, bien qu'il l'eût même soumise à un magazine de science-fiction britannique (chose à laquelle je n'aurais jamais pensé). Cependant, en octobre 1939 il devint lui-même rédacteur en chef d'*Astonishing Stories* et de *Super Science Stories* et cessa de ce fait d'être mon agent littéraire.

Mais le 25 mars 1940, il fit, en sa qualité de rédacteur en chef, ce qu'il n'avait pu effectuer comme agent. Il plaça ma nouvelle… en la publiant lui-même.

Elle parut dans *Super Science Stories* sous un autre titre (Pohl avait la passion de changer les titres). Il intitula donc cette nouvelle « Strange Playfellow » ce que je trouvai très mauvais. Finalement, cette nouvelle, placée en tête de huit autres qui traitaient elles aussi de « robots positrioniques » formèrent le recueil intitulé *I, Robot*, mais dans ce recueil je redonnai à cette nouvelle son titre original : « Robbie », et c'est sous ce titre qu'elle a paru dans des éditions ultérieures.

Quinze ans plus tard, me naissait une fille. Elle fut baptisée Robyn, mais je l'appelai Robbie. On me demanda plus d'une fois s'il y avait là un rapport, si je lui avais donné délibérément ce nom parce que mes histoires de « robot » remportaient un très grand succès. Je répondis toujours par la négative, car il n'y a là que pure coïncidence.

Une chose encore… Au cours de mon entretien du 6 juin 1939 avec Campbell, celui où il me refusa « Robbie », je fis la connaissance d'un auteur de science-fiction qui jouissait déjà d'une réputation bien établie, L. Sprague de Camp. Ce fut le début d'une étroite amitié — la plus étroite peut-être parmi cette grande famille que sont les auteurs de science-fiction — et qui nous lie aujourd'hui encore.

J'écrivis ensuite une nouvelle que j'intitulai « Le sens secret ». Je la soumis le 21 juin 1939 à John Campbell qui me la renvoya le 28. Pohl lui-même ne parvint pas à la placer.

Vers la fin de 1940, cependant, Don Wollheim, membre de l'Association des « Futurians », fut nommé rédacteur en chef de deux nouveaux magazines de science-fiction, *Cosmic Stories* et *Stirring Science Stories*, mais ces magazines ne disposaient que d'un mini-budget et le seul moyen pour eux de paraître consistait à se procurer des nouvelles sans bourse délier… au moins pour les premiers numéros. Dans ce but, Wollheim en appela aux « Futurians », qui s'exécutèrent de bonne grâce. Le premier numéro fut entièrement formé (du moins je le crois) de nouvelles données par des « Futurians », soit sous leur nom, soit sous des pseudonymes.

Je fus, moi aussi, pressenti, et comme l'étais convaincu de ne pouvoir placer nulle part « Le sens secret » j'en fis don à Wollheim qui s'empressa de l'accepter.

Et voilà l'histoire, à ce détail près qu'à la même époque un autre magazine, *Comet Stories* fit son apparition avec pour rédacteur en chef F. Orlin Tremaine qui avait précédé Campbell à *Astounding*.

J'allai voir Tremaine à plusieurs reprises dans l'espoir de lui placer une nouvelle ou deux. Dès mon second entretien, le 5 décembre 1940, Tremaine me parla avec indignation des magazines de Wollheim qui allaient paraître. Alors que lui-même payait ses auteurs au prix fort, Wollheim se procurait des nouvelles sans bourse délier, enlevant ainsi à peu de frais leur clientèle à des magazines qui payaient leurs auteurs. Tout auteur de science-fiction qui donnerait pour rien des nouvelles à Wollheim, me dit-il encore, contribuant ainsi à couler des magazines concurrents travaillant honnêtement, devrait figurer sur une liste noire.

Je l'écoutai, horrifié, me rappelant que j'avais moi-même donné gratuitement une nouvelle à Wollheim. Une nouvelle que je croyais ne rien valoir, mais il ne m'était pas venu à l'esprit que ce faisant je me livrais, envers d'autres auteurs, à une concurrence déloyale.

Je n'eus pas le courage d'avouer à Tremaine que je comptais parmi les coupables, mais à peine rentré chez moi j'écrivis à Wollheim en le plaçant devant cette alternative : soit faire paraître ma nouvelle sous un pseudonyme, et dans ce cas je ne risquais rien ; soit, s'il tenait à la faire paraître sous mon nom, me verser cinq dollars afin que, si la question se posait, je puisse en tout honnêteté répondre que je lui avais vendu, et non donné cette nouvelle.

Wollheim tint à ce qu'elle paraisse sous mon nom et m'envoya un chèque de cinq dollars, mais il y mit beaucoup de mauvaise grâce. (Il faut dire qu'à cette époque il était connu pour son mauvais caractère.) Il accompagna ce chèque d'une lettre furieuse où il me déclarait entre autres qu'il me payait à un taux royal, car seul mon nom présentant une certaine valeur, je recevais donc deux dollars cinquante par mot. Peut-être avait-il raison. Dans ce cas ce taux était en effet fort élevé, car aujourd'hui encore je ne l'ai pas dépassé. Par contre, ma nouvelle battait un record. Je n'en ai jamais cédé une pour un prix aussi bas.

Bien des années plus tard, Sam Moskowitz, ce remarquable historiographe de la science-fiction, me consacra une courte biographie qui parut en avril 1962 dans *Amazing*. Dans la version erronée qu'il donne des incidents que je décris plus haut, ce serait Campbell qui se serait irrité du don que j'avais fait de mes nouvelles et qui m'aurait menacé de me faire figurer sur une liste noire.

Or il n'en est rien !

Campbell ne fut en rien mêlé à cette histoire et de plus il aurait été incapable de m'adresser des menaces. S'il avait connu d'avance mon intention de céder gratuitement des nouvelles à un magazine concurrent, il m'aurait de façon tout amicale fait comprendre ce que mon geste avait de stupide et l'affaire en serait restée là.

Mais alors que je faisais l'impossible pour que Tremaine ignore mon geste inconsidéré, je n'eus pas un instant l'intention de le dissimuler à Campbell. Lorsque je le revis, le 16 décembre 1940, je lui racontai toute l'histoire en détail et il y répondit par un haussement d'épaules.

À mon avis, Campbell était persuadé qu'un magazine qui n'était pas en mesure de rétribuer ses collaborateurs était condamné à disparaître à plus ou moins longue échéance, puisqu'il ne publiait que des nouvelles, plus que probablement refusées par ses concurrents. L'avenir lui donna raison. *Cosmic Stories* ne sortit que trois numéros, et *Stirring Science*

Stories, quatre. « Le sens secret » fut la seule de mes nouvelles qui parut chez eux.

Quant à *Comet Stories*, dont seuls cinq numéros parurent, si Tremaine hésita à s'assurer deux de mes nouvelles, pour finir il n'en publia aucune.

Le sens secret

Les accents entraînants d'une valse de Strauss emplissaient la pièce. Les doigts sensibles de Lincoln Fields en rendaient les moindres nuances, et les yeux mi-clos, il lui semblait voir tournoyer des couples sur le parquet brillant de quelque luxueux salon.

La musique faisait toujours naître en lui des rêves de beauté et transformait sa chambre en un mélodieux paradis. Ses mains plaquèrent un dernier accord, puis retombèrent comme à contrecœur.

Il soupira et resta un moment silencieux comme pour retenir un instant encore l'écho de ces sons harmonieux. Puis il se tourna, en lui souriant, vers l'autre occupant de la pièce.

Garth Jan lui sourit à son tour sans dire mot. Garth éprouvait beaucoup de sympathie pour Lincoln Fields, mais le comprenait mal. Ils appartenaient à deux mondes différents — et cela au sens littéral du mot — car Garth était originaire d'une des cités géantes et souterraines de la planète Mars, alors que Field était le produit de cette ville tentaculaire qu'était, sur Terre, New York.

— Alors, que penses-tu de cela, mon vieux Garth ? demanda Fields non sans appréhension.

Garth secoua la tête, et dit en articulant lentement et péniblement :

— Je t'ai écouté attentivement, et à parler franc, je n'ai pas trouvé cette musique désagréable. Elle a une cadence, un rythme qui sont assez plaisants. Mais belle, certainement pas.

Field lui lança un regard empli d'une intense pitié. Le Martien surprit ce regard et comprit ce qu'il signifiait, mais il n'éveilla en lui aucune envie. Son grand corps osseux resta plié en deux sur une chaise trop petite pour lui et il continua de balancer négligemment ses longues jambes minces.

— Viens t'asseoir sur cette banquette, dit Fields se levant d'un bond et prenant son ami par le bras.

— Je devine que tu veux procéder à une petite expérience, fit Garth s'exécutant de bonne grâce.

— Tu as deviné juste. Certains ouvrages scientifiques tentent d'expliquer en quoi diffèrent les systèmes sensoriels des Terriens et des Martiens, mais j'avoue que bien des points restent pour moi obscurs.

Il frappa sur le clavier le do puis le fa et interrogea le Martien du regard.

— S'il y a une différence, dit Garth d'un ton hésitant, elle est minime. Si je n'avais pas écouté très attentivement, je t'aurais dit que tu venais de taper par deux fois la même note.

— Et maintenant ? fit le Terrien qui appuya sur le do puis sur le sol.

— Cette fois, je perçois la différence.

— Je finis par croire que ce que l'on dit sur vous est exact. Pauvres bougres, vous êtes vraiment à plaindre d'avoir l'ouïe aussi peu développée.

— Comment pourrait-on regretter une chose qu'on n'a jamais possédée ? fit Garth Jan en haussant les épaules d'un air résigné. Il se tut un instant, puis reprit : Te rends-tu compte que nous vivons une période de l'histoire où, pour la première fois, deux races douées d'intelligence sont capables de communiquer l'une avec l'autre ? Cette comparaison entre nos systèmes sensoriels est des plus intéressantes… et elle ne peut qu'enrichir notre conception de la vie.

— C'est exact, reconnut le Terrien, mais j'ai bien peur que l'avantage se trouve de notre côté. Un de nos biologistes a déclaré, pas plus tard que le mois passé, qu'il trouvait stupéfiant qu'une race au système sensoriel si peu développé ait atteint un degré de civilisation aussi élevé.

— Tout est relatif, Lincoln. Tel qu'il est, il nous suffit.

— Mais si tu savais, Garth, si tu savais tout ce que vous manquez, dit Fields, désespérant de le convaincre. Vous ne percevez pas l'incroyable beauté d'un coucher de soleil ou d'une prairie en fleurs ondulant sous le vent. Vous ne pouvez admirer ni le bleu du ciel, ni le vert de l'herbe, ni l'or d'un champ de blé mûr. Pour vous le monde n'est fait que d'ombre et de lumière. Et frissonnant à cette pensée : Vous êtes incapables de humer le parfum délicat d'une fleur. Et vous ne pouvez même pas jouir d'une chose aussi simple qu'un bon repas. Saveur, parfum, couleurs, tout vous échappe. Je vous plains de vivre dans un univers aussi terne.

— Ce que tu dis n'a pour moi aucun sens, Lincoln. Cesse de t'apitoyer sur moi et dis-toi bien que je suis aussi heureux que toi, sinon plus. Il se leva, s'arma de la canne dont il ne pouvait se passer en raison de la rapide gravitation de la Terre, et reprit avec agacement : Garde-toi de nous juger du haut de ta prétendue supériorité. Nous nous gardons de nous vanter de certains avantages dont vous ignorez tout.

Puis comme s'il regrettait les derniers mots qu'il venait de prononcer, il adressa à son ami une petite grimace amicale et se dirigea vers la porte.

Fields, ébahi, réfléchit un instant. Se levant d'un bond, il courut vers Garth, et le prenant aux épaules, l'obligea à revenir sur ses pas en disant :

— Qu'as-tu voulu insinuer par cette dernière phrase ?

— N'y pense plus, Lincoln, fit Garth en détournant la tête, comme incapable de soutenir le regard de son ami. Agacé par la pitié que tu me manifestais, j'ai laissé échapper quelques mots que j'aurais mieux fait de retenir.

— C'est donc exact ? dit Fields en lui lançant un regard incisif. Je ne m'étonne pas que les Martiens aient des sens que ne possèdent pas les Terriens, mais ce qui dépasse l'entendement c'est que vous teniez à les garder secrets.

— Il ne peut en être autrement. Maintenant que je t'en ai dit plus que je ne voulais, et cela grâce à ma stupidité, peux-tu me promettre que ce que je vais te dire restera strictement entre nous ?

— Bien entendu ! Je serai muet comme la tombe, mais je veux bien être pendu si je comprends un mot à ce que tu me racontes. Explique-moi plutôt de quelle nature est ce fameux sens secret que vous possédez.

— Comment te l'expliquer ? fit Garth Jan. Peux-tu me définir les couleurs à moi qui suis incapable de les concevoir ?

— Je ne te demande pas une définition. Dis-moi plutôt quel usage vous en faites. Je t'en prie, parle, puisque je t'ai promis de garder le secret.

— Tu ne serais pas plus avancé pour ça, fit le Martien en poussant un profond soupir. Serais-tu satisfait d'apprendre que si tu me montrais deux récipients emplis d'un liquide transparent, je serais capable de te dire sur-le-champ lequel des deux contient du poison ? Que si tu m'exhibais un fil de cuivre je te dirais instantanément si un courant électrique le parcourt, ce courant ne serait-il même que d'un millième d'ampère ? Ou encore que si tu tenais une substance, quelle qu'elle soit, à cinq mètres de moi, je t'en indiquerais la température à trois degrés près. Ou encore... mais je t'en ai assez dit.

— Ce n'est que ça ? s'exclama Fields, l'air déçu.

— Que pourrais-tu désirer de plus ?

— Les phénomènes que tu viens de me décrire ont leur utilité, certes, mais où est la beauté dans tout cela ? Cet étrange sens que vous possédez n'a-t-il aucune valeur sur le plan spirituel, mais uniquement sur le plan matériel ?

— Vraiment, Lincoln, tu me désespères, fit Garth Jan avec un geste d'impatience. J'ai répondu à la question que tu me posais sur l'usage que nous pouvons faire de ce sens. Mais évidemment je n'ai pas cherché à t'en expliquer la nature. Prends par exemple votre sens des couleurs. Pour autant que je puisse m'en rendre compte, il ne vous sert qu'à établir de subtiles distinctions qui m'échappent. Ainsi vous pouvez, par leur couleur, identifier certaines solutions chimiques alors que je me verrais obligé de procéder à des analyses. En quoi réside la beauté dans tout cela ?

Fields ouvrait déjà la bouche pour répondre, mais le Martien lui fit de la main signe de se taire et reprit :

— Je sais. Tu vas me ressortir une fois de plus ton blablabla sur la splendeur d'un coucher de soleil. Mais que sais-tu de la beauté ? Sais-tu ce qu'a d'admirable un fil de cuivre traversé par un courant alternatif ? Ou encore un solénoïde qui acquiert, grâce au courant qui le parcourt, les propriétés d'un aimant ? Et enfin, as-tu jamais assisté à un *portwen* martien ?

Transporté par tout ce qu'il évoquait, Garth Jan était ému aux larmes. Fields le regarda, stupéfait. Les rôles étaient maintenant inversés, et son sentiment de supériorité l'abandonna brusquement.

— Chaque race a ses qualités propres, marmonna-t-il non sans une certaine hypocrisie, mais je continue à ne pas comprendre pourquoi vous en faites un tel mystère, alors que nous autres Terriens n'avons pas de secrets pour vous.

— Ne nous accuse pas d'ingratitude ! s'écria Garth Jan avec véhémence. (Selon l'éthique martienne l'ingratitude est le pire des péchés, et s'en voir accusé fit oublier à Garth toute prudence.) Nous autres Martiens n'agissons jamais sans raison. Et ce n'est pas uniquement dans notre propre intérêt que nous gardons secret ce don magnifique.

Le Terrien se permit un sourire ironique. Il était sur une piste — il le sentait jusque dans la moelle de ses os — et le seul moyen de faire parler son ami était de le taquiner.

— Je suis persuadé que tu obéis à un très noble sentiment. Mais chose curieuse, vous autres Martiens attribuez toujours au moindre de vos actes une raison altruiste.

— Rien ne t'autorise à dire une chose pareille ! s'exclama Garth Jan en se mordant nerveusement la lèvre.

Il envisagea un instant, pour expliquer sa répugnance à en dire davantage, le souci qu'il avait de la tranquillité d'esprit de son ami. Mais la moqueuse allusion de Fields à son prétendu altruisme l'en dissuada. Et la colère montant en lui précipita sa décision. Ce fut d'un ton nettement hostile qu'il reprit, les yeux mi-clos, le regard fixé dans le vide :

— Pour mieux te faire comprendre les choses, je vais user de comparaisons. Tu m'as déclaré que je vivais dans un monde uniquement composé d'ombre et de lumière. Puis tu t'es efforcé de me décrire ton propre univers, tout de nuances et de beauté. Je t'ai écouté, mais n'y ai guère attaché d'importance. Cet univers que tu décris, je ne le connais pas et ne le connaîtrai jamais. Comment pourrait-on pleurer la perte de quelque chose qu'on ne connaît pas ?

« Mais que se passerait-il si tu étais en mesure de m'accorder le don de percevoir les couleurs ne serait-ce que pendant cinq minutes ? Que se passerait-il si pendant cinq minutes m'étaient révélées des merveilles que je ne soupçonne pas, même en rêve ? Enfin que se passerait-il si, ces cinq minutes écoulées, je devais renoncer à ce don *à jamais* ? Ces cinq minutes paradisiaques compenseraient-elles toute une vie d'amers regrets... une vie qui me paraîtrait morne en raison de mes propres manques ? N'aurais-tu pas agi plus amicalement envers moi en ne parlant même pas des couleurs, en m'évitant ainsi d'en être obsédé ?

— Voudrais-tu insinuer, dit Fields qui s'était levé et qui regardait le Martien, les yeux écarquillés, voudrais-tu insinuer qu'un Terrien, s'il en exprimait le désir, pourrait connaître ce sens secret des Martiens ?

— Uniquement pendant cinq minutes, dit Garth Jan, l'air rêveur, et au cours de ces cinq minutes... Il se tut, lança un regard irrité à son ami, puis ajouta : Tu sais mieux que moi ce qui est bon ou mauvais pour toi. Encore une fois, n'oublie pas la promesse que tu m'as faite que tout cela resterait entre nous.

Il se leva vivement, et s'éloigna aussi rapidement qu'il le pouvait en s'appuyant lourdement sur sa canne. Fields ne fit pas un geste pour le retenir. Il resta assis dans son fauteuil à réfléchir.

*

La caverne était si haute que sa voûte se perdait dans une sorte de brume percée à intervalles réguliers par le halo des globes de radite. Des vagues d'air tiédi par les émanations volcaniques souterraines s'y succédaient. Devant Lincoln Fields s'étendait la large avenue dallée de la principale cité de Mars que l'on distinguait dans le lointain.

Fields gagna péniblement l'entrée de la demeure de Garth Jan, ses semelles alourdies d'une couche de plomb de quinze centimètres d'épaisseur qui rendaient sa marche difficile. Mais mieux valait encore, pour un Terrien, se déplacer difficilement que de procéder par bonds en raison de l'apesanteur.

Si le Martien fut surpris de revoir son ami au bout de six mois, il ne manifesta pas une joie débordante. Fields ne fut pas long à le remarquer, mais se contenta de sourire. Après l'échange habituel de banalités, les deux amis s'installèrent.

Fields écrasa sa cigarette dans le cendrier, puis se redressa, brusquement sérieux.

— Je suis venu te réclamer ces cinq minutes que tu prétends pouvoir m'accorder. Me fais-tu ce don ?

— Voilà une question de pure forme qui ne demande pas de réponse, fit Garth avec un dédain non dissimulé.

— Me permets-tu de t'exposer ma situation en quelque mots ? demanda le Terrien en regardant son ami d'un air pensif.

— Je n'y vois aucun inconvénient, fit le Martien en souriant avec indifférence.

— Eh bien voilà. Je suis né et ai été élevé dans le luxe, et abominablement gâté. Je n'ai jamais éprouvé un désir qui n'ait été comblé, et j'ignore ce que signifie ne pas recevoir ce que l'on demande. Tu me suis ?

Comme le Martien ne répondait pas, il reprit :

— Mon bonheur, je l'ai puisé dans la beauté des formes, du verbe et des sons. J'ai sacrifié au culte de la beauté. En un mot je suis ce que l'on appelle un esthète.

— Intéressant, fit le Martien, gardant un visage de pierre, mais je ne vois pas le rapport avec ce qui t'amène.

— Simplement ceci. Tu m'as fait miroiter une nouvelle forme de beauté... une forme inconnue de moi que je ne puis même pas concevoir, mais que je pourrais goûter si tu le veux bien. Cette idée m'attire. Elle fait plus que m'attirer. Elle m'obsède. Et encore une fois, lorsque j'éprouve un désir, j'y cède... J'y ai toujours cédé.

— Cette fois la décision ne dépend pas de toi, dit Garth Jan. Ce n'est peut-être pas très délicat de ma part de te le rappeler, mais tu ne peux pas m'y forcer. Et ta façon de t'exprimer a quelque chose d'offensant pour moi par ce qu'elle sous-entend.

— Je suis content que tu me parles ainsi, dit Fields, car cela me permet de me montrer brutal à mon tour sans éprouver le moindre remords. Et comme le Martien souriait sans rien dire, il reprit, en pesant ses mots : Je te réitère ma demande en invoquant la gratitude que tu me dois.

— De la gratitude ! s'exclama le Martien en sursautant.

— Selon votre éthique... aucun Martien digne de ce nom ne peut se soustraire à une telle requête, fit Fields avec un large sourire. Oui, tu me dois de la reconnaissance, car c'est grâce à moi que tu as été reçu par les plus hautes personnalités de la planète Terre.

— Je ne le nie pas, fit Garth Jan en rougissant de colère, mais je trouve très impoli de ta part de me le rappeler.

— Je n'avais pas le choix. Tu as exprimé toi-même, quand tu séjournais sur la planète Terre, toute la gratitude que tu éprouvais envers moi. Et au nom de cette gratitude, accorde-moi de jouir de ce sens mystérieux que vous autres Martiens gardez à ce point secret. Me le refuseras-tu ?

— Tu sais parfaitement que je ne le peux pas, fit l'autre d'un air sombre. Si j'hésite, c'est pour ton propre bien. Il se leva, tendit la main gravement, puis dit : Tu me pousses dans mes retranchements, Lincoln. Accordé ! Mais après cela je ne te devrai plus rien. Je te paierai ainsi ma dette de reconnaissance. Entendu ?

— Entendu ! Les deux hommes échangèrent une poignée de main, puis Lincoln Fields reprit, d'un ton tout différent : Nous resterons amis, j'espère. Cette discussion ne va pas altérer nos rapports ?

— J'espère que non. Et maintenant suis-moi. Nous allons, au cours du dîner, discuter de l'heure et du lieu de tes… cinq minutes.

Lincoln Fields s'efforça de dissimuler la nervosité qui montait en lui tandis qu'il attendait dans la salle de musique de Garth Jan. Et il réprima un fou rire en constatant qu'il éprouvait exactement la même sensation que dans la salle d'attente de son dentiste.

Il alluma sa dixième cigarette, en tira deux bouffées, l'éteignit, puis s'exclama :

— Que de peine tu te donnes, Garth !

— Tu ne disposes que de cinq minutes, fit le Martien en haussant les épaules. Il faut donc que tu en tires le maximum. Tu vas entendre un fragment d'un *portwem*, ce qui pour nous correspond à une symphonie, si c'est bien là le mot.

— Vas-tu me faire languir encore longtemps ? À parler franc, cette attente est intolérable.

— J'attends Novi Long qui va exécuter ce *portwem*, et Done Vol, mon médecin privé. Ils ne devraient pas tarder à arriver.

Fields monta sur l'estrade qui occupait le centre de la salle et examina avec intérêt l'appareil compliqué qui s'y trouvait. L'avant en était encastré dans de l'aluminium poli, ne laissant apercevoir que sept rangées de boutons d'un noir brillant et, au-dessous, cinq pédales blanches. L'arrière, en revanche, était ouvert et l'on pouvait y voir un entrelac incroyablement compliqué de fils qui se croisaient et s'entrecroisaient.

— Curieux instrument, fit remarquer le Terrien.

— Un instrument très coûteux, déclara le Martien venant le rejoindre sur l'estrade. Il m'a coûté dix mille écus martiens.

— Comment fonctionne-t-il ?

— À peu près comme un de vos pianos. Chacun des boutons que tu vois là commande son propre circuit électrique. Selon qu'il les actionne séparément ou simultanément, un bon joueur de *portwem* peut, en manipulant les boutons, créer tous les circuits électriques imaginables. Les pédales que tu vois dans le bas servent à régler la puissance du courant.

Fields hocha la tête d'un air absent et laissa ses doigts courir au hasard sur les boutons. Il constata alors que le petit galvanomètre placé juste au-dessus des touches s'agitait violemment chaque fois qu'il appuyait sur un bouton. À part cela il ne remarqua rien de spécial.

— Suis-je réellement en train de jouer de cet instrument ? demanda-t-il.

— Oui, fit le Martien en souriant, et tu en tires des accords discordants. Il s'installa devant l'instrument et murmura : Tiens, voilà comment on en joue, et ses doigts coururent avec rapidité et sûreté sur les boutons scintillants.

La voix stridente et nasillarde d'un Martien élevant de vives protestations obligea Garth Jan, confus, à lever les mains du clavier.

— Je te présente Novi Lon, dit-il vivement à Fields. Comme toujours il réprouve ma manière de jouer de cet instrument.

Fields se leva pour aller au devant du nouveau venu, un homme aux épaules voûtées, visiblement très âgé. Son visage, spécialement autour de la bouche et des yeux, était couvert d'un réseau de fines rides.

— Ah ! voilà le jeune Terrien ! s'exclama Novi Lon dans un anglais à l'accent dur. Je désapprouve votre témérité, mais j'apprécie votre désir d'assister à un *portwem.* C'est grand dommage que vous ne puissiez jouir du sens spécial dont nous sommes dotés que pendant cinq minutes seulement. Privé de ce sens, personne ne peut prétendre avoir pleinement vécu.

— Il exagère, Lincoln, fit Garth Jan en riant. C'est un des plus grands musiciens de la planète Mars et pour lui devrait être damné tout être qui préfère survivre plutôt qu'assister à un *portwem.* Et prenant affectueusement le vieil homme par le bras : Il a été mon professeur dans ma jeunesse et Dieu sait combien d'heures il a passé à tenter de m'enseigner à manier avec virtuosité ces combinaisons de circuits électriques.

— Et avec toi, j'ai complètement échoué, tête de pioche, aboya le vieux Martien. En entrant dans cette salle je t'ai entendu massacrer la musique. Tu n'as toujours pas appris à te servir harmonieusement des combinaisons de sons. Le grand Bar Danin a dû se retourner dans sa tombe. Et dire que tu as été mon élève ! Quelle honte !

L'entrée d'un troisième Martien, Done Vol, mit fin à la diatribe de Novi Lon. Garth, ravi de cette diversion, alla vivement au-devant du médecin, et lui demanda :

— Tout est prêt ?

— Ouais, grommela Volk, et je trouve cette expérience singulièrement dénuée d'intérêt, étant donné que nous en connaissons d'avance les résultats. Et regardant le Terrien avec mépris : c'est celui-là qui demande à être inoculé ?

Lincoln Fields acquiesça de la tête et ce faisant sentit brusquement sa bouche et sa gorge se dessécher. Il regarda avec appréhension le nouveau venu et le vit, non sans malaise, tirer de sa trousse une petite fiole emplie d'un liquide transparent et une seringue hypodermique.

— Qu'allez-vous faire ? demanda-t-il.

— Simplement t'inoculer ce liquide. Cela ne prendra qu'une seconde, lui assura Garth Jan. Les organes du sens qui nous intéresse consistent en plusieurs groupes de cellules situées dans le cortex cervical. Ils sont activés par une hormone qui, sous une forme synthétique, sert à stimuler, par exemple, les cellules inertes d'un Martien aveugle de naissance. C'est ce traitement que nous allons t'appliquer.

— Alors si je comprends bien, nous autres Terriens possédons également, dans notre cortex cérébral, ces mêmes cellules.

— Oui, mais à l'état rudimentaire. Cette hormone synthétique les activera, mais pendant cinq minutes seulement. Du fait de cette activité inhabituelle, ces cellules seront entièrement détruites et ne pourront *en aucun cas* être réactivées.

Done Vol qui avait achevé ses préparatifs s'approcha de Fields qui sans broncher lui tendit son bras droit où s'enfonça l'aiguille de la seringue hypodermique.

L'injection effectuée, le Terrien attendit un moment puis dit avec un petit rire tremblé :

— Je ne sens en moi aucun changement.

— Pour cela il te faudra attendre au moins dix minutes, lui expliqua Garth. Assieds-toi. Novi Lon a commencé de jouer *Oasis dans le désert*, celle des œuvres que je préfère. Quand l'hormone commencera d'agir tu en saisiras toute la beauté.

Maintenant que les dés étaient irrévocablement jetés, Fields fut empli d'un calme olympien. Novi Lon jouait avec furia et Garth Jan, assis à la droite du Terrien, paraissait sous le charme. Done Vol, lui-même, ce médecin mesquin et hargneux, semblait en extase.

Fields retint un ricanement. Les Martiens étaient tout oreille, mais lui ne percevait aucun son, et pour ainsi dire aucune autre sensation, d'ailleurs. Serait-il par hasard — mais non, c'était impensable — victime d'une stupide plaisanterie ? Mal à l'aise, il s'étira, et repoussa cette pensée avec irritation.

Les minutes s'écoulèrent. Les doigts de Nevi Lon couraient sur le clavier. À voir son expression, Garth Jan était en pleine extase.

Lincoln Fields cilla à plusieurs reprises. L'espace d'un instant le musicien et son instrument parurent nimbés d'un halo coloré. Il le percevait mal, mais sentait cependant qu'il existait. Ce halo s'amplifia au point d'emplir la salle de musique. D'autres s'ajoutèrent à lui, et d'autres encore. Ils ondulaient, ondoyaient, s'étiraient, se contractaient, se transformaient à la vitesse-lumière et cependant restaient pareils à eux-mêmes. De subtils dessins de teintes brillantes se formaient, se défaisaient, projetant de silencieuses explosions de couleur sur les pupilles de Lincoln Fields.

Puis, simultanément, il perçut des sons. D'abord un murmure qui s'amplifia en un véritable cri de triomphe, monta et descendit la gamme en de tremblants trémolos. Il lui sembla entendre simultanément tous les instruments, du pipeau à la contrebasse, et chose paradoxale, chacun résonnait isolément à son oreille.

Puis vint s'y ajouter une subtile vague odorante. À peine perceptible au début, elle sembla monter d'un véritable champ de fleurs. De délicates senteurs épicées se succédèrent, de plus en plus fortes, lui causant un extrême plaisir.

Mais tout cela n'était rien encore et Fields en était pleinement conscient. Il *savait* que tout ce qu'il voyait, entendait, humait n'était qu'illusion… mirages d'un cerveau qui tentait fiévreusement d'adapter une conception entièrement nouvelle à des critères familiers.

Graduellement, couleurs, sons et senteurs s'évanouirent. Fields commença de se rendre compte que ce qui lui faisait battre les tempes était quelque chose d'absolument inconnu de lui. L'effet de l'hormone se fit plus fort et brusquement — comme en un éclair — Fields comprit ce qu'il éprouvait.

Quelque chose qu'il ne voyait pas... qu'il n'entendait pas, qu'il ne humait pas, qu'il ne goûtait pas, qu'il ne palpait pas. Il savait de quoi il s'agissait mais ne trouvait pas de mots pour l'exprimer. Puis peu à peu il se rendit compte qu'il n'existait pas de mots pour l'exprimer, ni même pour le concevoir.

Et cependant il savait de quoi il s'agissait.

Des vagues de joie pure déferlaient sur son cerveau... des vagues qui le transportaient au-dessus de lui-même et le plongeaient tout entier dans un univers jusque-là inconnu de lui. Il tombait dans une éternité de... quelque chose d'indéfinissable. Il ne s'agissait ni de sons ni de visions et cependant cela existait. Quelque chose qui l'enveloppait, qui dissimulait à sa vue tout ce qui l'entourait... Oui, c'était bien ça. Une succession ininterrompue d'impressions d'une infinie variété. Chaque vague qui venait se briser sur lui, lui découvrait un horizon de plus en plus lointain ; ce merveilleux manteau de sensations qui l'isolait du reste du monde se fit plus enveloppant... plus doux... plus merveilleux encore.

Puis il perçut les premières notes discordantes. Une légère fissure dans une beauté jusque-là parfaite. Une fissure qui s'amplifia, se creusa plus profondément jusqu'à ce que finalement tout éclate dans un bruit de tonnerre... totalement silencieux.

Lincoln Fields, stupéfait, égaré se retrouva dans la salle de musique.

Il se leva d'un bond, s'accrocha convulsivement au bras de Garth Jan et s'écria :

— Garth ! Pourquoi a-t-il cessé de jouer ? Dis-lui de continuer ! Dis-le lui !

— Mais il joue, Lincoln, fit Garth chez qui la surprise fit place à la pitié.

Le Terrien, le regard encore embrumé, sembla d'abord ne pas comprendre. Il regarda autour de lui avec des yeux qui ne voyaient pas. Les doigts de Novi Lon couraient sur le clavier avec la même vélocité, et son visage exprimait toujours la même extase. Comme il comprenait enfin ce qui lui arrivait, le regard vide du Terrien s'emplit d'horreur.

Il se laissa tomber sur un siège en poussant un cri rauque et enfouit sa tête dans ses mains.

Les cinq minutes s'étaient écoulées ! Et il ne pouvait plus revenir en arrière.

Garth Jan souriait… d'un sourire diabolique.

— J'avais pitié de toi il y a un moment, Lincoln, mais maintenant je suis content… oui content ! Tu m'as forcé la main… tu m'as obligé à te faire subir cette expérience. J'espère que tu es satisfait, car moi, en tout cas, je le suis. Jusqu'à la fin de tes jours — et il cracha ces derniers mots d'un ton venimeux — jusqu'à ton dernier jour tu te rappelleras ces cinq minutes, tu sauras ce que tu manques… ce que tu ne retrouveras jamais. Tu es aveugle, Lincoln… aveugle !

Le Terrien leva vers lui un visage hagard, s'efforça de sourire, mais ne parvint qu'à ébaucher un rictus. Il dut faire appel à toute sa volonté pour ne pas laisser voir ce qu'il ressentait.

Mais il n'osa pas se risquer à parler. D'un pas chancelant il sortit de la pièce, la tête haute.

Mais en lui résonnait une voix qui répétait sans fin : tu étais, en entrant dans cette salle de musique, un homme normal. Tu en sors aveugle… *aveugle*… AVEUGLE.

L'été de 1939 fut pour moi un temps plein de doutes et d'incertitude.

En juin je passai avec succès mes examens à Columbia et obtins ma licence ès sciences. Une bonne chose de faite. Cependant j'avais échoué pour la seconde fois au concours d'entrée à la Faculté de médecine. À dire vrai je ne tenais pas tellement à suivre les cours de cette faculté et je m'étais préparé sans grande conviction, mais il me fallait maintenant prendre une décision.

Que faire ? Je n'éprouvais guère l'envie de dénicher un poste quelconque, et je décidai donc de poursuivre mes études. Je m'étais spécialisé en chimie, c'est pourquoi, ne pouvant m'inscrire à la Faculté de médecine, je tentai tout naturellement le doctorat dans cette branche.

Mais la question se posait. Pourrais-je assumer financièrement ces études ? La question se serait également posée, et même d'une façon plus aiguë si j'avais été accepté à la Faculté de médecine. J'avais déjà dû faire de l'équilibre pendant mes quatre années d'université, et pendant la dernière année, les quelque deux cents dollars que m'avaient rapportés mes nouvelles m'avaient été d'une aide considérable.

D'une part, je tenais absolument à continuer d'écrire, et de l'autre, doutes et incertitude ne m'y disposaient pas. Au cours de cet été-là je ne parvins à écrire qu'une seule et unique nouvelle intitulée « Life Before Birth ».

En l'écrivant je tentais pour la première fois de m'évader de la science-fiction. « Life Before Birth » en était proche, mais appartenait plutôt au domaine du fantastique, sans les restrictions que m'imposait une certaine rigueur scientifique.

Si je me lançai dans cette voie c'est qu'au début de 1939 Street & Smith lancèrent un nouveau magazine, *Unknown*, dont Campbell était le rédacteur en chef.

Unknown me séduisit immédiatement. Il publiait le genre de nouvelles que nous appelons actuellement « Contes pour grandes personnes », et aux yeux du garçon de dix-neuf ans que j'étais alors le style paraissait plus recherché et plus littéraire que dans *Astounding*. Bien entendu je mourais d'envie de voir une de mes nouvelles publiée par ce nouveau et prestigieux magazine.

« Life Before Birth » constituait de ma part une tentative dans cette direction, mais à part le fait qu'elle relevait du fantastique, cette nouvelle ne m'a laissé aucun souvenir. Soumise le 11 juillet à Campbell, elle me fut retournée le 19. Je ne réussis pas à la placer ailleurs, et rien n'en a subsisté.

Le mois d'août fut pire encore. Sur l'Europe planait le terrible spectre de la guerre, et en effet la Seconde Guerre mondiale fut déclenchée le

1er septembre, jour où les Allemands envahirent la Pologne. Pendant des jours je ne pus rien faire d'autre qu'écouter la radio. Le 11 septembre seulement je me sentis l'esprit assez libre pour m'attaquer à une autre nouvelle, « The Brothers ».

« The Brothers » relevait de la pure science-fiction, et tout ce dont je me souviens c'est qu'il s'agissait de deux frères dont l'un incarnait le bien et l'autre le mal, et d'une invention scientifique réalisée par l'un des deux. Je la soumis le 5 octobre à Campbell qui me la renvoya le 11 du même mois. Celle-là non plus je ne parvins pas à la placer, et de celle-là non plus il n'est resté aucune trace.

Cet été avait été bien stérile et il me fallait maintenant affronter un autre problème. L'université Columbia ne semblait pas tenir spécialement à me recevoir dans son sein. Les autorités devaient penser qu'en poursuivant mes études de chimie je ne ferais que marquer le pas en attendant de tenter une fois de plus le concours qui me donnerait accès à la Faculté de médecine.

Je jure qu'il n'en était rien, mais ma position était délicate, car en ma qualité de futur étudiant en médecine je n'étais pas astreint à suivre des cours de physico-chimie et n'en avais donc rien fait. Or cette discipline était indispensable à la poursuite d'études de chimie.

Je m'obstinai, et finalement le comité directeur me fit la proposition suivante : Je suivrais les cours réguliers pendant une année en plus de celui de physico-chimie où il me faudrait obtenir au moins un B. Si j'échouais je devrais renoncer à tout, car la bourse que j'avais obtenue me serait retirée

Un des membres de ce comité me dit, quelques années plus tard, que l'on m'avait fait cette proposition dans l'espoir que je refuserais un programme aussi lourd. N'ayant jamais échoué à un examen, il ne me vint pas à l'esprit que cette proposition qui réclamait un certain effort put se retourner contre moi.

Je l'acceptai donc. À la fin du premier semestre je figurai parmi les trois « A » en physico-chimie qui furent décernés dans une classe de soixante étudiants, et toutes les restrictions qui m'avaient été imposées furent levées.

Dès le mois de décembre j'avais été assez loin dans mes études pour être certain d'être reçu aux examens. Seule ma situation financière restait incertaine. Il me fallait donc recommencer à écrire.

Le 21 décembre je mis sur le chantier « Homo Sol » et achevai cette nouvelle le 1er janvier 1940, veille de mon vingtième anniversaire. Je la soumis à Campbell le 4 janvier et rencontrai ce jour-là, dans son bureau, Théodore Sturgeon et L. Ron Hubbard, deux écrivains déjà connus qui faisaient partie de son équipe. (Hubbard a acquis depuis, si j'ose dire, une célébrité mondiale en tant que fondateur de la dianétique et de la scientologie.)

Je ne relève dans mon journal aucun signe de découragement et cependant, au cours de dix-huit mois d'efforts assidus, je n'étais parvenu à placer à Campbell qu'une nouvelle sur les dix-huit que j'avais écrites. Il en avait refusé huit avant d'accepter « On n'arrête pas le progrès », et m'en avait ensuite renvoyé sept autres. (Je ne lui avais pas montré les deux nouvelles que je plaçai ailleurs, et il n'eut donc pas l'occasion de les refuser, ce qu'il aurait certainement fait si je les lui avais soumises.)

Si je ne me laissai pas aller au découragement c'est grâce à l'intérêt que me témoignait Campbell, un intérêt qui ne se démentait pas. Puisqu'il ne se lassait pas de lire mes nouvelles et de me donner des conseils avec beaucoup de gentillesse, pourquoi me serais-je lassé d'en écrire ? De plus, comme il m'arrivait de placer des nouvelles (six déjà à cette époque-là) dans des magazines autres que *Astounding*, et que les deux magazines de Pohl m'offraient un nouveau et sympathique débouché, pourquoi me serais-je laissé aller au découragement ?

Quant à « Homo Sol », ma dix-neuvième nouvelle, elle ne me fut pas refusée d'emblée. Une fois de plus, Campbell me demanda de la réviser. Ce que je fis par deux fois, mais je ne connus pas les mêmes mécomptes qu'avec « Le frère prêcheur, gardien de la flamme ». Il se déclara satisfait de ma seconde révision et le 17 avril 1940 je recevais mon second chèque de Campbell (le septième en tout). Mieux encore, il se montait à soixante-douze dollars, ma nouvelle comportant 7 200 mots. C'était le chèque le plus important que j'aie touché jusque-là.

Détail amusant, j'ai gardé au sujet de ce chèque, le souvenir d'un petit incident qui se déroula le soir-même dans la confiserie de mon père où je travaillais chaque jour et où je devais continuer de travailler deux ans encore. Un client prit ombrage de ma manière désinvolte de lui dire « merci » lorsqu'il régla son achat… crime que je commettais fréquemment, car je m'acquittais de mes fonctions de façon toute machinale tout absorbé que j'étais par l'élaboration de mes nouvelles.

Pour mieux me faire sentir mon manque d'attention et de cœur à l'ouvrage, ce client me dit d'un ton réprobateur :

— Mon fils s'est fait, la semaine passée, cinquante dollars en travaillant durement. Et vous, comment gagnez-vous votre vie ?

— J'écris, lui déclarai-je, et lui exhibant mon chèque : voici ce que j'ai touché aujourd'hui pour une de mes nouvelles.

Je connus là un instant de joie pure.

Homo Sol

La sept mille cinquante-quatrième session du Congrès galactique siégeait en réunion solennelle dans le vaste hémicycle d'Éon, seconde planète d'Arcturus.

Le président délégué se leva majestueusement. Son large visage d'Arcturien se colora légèrement tandis qu'il passait en revue les délégués. Ménageant ses effets, il se tut un instant avant de faire une annonce officielle… car après tout, l'entrée d'un nouveau système planétaire dans cette grande famille qu'était la galaxie se présente rarement deux fois dans la vie d'un homme.

Un silence respectueux plana durant cette pause. Les deux cent quatre-vingt-huit délégués — représentant chacun une des deux cent quatre-vingt-huit planètes dont l'atmosphère était enrichie d'oxygène et le sol parfaitement irrigué — attendaient patiemment que leur président prît enfin la parole.

Tous les types humains étaient réunis dans cet hémicycle. Certains étaient grands et maigres ; d'autres puissants et massifs, d'autres encore, petits et trapus. Certains avaient de longs cheveux raides ;

d'autres, une sorte de duvet grisâtre sur la tête et le visage; d'autres encore, une blonde chevelure bouclée; d'autres enfin un crâne lisse et nu. Certains avaient de longues oreilles poilues au pavillon en forme de trompette, tandis que chez d'autres la membrane du tympan était soudée à la tempe. Certains avaient de grands yeux de gazelle à la prunelle violette, et d'autres de petits yeux noirs en boutons de bottine. Un des délégués avait la peau verte, un autre un nez en trompe d'éléphant et l'on discernait chez l'un d'eux les vestiges d'une queue. Quant à leurs organes internes, ils offraient toutes les variations possibles.

Mais ils étaient semblables en deux choses essentielles.

Tous étaient des humanoïdes. Tous étaient doués d'intelligence.

— Messieurs les délégués, tonna le président d'une voix de stentor, le système de Sol a découvert le secret des voyages interstellaires, ce qui lui permet d'aspirer au rang de membre de la fédération galactique.

Les acclamations fusèrent. L'Arcturien leva la main pour réclamer le silence et reprit:

— Je suis en possession du rapport officiel d'Alpha Centauri, la cinquième planète où ont atterri les humanoïdes de Sol. Ce rapport est tout à fait satisfaisant, c'est pourquoi l'interdiction de communiquer avec Sol où de s'y rendre est levée. Sol est désormais libre et prête à accueillir les vaisseaux de la fédération. Dès maintenant une expédition placée sous le commandement de Joselin Arn, d'Alpha Centauri, se prépare à partir pour Sol afin de remettre aux autorités une invitation en bonne et due forme à entrer dans la fédération.

Il se tut, et aussitôt, de deux cent quatre-vingt-huit gosiers jaillit ce cri retentissant : « Vive Homo Sol ! Vive Homo Sol ! Bienvenue à Homo Sol !

C'était par cette formule traditionnelle que la fédération accueillait tous ses nouveaux membres.

Tan Porus se leva de toute sa hauteur d'un mètre cinquante — il était grand pour un Rigellien — une expression mécontente assombrissant ses yeux verts et vifs.

— Le voici, Lo-fan. Voilà six mois que ce sacré poulpe qui m'a été envoyé par Beta Draconis IV me plonge dans la perplexité.

Lo-fan passa son long doigt mince sur son front et une de ses oreilles velues tressaillit à plusieurs reprises. Il avait voyagé pendant quatre-vingt-cinq années-lumière pour débarquer sur Arcturus III en compagnie du plus célèbre psychologue de la fédération… dans le but bien défini d'étudier l'étrange mollusque dont les réactions inattendues déconcertaient le non moins célèbre Rigellien.

Et il le voyait enfin, ce mollusque : une masse boursouflée d'un rouge terne dont les chairs molles se terminaient par des tentacules et qui, au fond de l'aquarium où il végétait, offrait l'image même de la placidité et de l'indifférence. En toute sérénité il se nourrissait des vertes frondes de fougères aquatiques.

— Je ne vois rien en lui d'extraordinaire, déclara Lo-fab.

— Ah oui ? fit Tan Porus en ricanant. Eh bien regardez ça.

Il tira un grand rideau, plongeant ainsi la pièce dans l'obscurité. Seule une faible lumière bleue tombait sur l'aquarium et dans cette pénombre on distinguait à peine ce poulpe draconien.

— Et maintenant je mets en marche le stimulus, grommela Porus.

Au-dessus de sa tête un écran se colora d'une douce lumière verte projetée directement sur l'aquarium. Au bout d'un moment cette lumière verte passa au rouge terne, puis presque immédiatement à un jaune étincelant. Pendant une demi-minute le faisceau transperça le spectre, puis au moment où il se transformait en un blanc éclatant, un son clair, comme émis par une cloche de cristal, résonna.

Comme l'écho de ce son se mourait, le corps du poulpe fut parcouru d'un frisson. Puis il se détendit et se laissa tomber lentement au fond de l'aquarium.

— Il est profondément endormi, grogna Porus en ouvrant le rideau. Ça ne rate pas. Chacun des spécimens que nous avons étudiés se laisse tomber comme une pierre au moment où résonne cette note.

— Endormi, dites-vous ! Quelle chose étrange ! Avez-vous noté la formule du stimulus ?

— Évidemment. Tenez, la voilà. Nous avons noté la longueur exacte des ondes lumineuses, plus la durée de chacune d'entre elles, et enfin la tonalité exacte de la note qui résonne à la fin de l'expérience.

Lo-fan étudia ces chiffres d'un air dubitatif, le sourcil froncé et les oreilles dressées. Puis d'une poche intérieure, il sortit une règle à calculer.

— À quel type appartient le système nerveux de ce mollusque ? demanda-t-il.

— Au Deux-B. Au plus simple, au plus ordinaire des Deux-B. J'ai fait contrôler la chose par des anatomistes, des physiologistes et des écologistes, jusqu'à ce qu'ils en aient le sang à la tête. Et tous ces imbéciles sont arrivés au même résultat. Le système nerveux de ce sacré animal est bien du type Deux-B.

Sans dire mot, Lo-fan actionna dans sa glissière la règle à calculer, de gauche à droite puis de droite à gauche. Il immobilisa la règle à un point donné, la scruta, haussa les épaules et prit sur un rayon un énorme volume. Il le feuilleta, y releva certains chiffres, les compara avec ceux que portait la régie et dit enfin :

— Ça ne tient pas debout !

— Je ne vous le fais pas dire ! s'exclama Tan Porus. J'ai essayé par six fois, en utilisant chaque fois un moyen différent, de trouver le pourquoi de cette réaction. Et à chaque fois j'ai échoué. Et si même j'arrivais à édifier une théorie qui expliquerait pourquoi il s'endort, nous ne saurions toujours pas pourquoi il réagit à ce stimulus et pas à un autre.

— C'est vraiment un stimulus spécifique ? demanda Lofan d'une voix haut perchée.

— C'est bien ce qu'il y a de pis ! s'écria Tan Porus, qui se penchant en avant assena une claque sur le genou de Lofan. Si vous déplacez la longueur d'onde de n'importe quelle unité-lumière, ne serait-ce que de cinquante angstrœms, dans une direction ou dans l'autre, ce mollusque ne s'endort pas. Diminuez ou augmentez le temps de durée d'une unité-lumière de deux secondes, ce poulpe ne s'endormira pas. Altérez la tonalité de la note d'un huitième d'octave dans un sens ou dans l'autre… et à nouveau il ne s'endormira pas. Mais usez de la combinaison exacte et il tombera dans une sorte de coma.

— Par la galaxie ! murmura Lo-fan impressionné, tandis que ses oreilles velues se dressaient. Mais comment avez-vous fait pour découvrir la combinaison voulue ?

— Je n'y suis pour rien. Cela s'est passé sur Beta Draconis. Dans une université de province, depuis des années, les étudiants de première année travaillaient en laboratoire, sur les réactions des molluscoïdes aux sons et à la lumière. Un de ces étudiants tomba, par le plus grand des hasards, sur la combinaison lumière-son qui plongea le mollusque dans un profond sommeil. Affolé, il fit part de sa découverte à son chef de laboratoire. Celui-ci procéda aussitôt à la même expérience sur un autre poulpe qui lui aussi s'endormit. Ils changèrent la combinaison… il ne se passa rien. Ils revinrent à la première combinaison et le mollusque tomba dans une espèce de coma. Après avoir répété sans fin cette expérience et s'être rendu compte qu'ils n'arrivaient à rien, ils expédièrent cet animal sur Arcturus à mon intention. Et cela fait maintenant six mois que je n'en dors plus.

Un son musical s'éleva et Porus s'exclama avec impatience :

— Qu'y a-t-il encore ?

— Un messager envoyé par le président délégué du Congrès, monsieur, dit une voix métallique sortant de l'interphone posé sur le bureau.

— Envoyez-le-moi.

Le messager resta juste assez de temps pour remettre à Porus une impressionnante enveloppe scellée et pour dire avec enthousiasme :

— De grandes nouvelles, Monsieur. La candidature de Sol a été déclarée recevable.

— Et alors ? grommela Porus à peine le messager sorti. C'était couru d'avance.

Il ouvrit l'enveloppe, en retira les feuillets qu'elle contenait, les parcourut puis s'exclama :

— Par Rigel !

— Qu'y a-t-il de cassé ? demanda Lo-fan.

— Ces politiciens ne cessent de m'empoisonner l'existence pour des vétilles. On dirait vraiment qu'il n'y a pas sur Eon d'autre psychologue que moi. La preuve ! Nous nous attendions que les Solariens résolvent d'un moment à l'autre le principe de l'hyperatomo. Ils y sont finalement arrivés et ont débarqué, au cours d'une expédition, sur Alpha Centauri. Du coup les politiciens se déchaînent. Ils exigent que nous expédiions une délégation pour leur offrir d'entrer dans la Fédération. Et, bien entendu, il faut dans cette délégation un psychologue chargé de leur faire cette proposition dans les formes voulues les incitant à nous donner une réponse favorable. Or comme vous le savez, il n'existe pas, dans l'armée, un seul homme qui reçoive une formation de psychologue.

— Je le sais. Je ne le sais que trop, fit Lo-fan en acquiesçant de la tête. Nous nous heurtons aux mêmes difficultés. Les autorités ne font appel aux psychologues que quand elles ont des ennuis, et dès lors il les leur faut sur-le-champ.

— Mais moi je suis bien décidé à ne pas me rendre sur Sol. Ce poulpe présente pour moi trop d'intérêt pour que je l'abandonne. D'ailleurs les tâches à effectuer sur ces nouvelles planètes sont fastidieuses. Une réaction de type A que n'importe quel étudiant de deuxième année est en mesure d'interpréter.

— Qui pensez-vous envoyer ?

— Je ne sais pas encore. J'ai quelques étudiants de troisième année capables de faire ce genre de travail les yeux fermés. Je choisirai l'un d'eux. Mais je vous verrai certainement demain à la réunion qui se tiendra à la faculté ?

— Certainement. Et vous ferez plus que me voir. Vous m'entendrez, car je fais une déposition sur le stimulus du toucher.

— Parfait ! J'ai moi-même fait des travaux sur ce sujet et vos déductions m'intéresseront vivement. À demain.

Laissé seul, Porus se plongea de nouveau dans le rapport officiel que lui avait apporté le messager et qui traitait du système solarien. Il le feuilleta sans y trouver beaucoup d'intérêt et finalement le mit de côté en poussant un soupir.

— Lor Haridin devrait convenir, se dit-il. C'est un gentil garçon qui mérite qu'on lui accorde une faveur.

Il se leva, plus menu que jamais, et le rapport sous le bras, parcourut à petits pas le long corridor. Comme il s'arrêtait devant une porte, au fond de ce corridor, un voyant s'alluma et une voix lui cria d'entrer.

Le Rigellien entrouvrit la porte, passa la tête dans l'entrebâillement, et demanda :

— Tu es occupé, Haridin ?

— Par l'espace, patron, fit Lor Haridin en se levant d'un bond, certainement pas ! Depuis que j'ai terminé mon étude sur les réactions de colère, je n'ai plus rien à faire. Peut-être auriez-vous un travail à me confier ?

— J'en ai un, en effet, si tu crois pouvoir l'assumer. Tu as entendu parler du système solarien, j'imagine ?

— Comment pourrais-je faire autrement ? On ne voit que ça sur les écrans de télévision. Les Solariens n'ont-ils pas effectué des voyages interstellaires ?

— C'est exact. D'ici un mois une expédition quittera Alpha Centauri en direction de la planète Sol. Or il se trouve qu'ils ont besoin d'un psychologue pour traiter de certaines questions délicates, et j'ai pensé à toi.

Le jeune savant rougit de plaisir jusqu'au sommet de son crâne dénudé et s'exclama :

— C'est vrai, patron ?

— Et pourquoi pas. Tout au moins si tu te sens capable d'accomplir une telle mission.

— Je m'en sens parfaitement capable, fit Haridin, l'air offensé. Provoquer une réaction du type A, quoi de plus simple ! Je suis sûr de réussir.

— Il te faudra d'abord apprendre la langue des Solariens et faire dans cette langue les expériences de stimuli. Ce n'est pas toujours facile.

— Cela ne présente pas pour moi de difficultés, fit Haridin en haussant les épaules. Dans le cas qui nous intéresse il suffit de traduire à soixante-quinze pour cent pour obtenir le quatre-vingt-dix-neuf et demi pour cent du résultat désiré. C'est un problème que j'ai eu à affronter au cours de mes examens finals. Vous ne me prendrez donc pas en défaut.

— D'accord, Haridin, fit Parus en éclatant de rire. Je savais que tu ferais l'affaire. Achève ce que tu as en suspens à l'université et présente une demande de congé illimité. Et si tu en trouves le temps, Haridin, rédige un papier sur ces Solariens. S'il est valable tu pourras passer directement en quatrième année.

— Mais patron, fit le jeune psychologue en fronçant le sourcil, c'est un sujet rebattu. Les réactions des humanoïdes sont aussi connues que… que… On ne peut rien dire de nouveau sur eux.

— Quand on va au fond des choses, Haridin, on trouve toujours quelque chose à dire. Rappelle-toi qu'un sujet n'est jamais totalement épuisé. Si tu consultes le feuillet 25 du rapport, par exemple, tu tomberas sur un paragraphe traitant du soin avec lequel les Solariens se sont armés avant de quitter leur vaisseau.

– Je ne vois rien là d'extraordinaire, fit le jeune étudiant en parcourant ledit paragraphe. C'est une réaction tout à fait normale.

— Sans aucun doute. Mais tu remarqueras qu'ils ont tenu à conserver leurs armes pendant tout leur séjour sur Éon, alors que nous les avons chaleureusement accueillis en leur qualité d'humanoïdes. Je ne qualifierais pas cette réaction de tout à fait normale. Étudie-la de plus près… cela en vaut peut-être la peine.

— Entendu, patron. Et merci encore de la magnifique occasion que vous m'offrez de me distinguer. Ah ! j'oubliais… comment se comporte le poulpe ?

– Mon sixième, fit Porus en fronçant le nez, s'est

replié sur lui-même. Il est mort hier. Je trouve ça révoltant !

Et sur ces mots il s'en alla.

Tan Porus, de Rigel, tremblant de rage, plia en deux les feuillets qu'il tenait dans ses mains, puis les déchira. Il enfonça ensuite la fiche de l'interphone.

— Mettez-moi immédiatement en communication avec Santins, du département des mathématiques, aboya-t-il.

Il foudroya de ses yeux verts le visage placide qui apparut presque aussitôt sur l'écran et le menaça du poing.

— Par Éon, quelle idée vous a pris de m'envoyer cette absurde étude, espèce de ver de terre betelgeusien !

— Je n'en suis pas responsable, Porus, fit Santins en haussant le sourcil. Ce sont vos équations et non les miennes. D'ailleurs, d'où les tirez-vous ?

— Peu importe. Cela ne vous regarde pas. C'est du ressort du département de psychologie.

— Bon ! Mais les résoudre incombe au département des mathématiques. C'est la septième des équations les plus tordues que j'aie jamais vues. Et celle-là est la pire. Vous avancez pour le moins dix-sept hypothèses que rien ne vous permet de formuler. Nous avons mis deux semaines à les ramener…

— Je sais à quoi vous les avez ramenées, fit Porus piqué au vif. Je viens de tout déchirer. Vous sortez de vingt équations dix variables, ce qui représentait deux mois de travail, et vous en donnez la solution tout au bas de la dernière page par cette perle : « a » égale

« a ». Tant de travail pour n'aboutir qu'à une équivalence !

— Encore une fois je n'y suis pour rien, Porus. Votre raisonnement tourne en rond, et en mathématiques, un tel raisonnement ne peut aboutir qu'à des équivalences. Et un sourire ironique aux lèvres : où voulez-vous en venir ? Vous n'allez tout de même pas nier que « a » égale « a ».

— Assez !

La communication fut interrompue. Le psychologue, furieux, pinça les lèvres. Puis le voyant s'alluma de nouveau et Porus s'exclama :

— Que me voulez-vous encore ?

— Un envoyé du gouvernement, Monsieur, lui dit la standardiste d'une voix calme et impersonnelle.

— Au diable le gouvernement ! Dites-leur que je suis mort.

— C'est un message des plus importants, Monsieur. Lor Haridin, de retour de Sol, demande à vous voir.

— Sol ? fit Porus en fronçant le sourcil. Que diable est-ce que Sol ? Ah ! oui, cela me revient. Envoyez-le-moi, mais dites-lui que j'ai peu de temps à lui consacrer.

— Entre, Haridin, dit-il un instant plus tard d'une voix calme, comme le jeune Arcturien, un peu plus maigre et un peu plus las qu'il ne le paraissait six mois auparavant, surgissait sur le seuil de la porte. Alors, mon garçon, as-tu rédigé un papier, comme je te le demandais ?

— Non Monsieur, fit le jeune Arcturien, les yeux baissés.

— Et pourquoi donc ? fit Porus en le scrutant de ses yeux verts. Ne viens pas me raconter que tu as eu des ennuis.

— Des tas d'ennuis, patron, fit le jeune homme avec effort. Après avoir lu mon rapport, le comité directeur du département de psychologie a réclamé votre présence. Le fait est que les Solariens... refusent d'entrer dans la fédération.

Tan Porus se leva d'un bond, tel un polichinelle jaillissant de sa boîte, et atterrit par pur hasard sur ses pieds.

— Quoi ! s'exclama-t-il.

Haridin acquiesça de la tête d'un air malheureux et se contenta de toussoter.

— Par la Grande Nébuleuse, fit le Rigellien exaspéré, on peut dire que je suis gâté aujourd'hui ! On commence par me déclarer que « a » égale « a » et ensuite tu t'amènes pour me déclarer que tu as complètement bousillé la réaction du type A... oui, que tu l'as *complètement bousillée* !

— Non, je ne l'ai pas bousillée, fit le jeune psychologue prenant feu. Il y a, chez ces Solariens, quelque chose qui ne tourne pas rond. Ils ne sont pas normaux. Quand nous avons débarqué, ils nous ont accueillis avec un enthousiasme indescriptible et ont organisé des fêtes en notre honneur. Rien n'était trop beau pour nous. Je leur ai transmis votre invitation devant leur parlement dans leur propre langue — une langue très simple qu'ils appellent l'esperanto — et je mettrais ma main à couper que ma traduction était fidèle à quatre-vingt-quinze pour cent.

— Bon ! Et alors ?

— Ce qui s'est passé, patron, je n'y comprends rien. Leur première réaction fut plutôt tiède, ce qui me surprit, puis (et il frissonna en y repensant), en sept jours — je dis bien en sept jours, patron — la planète tout entière tourna casaque. Leur psychologie m'échappe complètement. J'ai rapporté à votre intention un certain nombre de numéros de leurs journaux où vous pourrez voir qu'ils refusent de s'allier avec des « êtres monstrueux » et d'être régis « par des non-humains habitant des mondes se trouvant à des parsecs de distance ». Je vous le demande un peu, n'est-ce pas absurde ?

« Mais ce n'est rien encore. Le pire se chiffre par années-lumière. Par la galaxie, je me suis donné la peine de les soumettre à la réaction G pour essayer de les comprendre, mais je ne suis arrivé à rien. Finalement nous nous sommes vus obligés de repartir. Nous étions réellement en danger parmi ces… ces Terriens comme ils se nomment eux-mêmes.

— Cela me semble intéressant, fit Tan Porus en se mordillant la lèvre. Ton rapport, tu me l'as apporté ?

— Non, c'est le département de psychologie qui s'en est emparé. Ils ont passé la journée à le scruter à la loupe.

— Et qu'en ont-ils conclu ?

Le jeune Arcturien fit la grimace et dit enfin :

— Ils ne me l'ont pas déclaré ouvertement, mais j'ai eu l'impression très nette qu'ils ne prenaient pas mon rapport au sérieux.

— Je t'en parlerai quand je l'aurai lu. En attendant, accompagne-moi jusqu'au Parlement et en route tu répondras aux questions que je désire te poser.

Joselin Arn, d'Alpha Centauri, passa son énorme main à six doigts sur sa joue hérissée de poil et scruta, sous ses sourcils touffus, les assistants aux aspects les plus variés qui eux aussi le considéraient de leur haut. Le comité du département de psychologie était composé de psychologues venant d'une vingtaine de mondes différents, et leurs regards convergents n'étaient pas faciles à soutenir.

— Nous avons appris, déclara Frian Obel, chef de ce département et lui-même originaire de Vega, berceau des hommes à la peau verte, que c'est à vous que nous devons certains paragraphes du rapport traitant de la situation militaire de Sol.

Joselin Arn se contenta d'acquiescer de la tête.

— Vous êtes prêt à confirmer ce que vous avez écrit en dépit de l'absurdité de la chose ? N'oubliez pas que vous n'êtes pas un psychologue.

— Non, mais je suis un soldat ! dit le Centaurien en redressant le menton, tandis que sa voix de basse résonnait dans le vaste hémicycle. J'ignore tout des équations et des graphiques… mais je m'y connais en marine spatiale. J'ai vu nos vaisseaux, j'ai vu les leurs, et je suis obligé de reconnaître qu'ils sont meilleurs que les nôtres. J'ai également eu l'occasion de visiter leurs premiers vaisseaux interstellaires. D'ici un siècle, ils seront mieux équipés que nous en hyperatomos. J'ai vu leurs armes. Ils ont presque toutes celles que nous possédons, et n'oubliez pas que leur civilisation est d'un millénaire plus jeune que la nôtre. Ce qu'ils ne possèdent pas encore, ils ne tarderont pas à l'acquérir. Et ce qu'ils possèdent, ils l'amélioreront.

« J'ai visité leurs fabriques de munitions. Les nôtres sont plus perfectionnées, mais les leurs ont un meilleur rendement. J'ai vu leurs soldats... et je préférerais de beaucoup me battre avec eux que contre eux.

« Tout cela, je l'ai écrit dans mon rapport et je vous le répète aujourd'hui.

Là-dessus, il se tut. Frian Obel attendit, pour prendre la parole, que s'apaise la rumeur suscitée par cette communication.

— Et qu'en est-il, chez eux, de diverses branches scientifiques : médecine, chimie, physique ?

— Je suis mal placé pour en juger. Vous trouverez dans mon rapport le jugement de gens qualifiés et, pour autant que mes connaissances me le permettent, je ne puis que le ratifier.

— Ainsi ces Solariens sont de véritables humanoïdes ?

— Par les satellites de Centauro, sans aucun doute !

Le vieux savant s'adossa dans son fauteuil et fit du regard le tour de la table.

— Mes chers collègues, dit-il, nous n'arrivons pas à tirer quelque chose de constructif de ce tissu d'absurdités. Nous nous trouvons devant une race d'humanoïdes doués d'une forte aptitude à la technologie, qui d'autre part, ce qui est la négation même de l'esprit scientifique, croient à des forces surnaturelles, manifestent une prédilection puérile pour le travail individuel, ou par petites équipes ou par petits groupes, et qui, chose pire encore, n'ont pas une vision assez large pour embrasser une culture d'une ampleur galactique.

Et foudroyant du regard le Centaurien qui se tenait devant lui :

— Si nous en croyons ce rapport, une telle race existe, mais elle est la négation même de nos principes fondamentaux de psychologie. Pour ce qui est de moi, je me refuse à croire qu'une telle race puisse exister. Nous avons affaire ici à de fausses interprétations qui réclament une nouvelle enquête faite par des gens qualifiés. J'espère que vous serez d'accord avec moi pour tenir ce rapport pour nul et non avenu et pour organiser une seconde expédition ayant à sa tête, non un étudiant en psychologie de troisième année totalement dénué d'expérience, ou pis encore un soldat, mais un expert en la matière...

Le ronronnement du vieux savant fut brusquement interrompu par le formidable coup de poing qu'assena sur la table Joselin Arn, qui animé d'une colère virile, donna libre cours à son indignation.

— Par les colonnes de Templis, par les bêtes qui rampent et par celles qui volent, par les eaux putrides et par la peste noire, et par la mort qui frappe où elle veut, *je m'y oppose.* Allez-vous continuer encore longtemps à dévider vos théories, à vous griser de votre prétendue sagesse et à nier ce que j'ai vu de mes propres yeux ? Et croyez-vous — et ses yeux lancèrent des éclairs — que je vais, moi, nier ce que mes yeux ont vu ?

« Par Centauri, que tous les sages aillent au diable et les psychologues les premiers ! Maudits soient ces hommes qui se confinent dans leurs bouquins et leurs laboratoires, et sont aveugles à ce qui se passe dans le monde ! Si c'est ça la psychologie, alors elle n'est que pourriture et moisissure !...

Un coup porté à son ceinturon le fit pivoter sur lui-même, l'œil lançant des éclairs et les poings serrés. L'espace d'un instant il regarda autour de lui sans rien voir. Puis baissant les yeux il les plongea dans les vertes et énigmatiques pupilles d'une sorte de pygmée dont le regard perçant eut le don d'apaiser sa colère.

— Je vous connais, Joselin Arn, dit Tan Porus pesant soigneusement ses mots. Vous êtes un brave, un grand soldat, mais, à ce que je vois, vous n'aimez pas les psychologues. En cela vous commettez une erreur, car c'est sur la psychologie que reposent les succès politiques de la fédération. Supprimez-la, et notre union s'écroule, notre fédération se désagrège, la galaxie tout entière est ébranlée. Puis d'un ton plus doux et d'autant plus cruel : vous avez fait le serment de défendre notre système contre tous ses ennemis, Joselin Arn... et en agissait comme vous le faites, vous devenez le pire de ses ennemis. Vous le frappez à sa base. Vous arrachez ses racines. Vous l'empoisonnez à sa source. Vous vous déshonorez ! Vous vous condamnez vous-même ! Joselin Arn, vous êtes un traître !

Le Centaurien, ce soldat, secoua la tête, l'air perdu. Écoutant Porus le fustiger de ses paroles, il fut empli d'un amer et profond remords. Les mots qu'il avait prononcés un instant auparavant pesaient lourd sur sa conscience. Lorsque enfin le psychologue se tut, Arn baissa la tête et pleura. Les larmes coulaient le long de ses joues creusées et couturées, ce qui ne lui était pas arrivé depuis quarante ans.

Porus reprit la parole et cette fois d'une voix tonnante.

— Assez de tes pleurnicheries, lâche, pleutre ! Le danger nous menace. *La parole est aux canons !*

Joselin Arn se mit au garde-à-vous. L'accablement qui l'avait empli quelques secondes auparavant se dissipa comme par magie.

Mais brusquement la salle croula sous les rires et le soldat comprit ce qu'il en était. Porus avait tout simplement voulu le punir de son défaitisme. Grâce à sa parfaite connaissance des réactions des humanoïdes, il lui avait suffi d'appuyer sur le bouton voulu pour obtenir la réaction voulue.

Le Centaurien, gêné, se mordit les lèvres sans dire mot.

Mais Tan Porus, lui, ne riait pas. Il voulait bien taquiner le soldat, mais non l'humilier. D'un bond il sauta sur une chaise et posa sa petite main sur l'épaule massive de Joselin Arn.

— Je ne voulais pas t'offenser, mon ami, mais simplement te donner une leçon. Rien de plus. Va combattre les sous-humanoïdes et l'hostilité d'une cinquantaine de mondes. Défie l'espace dans un vaisseau qui fait air de partout. Mesure-toi avec tous les dangers possibles et imaginables, mais ne t'attaque *jamais*, tu m'entends bien *jamais* à un psychologue, car il pourrait bien, la prochaine fois, se mettre sérieusement en colère.

Arn, renversant la tête en arrière, éclata à son tour d'un rire sonore et puissant qui se répercuta dans la salle tout entière.

— Je m'incline devant vos avis, monsieur le psychologue, déclara-t-il. Et je suis prêt à être brûlé vif au moyen d'un atomo si je ne reconnais pas que vous avez raison sur toute la ligne.

Sur ce il quitta la salle, les épaules encore secouées de rire.

Porus redescendit de son socle improvisé et se tourna de nouveau vers ses pairs.

— Il semble, chers collègues, que nous soyons tombés sur une race d'humanoïdes fort intéressante.

— Je constate, fit sèchement Obel, que le grand Porus se croit obligé de voler au secours de son élève. Votre digestion doit s'être singulièrement améliorée pour que vous vous sentiez capable d'assimiler le rapport d'Haridin.

Haridin, qui se tenait un peu à l'écart, baissa la tête, rougit, mais ne broncha pas.

Porus fronça le sourcil et reprit d'un ton égal :

— Voler au secours de mon élève, c'est exactement ce que je fais, car ce rapport, s'il est lu comme il doit l'être, va révolutionner la science. Du point de vue psychologique, c'est une mine d'or ; et Homo Sol, la découverte du millénaire.

— Venez-en aux faits, Tan Porus, dit un des membres du comité. Vos pitreries sont bonnes pour un Centaurien à la tête de bois, mais elles ne nous impressionnent pas.

L'orgueilleux petit Rigellien poussa une exclamation de colère et brandit son petit poing dans la direction de son interlocuteur.

— Je vais en venir aux faits, Inar Tubal, espèce de punaise spatiale. Pendant un instant colère et prudence se livrèrent bataille en lui, puis il reprit : Il y a bien plus en un humanoïde que vous ne le pensez... certainement beaucoup plus que vos pauvres cervelles ne le peuvent concevoir. Pour mieux vous démontrer tout ce que vous ignorez, bandes de fossiles poussiéreux, je vais entreprendre une opération de psychotechnologie à vous couper le souffle. Je vais créer la panique, bande d'idiots. Une panique à l'échelle planétaire.

Un lourd silence plana, puis Frian Obel, dont la peau verdâtre avait tourné au gris, demanda d'une voix étranglée :

— Vous avez bien dit une panique à l'échelle planétaire ?

— Exactement, perroquet. Donnez-moi six mois et cinquante assistants et je vous montrerai un monde d'humanoïdes en pleine panique.

Obel voulut répondre. Il fit un effort héroïque pour garder son sérieux, mais n'y parvint pas. Comme obéissant à un signal, le comité tout entier, mettant de côté sa dignité, éclata d'un rire homérique.

— Je me souviens, dit entre deux hoquets Inar Tubal, de Sirius, son rond visage sillonné de larmes de joie pure, qu'un de mes étudiants se vanta une fois d'avoir découvert un stimulus capable de créer une panique mondiale. Lorsque j'examinai ses résultats je constatai que dans ses calculs il avait mal placé une virgule. Il avait abouti à une erreur de dix degrés de magnitude. Combien de virgules avez-vous déplacées, cher collègue Porus ?

« Auriez-vous oublié, Porus, la loi de Kraut qui affirme qu'on ne peut provoquer la panique chez plus de cinq humanoïdes à la fois ? Allons-nous faire passer une résolution déclarant que cette loi n'est plus valide ? Et pendant que nous y sommes, nous pourrions faire de même en ce qui concerne la théorie de l'atome, sur quoi Semper Gor, de Capella, gloussa de plaisir.

Porus monta sur la table, s'empara du petit marteau de bois d'Obel et déclara :

— Le premier d'entre vous qui se permettra de rire recevra sur sa tête de pioche un coup de ce marteau.

Le silence se fit instantanément et le Rigellien aux yeux verts reprit d'une voix forte :

— Je prendrai avec moi cinquante assistants et Joselin m'emmènera sur Sol. Je tiens à ce que cinq d'entre vous m'accompagnent… Inar Tubal, Semper Gor et trois autres d'entre vous… afin que je puisse jouir de leur stupéfaction lorsque j'aurai accompli ce que je projette. Puis brandissant le petit marteau d'un geste menaçant : Alors ?…

— Entendu, Porus, dit Frian Obel après avoir, les yeux au plafond, réfléchi un instant. Tubal, Gor, Helvin, Prat et Winson partiront avec vous. Mais au bout du temps qui vous sera imparti ou bien nous assisterons à cette fameuse panique mondiale que vous nous promettez et dont nous nous réjouissons à l'avance, ou bien nous vous ferons rentrer vos promesses dans la gorge, ce dont nous nous réjouissons mille fois plus encore.

Et il se mit à rire sous cape.

Tan Porus regardait par la fenêtre d'un air pensif. Terrapolis, capitale de la planète Terre, s'étendait à ses pieds jusqu'à l'horizon. Sa rumeur parvenait jusqu'à la colline où il se trouvait.

Il planait sur cette cité quelque chose d'invisible, d'intangible mais de bien réel et que ressentait vivement le petit psychologue. Oui, la peur qui pesait sur la métropole tel un lourd et humide suaire était son œuvre… Une peur affreuse qui prenait à la gorge l'humanité tout entière et qui pouvait d'un instant à l'autre se transformer en panique.

La rumeur de la ville était faite de mille voix et ces voix mêmes exprimaient la peur.

— Haridin, fit le Rigellien en se détournant, écœuré.

— Vous m'avez appelé, patron ? fit le jeune Arcturien en se détournant du téléviseur.

— Que crois-tu que je fais ? Que je parle tout seul ? Quelles sont les dernières nouvelles d'Asie ?

— Il n'y a rien de changé. À croire que les stimuli ne sont pas assez puissants. La race jaune semble de tempérament plus flegmatique que la race blanche qui domine en Amérique et en Europe. J'ai cependant lancé l'ordre de ne pas augmenter la puissance des stimuli.

— Tu as eu raison, reconnut Porus. Nous ne pouvons pas prendre le risque de provoquer une panique *active*. Il rumina un moment en silence, puis reprit : Nous sommes bientôt au bout de nos peines. Dis-leur de frapper quelques-unes des grandes cités — qui sont plus accessibles — puis d'en rester là. Et se tournant de nouveau vers la fenêtre : L'espace, quel monde… quel monde ! Un domaine entièrement nouveau de la psychologie s'est ouvert devant nous… un domaine que dans nos rêves les plus fous nous n'avions même pas envisagé. La psychologie des foules, Haridin… oui, la psychologie des foules, et il hocha la tête, impressionné par ses propres paroles.

— Mais que de souffrances, patron ! murmura le jeune homme. Cette panique encore passive a totalement paralysé l'industrie et le commerce. Sur la planète entière la vie économique est stagnante. Quant au gouvernement, ne comprenant pas ce qui se passe, il est impuissant à réagir.

— Ils découvriront ce qui se passe… quand je le jugerai bon. Quant aux souffrances qu'endure l'humanité, je ne m'en réjouis pas, mais comme on le dit, la fin justifie les moyens, et la fin est terriblement importante.

Un court silence suivit, puis Porus, un sourire cynique aux lèvres, demanda :

— Dis-moi, ces cinq imbéciles sont bien rentrés hier d'Europe ?

— Oui, fit Haridin, souriant, en hochant vigoureusement la tête. Et drôlement vexés ! Vos prédictions se sont réalisées à une virgule près. Ils ne peuvent que s'incliner.

— Parfait ! Je ne regrette qu'une chose, ne pas voir la tête d'Obel à la lecture de mon dernier message. Au fait… et il baissa la voix… qu'en est-il des autres ?

— Deux semaines, fit Haridin levant deux doigts, et ils seront là.

— Deux semaines… deux semaines, répéta Porus avec jubilation. Il se leva, puis arrivé à la porte, se retourna et dit : tout bien réfléchi, je vais aller rejoindre mes chers, mes très chers collègues. Cela m'occupera.

Comme Porus entrait, les cinq savants levèrent le nez des notes qu'ils consultaient et gardèrent un silence gêné.

— Alors, Messieurs, trouvez-vous ces notes satisfaisantes ? leur demanda Porus en souriant. Sans doute avez-vous découvert quelque cinquante ou soixante erreurs dans mes hypothèses fondamentales.

Hybron Prat, d'Alpha Cepheus, ébouriffa le duvet gris qui lui servait de chevelure et dit :

— Vos absurdes notations mathématiques ne m'inspirent aucune confiance.

— Trouvez-en de meilleures, fit le Rigellien en ricanant. Jusqu'à preuve du contraire, j'ai obtenu grâce à elles d'intéressantes réactions, non ?

Quelques raclements de gorge et toussotements furent la seule réponse à cette déclaration.

— Oui ou non ? tonna Porus.

— Et quand ce serait ? demanda Kim Winson avec le courage du désespoir. Où est la panique promise ? Tout cela est bel et bon. Ces humanoïdes sont de véritables erreurs de la nature, mais où est la réaction spectaculaire que vous prédisiez ? À moins que vous ne dénaturiez la loi de Kraut, le résultat que vous avez obtenu jusqu'à présent ne vaut pas tripette.

— Vous êtes battus, Messieurs, oui battus, croassa le petit professeur de psychologie. J'ai démontré le bien-fondé de ma théorie… selon la psychologie classique, la panique est aussi impossible sous sa forme passive que sous sa forme active. Vous tentez de nier le fait pour sauver la face en vous cramponnant à la technicologie. Rentrez chez vous, Messieurs, rentrez chez vous et allez vous cacher.

Les psychologues ne sont pas exempts de faiblesses humaines. Ils sont capables d'analyser les motifs qui les font agir, mais tout comme le commun des mortels ils sont esclaves de ces motifs. Ces psychologues, célèbres dans la galaxie tout entière, courbèrent le dos sous les sarcasmes de Tan Porus, souffrant dans leur orgueil blessé et leur vanité ulcérée. Leur aveugle obstination en avait été le résultat. Ils le savaient, ils savaient également que Porus le savait.. et cela ne faisait que rendre la pilule plus amère.

— Nous exigeons une panique active ou rien, Tan Porus, déclara Inar Tubal en levant sur lui le regard furieux de ses yeux injectés de sang. C'est ce que vous nous avez promis et encore une fois, c'est ce que nous exigeons. Vous tiendrez vos engagements à la lettre, ou par l'espace et le temps, vous vous en repentirez. Ou bien vous déclenchez une véritable panique active ou vous déclarez forfait, et dans ce cas nous vous tiendrons pour battu.

Porus eut un mouvement de colère qui ne présageait rien de bon mais il parvint au prix d'un immense effort à répondre avec calme.

— Soyez raisonnables, Messieurs. Nous ne sommes pas suffisamment équipés pour maîtriser une panique active. Nous ne nous sommes encore jamais heurtés à la forme qu'elle prend sur la planète Terre. Que se passerait-il si elle échappait à notre contrôle ? et il secoua vigoureusement la tête.

— Confinez-la dans certaines limites, grommela Semper Gor. Déclenchez-la, puis réprimez-la. Effectuez tous les préparatifs nécessaires, et agissez !

— Si vous le pouvez, ajouta Hybron Prat entre ses dents.

Cependant Tan Porus avait un point faible, son tempérament colérique. Sa langue acérée fustigea, tel un fouet, les psychologues atterrés, et déversa sur eux des chapelets d'injures.

— À votre guise, bande d'ânes bâtés ! À votre guise et allez vous perdre dans l'espace, cria-t-il, suffoquant de rage. Nous la déclencherons ici même, à Terrapolis, cette panique, aussitôt que tous nos hommes seront de retour ! Et si j'ai un conseil à vous donner, c'est de vous mettre à l'abri !

Et sur cette dernière flèche empoisonnée, il sortit de la salle.

Tan Porus, du revers de la main, écarta les lourds rideaux et les cinq psychologues qui lui faisaient face détournèrent le regard. Les civils avaient déserté les rues de la capitale de la planète Terre. Seul résonnait le bruit de bottes des soldats qui patrouillaient dans les artères principales, un bruit qui résonnait comme un glas. Sous le ciel bas, les cadavres jonchaient le pavé et un lourd silence régnait… le silence qui suit les massacres.

— Cela a été indécis pendant quelques heures, mes chers collègues, et peu s'en est fallu qu'ils ne l'emportent, déclara Porus d'une voix lasse. Si la panique avait dépassé les limites de la ville, nous aurions été incapables de la contenir.

— Cela a été atroce, oui atroce, marmonna Hybron Prat. Des scènes pareilles, un psychologue aurait donné son bras droit pour y assister… mais il n'aurait pas assez de toute une vie pour les oublier.

— Et ce sont des humanoïdes ! grogna Kim Winson.

— Saisissez-vous la signification de tout cela, Porus ? fit Semper Gor en se levant brusquement. Ces Terriens sont de véritables et incontrôlables atomites. Impossible de les tenir en main. Et il en serait de même s'ils étaient deux fois plus doués encore en technologie. C'est bien simple, avec leur psychologie des foules, leurs paniques de masses, leur hyper-émotivité, ils n'entrent pas dans la famille des humanoïdes.

— Par la queue de la comète ! s'exclama Porus. Pris individuellement, nous sommes tout aussi émotifs qu'eux. Mais ce qui nous en différencie, c'est que nous ne savons pas utiliser comme il le font notre émotivité pour entreprendre des actions de masse.

— C'en est assez, dit alors Tubal d'un ton ferme. Nous avons pris une décision, Porus. Nous l'avons prise hier soir, au plus fort de... de... enfin au plus fort. Nous allons abandonner à lui-même le système solarien. C'est une véritable plaie et nous n'en voulons plus. En ce qui concerne la galaxie, nous plaçons Homo Sol en quarantaine, et cela de façon définitive.

— Pour ce qui est de la galaxie, cette quarantaine sera peut-être définitive, fit le Rigellien avec un petit rire amusé, mais il n'en sera peut-être pas de même pour Homo Sol.

— C'est leur affaire et non la nôtre.

— Dites-moi, Tubal, fit Porus en se mettant à rire de nouveau, strictement entre nous, avez-vous jamais essayé l'intégration de temps de l'équation 128 suivie d'une extension karoléenne ?

— À dire vrai... non.

— Dans ce cas, jetez un coup d'œil sur ces équations et amusez-vous bien.

Les cinq membres du comité, tous des scientifiques, se penchèrent sur les feuillets que Porus venait de leur tendre. Leur visage exprima d'abord de l'intérêt, puis de la stupeur et enfin quelque chose qui ressemblait fort à de la panique.

— Ces équations sont fausses d'un bout à l'autre, fit Naru Helvin en déchirant les feuillets d'un geste rageur.

— Nous avons actuellement mille ans d'avance sur eux, et au moment dont vous parlez nous en aurons deux cents de plus, aboya Tubal. Ils ne pourront rien contre la masse que représentent les peuples de la galaxie.

Tan Porus fit entendre un rire monocorde, ce qui n'est pas facile à faire et peu agréable à entendre.

— Vous ne croyez toujours pas aux mathématiques. C'est bien dans votre ligne. Nous allons voir si des experts parviendront à vous convaincre... ce qui devrait être, à moins que les contacts que vous avez eus avec des humanoïdes sortant de la normale n'aient complètement faussé votre jugement. Joselin... Joselin Arn... entre !

Le capitaine centaurien entra, fit automatiquement le salut militaire et attendit.

— Un de nos vaisseaux peut-il, au cours d'une bataille, mettre en déroute un des vaisseaux de la flotte solarienne ?

— En aucun cas, Monsieur, fit Arn avec une grimace éloquente. Ces humanoïdes réduisent à néant la loi de Kraut, aussi bien sous la panique que dans la bataille. Nous disposons, pour commander nos vaisseaux, de tout un corps d'experts. Ces gens-là n'ont besoin, eux, que d'un simple équipage qui fonctionne comme un seul homme. Et ils combattent également sous l'empire de... de la panique, c'est je crois le mot juste. Chacun d'eux devient, sur un vaisseau, un organe de ce vaisseau. Ce qui chez nous, comme vous le savez, serait une chose irréalisable.

« De plus il y a parmi eux nombre de fous doués d'une espèce de génie. Lorsqu'ils sont venus chez nous, ils se sont à ma connaissance, approprié, au musée Thalsoon, pas moins de vingt-deux gadgets amusants mais inutiles qu'ils ont transformés par la suite en engins militaires les plus dangereux que j'aie jamais vus. Vous avez entendu parler, je pense, de la fusée traçante Julmun Thill. Elle avait été employée, avec peu de résultats d'ailleurs, pour repérer des filons de minerai avant qu'on fasse appel à des procédés électroniques plus modernes.

« Ils ont transformé ces fusées traçantes en de redoutables projectiles autoguidés. Tirés par un canon ou un fusil, ces projectiles atteignent immanquablement des cibles totalement invisibles, aussi bien dans l'espace, l'eau, l'air que la roche.

— Mais fit observer Tan Porus d'un ton allègre, nous possédons des flottes infiniment plus importantes que les leurs. Nous pourrions donc aisément les battre.

— Actuellement, ce n'est peut-être pas impossible, dit Joselin Arn en hochant la tête, mais quant à les anéantir, je n'en jurerais pas, et pour ma part, je ne m'y risquerais pas. L'inquiétant, du point de vue armement, c'est que ses maniaques des gadgets créent de nouveaux et redoutables engins à un rythme accéléré. En technologie, ils sont aussi mouvants que les vagues de l'océan, alors que nous ressemblons davantage à des dunes. Je les ai vus installer des usines pour fabriquer un nouveau modèle de voitures automobiles, puis les estimant dépassées, les détruire six mois plus tard.

« Il est vrai que nous n'avons été en contact avec leur civilisation que de façon très brève. Nous nous sommes initiés aux méthodes de cette nouvelle civilisation, méthodes qui sont venues s'ajouter à celles de nos quelque deux cent quatre-vingt mondes… ce qui représente pour nous un apport d'un pourcentage assez faible. Eux, en revanche, ont ajouté une nouvelle civilisation à la leur, ce qui constitue pour eux un progrès de cent pour cent.

— Et où en serait notre situation du point de vue militaire, demanda Porus d'un ton affable, si nous les ignorions complètement pendant deux cents ans ?

À ces mots, Joselin Arn éclata de rire.

— Si nous le pouvions — c'est-à-dire en admettant que de leur côté ils ne nous attaquent pas — je vous répondrais sans la moindre hésitation. Aujourd'hui, je me risquerais peut-être à les attaquer, mais s'ils emploient ces deux cents ans à explorer les nouvelles voies que leurs brefs contacts avec nous leur ont suggérées, je me refuse à imaginer de quoi ils seront capables. Si nous leur laissons deux cents ans de répit, ils ne se contenteront pas de nous battre… ils nous annexeront.

— Je te remercie, Joselin Arn, fit Tan Porus en s'inclinant solennellement devant lui. Je suis arrivé, par les mathématiques, aux mêmes conclusions que toi.

Sur quoi Joselin Arn salua et sortit de la salle.

Se tournant vers les cinq savants qui semblaient frappés de stupeur, Porus reprit :

— J'espère, Messieurs, que tout érudits que vous êtes, vous réagissez encore en humanoïdes. Êtes-vous enfin convaincus que ce n'est pas à nous qu'il revient, en fin de compte, de décider des rapports que nous aurons avec cette race ? Nous le pourrions, mais ils n'en tiendront nul compte.

« Bande d'imbéciles, leur cracha-t-il au visage, croyez-vous que je vais perdre mon temps à discuter avec vous ? Dorénavant c'est moi qui fais la loi. Mettez-vous bien cela dans la tête. Homo Sol *entrera* dans la fédération. Telles que les choses se présentent, ils atteindront à la maturité d'ici deux cents ans. Ce n'est pas une question que je vous pose. *Cela, je vous l'affirme !* leur lança le Rigellien d'un ton sans réplique. Et maintenant, suivez-moi ! »

Domptés, ils suivirent Tan Porus dans ses appartements. Le petit professeur de psychologie, écartant une draperie, révéla un tableau grandeur nature.

— Que pensez-vous de cela ?

C'était le portrait d'un Terrien, mais d'un Terrien tel que les psychologues n'en avaient jamais vu. Empli de dignité, d'une beauté sévère, il caressait d'une main sa barbe royale et retenait de l'autre la tunique flottante dont il était revêtu. Il était la personnification même de la majesté.

— Vous voyez ici Zeus, dit Porus. Les anciens Terriens lui ont donné pour emblèmes l'éclair et le tonnerre. Et pivotant sur lui-même pour faire face aux cinq savants : ce portrait ne vous rappelle personne ?

— Si, fit Helvin d'un ton hésitant. Homo Canopus.

Le visage de Porus s'illumina un instant puis se durcit de nouveau.

— Cela ne fait aucun doute, déclara-t-il. Pourquoi avez-vous hésité ? C'est Canopus revenant à la vie, Canopus tout entier, jusqu'à sa barbe blonde... Mais laissez-moi vous montrer une autre toile, et de nouveau il écarta une draperie.

Ce fut le portrait d'une femme qui leur apparut cette fois. Une femme aux seins lourds et aux hanches larges. Un sourire ineffable illuminait son visage et elle semblait caresser de ses mains les épis murs qui en rangs serrés montaient vers elle.

— Démèter, leur dit Porus. Elle est la personnification de la fertilité et des moissons. La mère par excellence. Elle ne vous rappelle rien ?

Cette fois, il n'y eut pas d'hésitation et cinq voix s'exclamèrent en chœur :

— Homo Betelgeuse !

— Vous avez enfin compris, dit Porus, radieux. Alors ?

— Alors quoi ? fit Tubal.

— Vous ne voyez pas ? fit Porus dont le sourire s'effaça. C'est pourtant clair, bande d'idiots ! Si une centaine de Zeus et une centaine de Démèter débarquaient sur la planète Terre en tant que membres d'une mission commerciale, alors qu'ils seraient en réalité d'experts psychologues... Comprenez-vous maintenant où je veux en venir ?

— Par l'espace, le temps et les météores, fit Semper Gor en éclatant de rire, évidemment, les Terriens seraient de l'argile dans les mains de ceux qui personnifient pour eux éclair et tonnerre d'une part, maternité de l'autre. En deux cents ans... oui, je dis bien en deux cents ans, nous triompherions d'eux aisément.

— Mais votre prétendue mission commerciale, Porus, fit Prat intervenant. Comment persuaderiez-vous Homo Sol à l'accueillir ?

— Mon cher collègue Prat, dit Porus en penchant la tête de côté, vous imagineriez-vous par hasard que j'aie provoqué une panique passive dans le seul but de vous offrir ce spectacle et d'en faire bénéficier les cinq têtes de bois que vous êtes ? Cette panique passive a paralysé toute l'industrie et le gouvernement terrestre doit affronter la révolution... une forme d'action de masse que nous devrions étudier de plus près. Offrons-leur des échanges commerciaux avec la galaxie et une éternelle prospérité, vous imaginez-vous qu'ils sauteront dessus ? Est-ce cela le fait de la masse ?

D'un geste impatient, le Rigellien coupa court aux exclamations de ses interlocuteurs, puis reprit :

— Si vous n'avez plus de questions à me poser, Messieurs, préparons-nous à partir. À dire vrai, je suis las de la planète Terre, et de plus, j'ai hâte d'aller retrouver mon poulpe. Ouvrant la porte, il cria dans le corridor : Hé, Haridin, donne à Arn l'ordre de préparer son vaisseau dans les six heures. Nous partons.

— Mais... mais...

Les objections qui s'élevaient en chœur se cristallisèrent par un geste soudain de Semper Gor qui, fonçant sur Porus, se saisit de lui au moment même où il allait sortir de la salle. Le petit Rigellien se débattit vainement contre la puissante poigne de Gor

— Lâchez-moi !

— Nous en avons assez enduré, Porus. Tenez-vous tranquille et conduisez-vous comme un véritable humanoïde. Quoi que vous disiez, nous ne partirons pas avant d'avoir accompli notre mission. Nous avons, avec le gouvernement terrestre, des dispositions à prendre au sujet de nos échanges commerciaux. Il nous faut également obtenir l'approbation de notre comité. Il nous faut aussi récupérer nos psychologues. Et enfin…

Mais d'une secousse, Porus venait de se libérer.

— Vous êtes-vous imaginés un instant, dit-il d'un ton sarcastique, que j'attendais que votre précieux comité commence de considérer d'envisager de prendre des dispositions pour faire face à la situation au cours des deux ou trois prochaines décennies ?

« Il y a un mois environ, la planète Terre a accepté sans condition les termes de notre traité. Des escouades de Canopiens et de Beltégeusiens se sont envolés il y a environ cinq mois et ont débarqué avant-hier. C'est uniquement grâce à leur intervention que nous sommes parvenus à maîtriser la panique qui s'était déclenchée hier… mais cela, vous ne vous en êtes même pas doutés. Vous étiez sans doute persuadés que c'était là votre œuvre. Eh bien, je vous déclare, Messieurs, qu'aujourd'hui ils ont la situation bien en main et qu'ils n'ont plus besoin de vos services. Nous rentrons chez nous.

Le sujet d'« Homo Sol » plut tout particulièrement à Campbell. Bien que les humains que je décris dans cette nouvelle le cèdent en intelligence aux autres habitants de la galaxie, il n'en est pas moins vrai qu'il y a en eux quelque chose de spécial, qu'ils sont aptes à accomplir de rapides progrès et qu'il convient de les surveiller de près.

Or Campbell aimait les nouvelles où les humains se montraient, du point de vue intelligence, supérieurs aux autres races, même si celles-ci les dépassaient du point de vue technologique. Il lui plaisait que les humains fussent seuls à faire preuve d'audace ; à avoir le sens de l'humour, ou le cas échéant, à ne pas hésiter à tuer, ce qui leur permettait de remporter la victoire, même lorsque toutes les chances étaient contre eux.

Or j'éprouvais parfois le sentiment désagréable que cette attitude reflétait la position de Campbell à l'échelle terrestre. Pour lui la supériorité des Américains sur les non-Américains ne faisait aucun doute, et selon lui l'Américain type était originaire du nord-ouest de l'Europe.

Je ne dirai pas, cependant, que Campbell était raciste dans le pire sens du terme. Je ne me souviens pas qu'il ait eu une seule fois envers moi un geste qu'on pût qualifier d'inamical, et jamais il ne fit preuve à mon égard d'antisémitisme. Il tenait néanmoins pour acquis que le Nordique de race blanche était le type même de l'explorateur, du pionnier, du conquérant.

Je discutais âprement sur ces sujets, du moins aussi violemment que je pouvais me le permettre, et au cours des années qui suivirent nos rapports furent parfois tendus (en dépit de notre mutuelle affection et de tout ce que je lui devais) et ce tout spécialement au sujet des droits civiques. J'étais un libéral, lui, un conservateur, et nos points de vue ne se rencontrèrent jamais.

Ces divergences de vue devaient avoir une influence considérable sur mes œuvres de science-fiction. Je n'aimais pas l'attitude qu'avait adoptée Campbell en ce qui concernait les humains comparés aux autres races, et me vis obligé de réviser par deux fois « Homo Sol » pour me rapprocher assez de son point de vue. Et même alors, il inséra dans la version finale, et sans me consulter, quelques paragraphes.

Je m'efforçai d'éviter que se présente à nouveau une telle situation. Une manière d'y parvenir consistait à abandonner la tradition qui veut que selon certains auteurs — E. E. Smith et Campbell lui-même par exemple — les humains se mesurent aux forces gigantesques de galaxie aux habitants doués, eux aussi, d'intelligence. J'en adoptai une autre qui consistait à ne concevoir que des nouvelles où la galaxie était uniquement peuplée par des humains intelligents.

Cette conception porta ses fruits, car elle eut pour résultat la série de mes « Fondations ». Il ne fait aucun doute que la conception de Smith et de Campbell se défend. En effet, on peut tenir pour certain que les centaines de milliards de mondes qui constituent une vaste galaxie doivent être peuplés de centaines, pour ne pas dire de milliers de races douées d'intelligence. Qu'il n'en existe qu'une, c'est-à-dire la nôtre, comme je le prétendais, est des plus improbables.

Certains critiques de science-fiction — et tout particulièrement Sam Moskowitz — ont voulu voir en moi l'inventeur des galaxies habitées uniquement par des humains, comme si c'était là un progrès du point de vue littéraire. D'autres ont peut-être pensé, sans l'exprimer ouvertement, que si je n'avais peuplé ma galaxie que d'humains c'est que je n'avais pas assez d'imagination pour inventer des extra-Terrestres.

La vérité c'est que je cherchais avant tout à éviter des sujets de friction avec Campbell. Je ne voulais pour rien au monde me trouver dans une situation où je me verrais forcé soit d'adopter son point de vue, ce que je trouvais répugnant, soit de ne plus lui vendre de nouvelles, ce que je trouvais tout aussi répugnant.

Le 25 mars 1940, le jour même où je soumis « Homo Sol » à Campbell sous sa forme définitive, j'allai voir Fred Pohl à son bureau et reçus de lui de chaleureux encouragements.

Je passai les mois d'avril et de mai à écrire « Half-Breeds on Venus » et soumis cette nouvelle à Pohl le

3 juin. Le 14 juin je reçus de lui une lettre d'acceptation. Longue de dix mille mots, c'était la plus importante que j'aie placée jusque-là. Mieux encore, les magazines de Pohl remportaient un tel succès que son budget lui permit de me la payer un huitième de cent le mot, ce qui fit un total de soixante-deux dollars cinquante.

Cette nouvelle parut dans le numéro d'*Astonishing* qui fut mis en vente dans les kiosques le 24 octobre 1940, c'est-à-dire deux ans à un jour près après que j'eus placé ma première nouvelle. Je marquai ce jour-là d'une pierre blanche. C'était en effet la première fois que la couverture du magazine portait une illustration tirée d'une de mes nouvelles. J'avais les honneurs de la couverture.

Le titre de la nouvelle, suivi de mon nom, était imprimé en gros caractères sur ladite couverture. C'était pour moi la flatteuse indication que mon nom ferait désormais vendre les magazines.

DU MÊME AUTEUR

Aux Éditions Denoël

FONDATION (Folio Science-Fiction n° 1)
FONDATION ET EMPIRE (Folio Science-Fiction n° 2)
SECONDE FONDATION (Folio Science-Fiction n° 31)
FONDATION FOUDROYÉE (Folio Science-Fiction n° 41)
TERRE ET FONDATION (Folio Science-Fiction n° 51)
LES VENTS DU CHANGEMENT (Folio Science-Fiction n° 75)
CHRONO-MINETS (Folio Science-Fiction n° 83)
LA FIN DE L'ÉTERNITÉ (Folio Science-Fiction n° 89)
LES DIEUX EUX-MÊMES (Folio Science-Fiction n° 120)
HISTOIRES MYSTÉRIEUSES (Folio Science-Fiction n° 122)
MOI, ASIMOV (Folio Science-Fiction n° 159)
FLÛTE, FLÛTE ET FLÛTES (Folio Science-Fiction n° 163)
AU PRIX DU PAPYRUS (Folio Science-Fiction n° 196)
DANGEREUSE CALLISTO (Folio Science-Fiction n° 217)
JUSQU'À LA QUATRIÈME GÉNÉRATION
L'HOMME BICENTENAIRE
CHER JUPITER
LA MÈRE DES MONDES
NOËL SUR GANYMÈDE
L'AMOUR VOUS CONNAISSEZ ?
QUAND LES TÉNÈBRES VIENDRONT

Aux Éditions J'ai lu

LES CAVERNES D'ACIER
FACE AUX FEUX DU SOLEIL
LE VOYAGE FANTASTIQUE

LES ROBOTS
UN DÉFILÉ DE ROBOTS
TYRANN
LES FILS DE FONDATION
LE ROBOT QUI RÊVAIT
ASIMOV PARALLÈLE
LES ROBOTS ET L'EMPIRE

Aux Éditions Pocket

TOUT SAUF UN HOMME
LÉGENDE
MAIS LE DOCTEUR EST D'OR
L'AUBE DE FONDATION
L'ENFANT DU TEMPS
NÉMÉSIS
AZAZEL
LES COURANTS DE L'ESPACE
PRÉLUDE À FONDATION
DESTINATION CERVEAU
L'AVENIR COMMENCE DEMAIN

En Omnibus

VERS UN NOUVEL EMPIRE
LE DÉCLIN DE TRANTOR
LA GLOIRE DE TRANTOR
PRÉLUDE À TRANTOR

Aux Éditions 10/18

PUZZLES AU CLUB DES VEUFS NOIRS
LE CLUB DES VEUFS NOIRS
CASSE-TÊTE AU CLUB DES VEUFS NOIRS
À TABLE AVEC LES VEUFS NOIRS

Composition IGS.
Impression Société Nouvelle Firmin-Didot
à Mesnil-sur-l'Estrée, le 13 juin 2005.
Dépôt légal : juin 2005.
Numéro d'imprimeur : 74409.

ISBN 2-07-030902-9/Imprimé en France.

36816